Vele hemels boven de zevende

Griet Op de Beeck

Vele hemels boven de zevende

2015 Prometheus Amsterdam

voor u
(voor alles, en al de rest)

Eerste druk 2013
Zevenendertigste druk 2015

Omslagontwerp Bart van den Tooren
Foto omslag Marie Snauwaert
Foto auteur Koen Broos
Zetwerk Mat-Zet bv, Soest
www.uitgeverijprometheus.nl
ISBN 978 90 446 2769 5

reis ver
drink wijn
denk na
lach hard
duik diep
kom terug

SPINVIS

Perhaps when we find ourselves wanting everything,
it is because we are dangerously near to wanting nothing.

SYLVIA PLATH

I

SOMMIGE MENSEN VERGETEN NIKS

EVA

Wat heb ik nog gezien?

Een vrouw in de frituur, heftig in de weer met inpakpapier en bamischijven en wisselgeld. Ze keek triester dan ik ooit iemand had zien kijken. Ze droeg een roze T-shirt met een opdruk in glitterletters: LOVE ME. Twee woorden op twee pronte borsten. Ik dacht: wij lijken op elkaar. Ik stelde me voor hoe zij na een lange nacht werken thuis zou komen, zij en de geur van frietvet, in een leeg appartement. Zoals ik naar huis zou gaan, zo dadelijk, naar een leeg appartement. Maar met mijn frieten en mijn berenpoot zou ik daar minder van merken. Misschien.

Dat heb ik gedaan vandaag: door mijn stad gelopen en gekeken, stilgezeten en geluisterd. Want dat is wat je doet als je alleen bent. Denken heb ik ook gedaan. Ik denk te veel, zeggen ze. Dat zit in de familie, daar is geen ontkomen aan.

Een kleine jongen heb ik ook gezien, hij leerde fietsen. Een keer of tien donderde hij tegen de grond, en dan de elfde keer, bijtend op zijn lip, bleef-ie een meter of vijf recht, waarna hij toch weer viel en toen heel serieus zei: 'Hopla, ik kan het, gaan we nu chocomelk drinken?' En dan dat gezicht van die vader. Belachelijk hoe dat mij vertedert.

Een vrouw van rond de vijftig, aan het praten met een vriendin. Heel erg blond waren ze. Met felle lippenstift. Alsof het alle dagen feest mag zijn. Ze dronken koffie en lieten hun koekje liggen. Ze deden aan grote vrolijkheid. Dat leek vanzelf te gaan. En toen hoorde ik die ene proestend zeggen: 'Ik weet niet hoe dat bij u zit, maar I am seriously underfucked.' Hikkend voegde ze eraan toe dat ze dat in een film had gehoord, en gedacht had: die moet ik onthouden, héél erg van toepassing. Of ze een man had of niet viel uit het gesprek geenszins af te leiden. Of het lachen weglachen was evenmin.

Een oude man met wakkere ogen, die op tv vertelde over zijn leven en zijn kunst. En over zijn assistente. Hij was dol op haar, zei hij. Alles aan hem lachte. 'Misschien zelfs meer dan dol.' Maar andere woorden durfde hij niet te gebruiken, zei hij. Hij vermeldde niet waarom. Ik vroeg me af of woorden niet gebruiken het gevoel ook mee bepaalt.

Ik ben alleen, maar verre van verloren. Soms zeg ik dat hardop tegen mezelf. Meestal kan ik erom lachen.

Ik ben zesendertig. Dat is niet jong en ook niet oud. Ik kan heel goed autodansen en op hoge hakken lopen, risotto maken en lief zijn voor kleine dieren. Hoe dat precies moet, leven, daar ben ik nog niet helemaal achter, maar ik kan redelijk goed doen alsof. Dat is een begin, vind ik. Ik kan ook verdienstelijk uitleggen aan anderen hoe het misschien zou moeten, en daar wordt soms naar geluisterd, merk ik, wat mij dan een beetje verbaast.

Wat heb ik nog gezien? Een jongen met iets tussen snor en dons op de bovenlip. Hij voelde er met zijn vingers aan, uit trots misschien, uit gêne zou ook kunnen. Hij stond in mijn favoriete boekwinkel en hij keek naar de romans van mijn favoriete auteur. Aarzelend pakte hij er eentje. 'Doen,' zei ik. 'Die is fantastisch.' Hij keek alsof ik hem een huwelijksaanzoek had gedaan, geschokt door zo veel opgedrongen intimiteit. Hij zei niks en zette het boek weer terug. 'Op het einde gaat zij dood, nu hóeft ge 't ook niet meer te lezen.' Meteen nadat ik het gezegd had, voelde ik al spijt.

En een meisje, te jong om al grote mens te heten, veel jonger dan haar lief, een late twintiger met een getrimde baard. Ik zag ze lopen, onderweg naar huis. Hij had haar stevig vast, stoerder dan echt nodig. Er zat iets weerloos in de manier waarop zij met haar armen geen blijf leek te weten. Die kennen elkaar nog niet lang, moest ik denken. Misschien was dat projectie. Omdat het mij terugvoerde naar toen het zomer was, en ik vijftien. Het werd nu toch eens tijd, vond ik toen.

Ik deed niet aan discotheken, eigenlijk. Maar principes brengen een mens nooit verder. Dus daar stond ik, naast de dansvloer. Het was warm en eigenlijk niet donker genoeg. En ik maar twijfelen tussen overmoed en weglopen. Ik bleef glimlachen, dat was vast goed. Ik had niet eens gemerkt dat er ondertussen een jongen naast mij was komen staan. Naar normen van zestienjarigen van het allerbeste boyfriend-materiaal: een jaar of twintig, hoekig gezicht, bruingebrand, gespierd lichaam, hip gekleed. Francis heette hij, zei hij.

'Ik werk deze zomer als redder hier in Nieuwpoort.' Waarmee hij meteen zijn grootste troefkaart had uitgespeeld: redders scoorden uitzonderlijk hoog in de zomerliefdehiërarchie. Ik was perplex. Geen moment had ik echt geloofd dat ik die avond hand in hand naar buiten zou wandelen, en nu stond hier deze jonge god, deze uit de hemel gezonden adonis die mij, als in een echt sprookje, de ongelooflijkste herinnering aan mijn eerste tongzoen ging bezorgen. 'Wat doet gij zoal in uw vrije tijd?' Er hing een beetje speeksel aan zijn kin. Zijn eigen speeksel, hoopte ik, maar helemaal zeker wist ik dat niet. Het kon ook van een meisje zijn aan wie hij een uur voordien dezelfde vraag had gesteld. Afgeleid door deze al te menselijke ontkrachting van zijn schoonheid antwoordde ik helemaal fout want eerlijk: 'Lezen en muziek spelen.' Waarop hij 'krinkelende winkelende waterding' antwoordde, alsof die drie woorden Gezelle een vanbuiten geleerd liefdesgedicht waren dat mij moest imponeren. 'Of ik een wandeling met hem wou maken langs het water?' Een paar minuten later liep ik omarmd naast de branding. 'En of ik hier logeerde?' Mijn ouders hadden een appartement gehuurd. Dat wou hij graag zien. Eenmaal daar, zonder verdere pogingen tot kennismaking, begon hij mij te kussen. Hij mij, dat was de juiste omschrijving. Ongehinderd door mijn gebrek aan ervaring, likte en beet hij erop los. Met zijn enorme tong ging hij als een razende naar binnen en naar buiten, en weer terug. Hij was waarschijnlijk de allerslechtste kusser van Nieuwpoort en omstreken. Wist ik veel. Helemaal overdonderd liet ik hem begaan. Ik had tenminste een lief, nu, daar mocht iets tegenover staan. Toen begon hij aan mijn broek te prutsen: riem open, knopen los, en zonder verdere introductie stak hij opeens een halve hand bij mij naar binnen. Ik duwde hem van mij af, eerder van schrik dan uit principe. Waarop hij in de stoel tegenover mij ging zitten en een sigaret opstak: 'Dat heb ik nu altijd, dat ik dan val op lelijke meisjes. Meestal zijn dat net de gewilligste, daar heb ik me dit keer blijkbaar in vergist.' Ik heb hem niet van antwoord gediend, hoewel dat toch in mijn natuur ligt. Toen klasgenoten in september vroegen hoe ik mijn zomer had doorgebracht zei ik: 'Voornamelijk bij mijn lief Francis, de redder.'

Ik denk dat ik talent heb voor de liefde. Dat klinkt misschien onnozel om zo te zeggen, maar ik doe het toch.

Acht jaar en zeven maanden ben ik met Frank samen geweest. Een maand geleden zie ik hem opeens staan, in de stationshal, starend naar de vertrektijden. Na al die jaren niks veranderd. Bleek vel, met iets van dromen in zijn ogen. Een lijf dat altijd gehaast lijkt, alsof het te laat aan het komen is, en daar ongemakkelijk van loopt: alles wiebelt en beweegt de hele tijd een heel klein minibeetje.

Ik twijfel even, stap op hem af. Hij ziet mij, glimlacht, en pakt mij vast, langer dan vrienden doen. Dat voelt niet prettig. Het heeft met zijn geur te maken, denk ik, ooit zo vertrouwd, en nu, nu wringt dat tegen.

Praten is beter. Ik stel de vragen. Sommige patronen zijn voor altijd. Hij antwoordt. Voluit. Het gaat goed: professionele successen, huis gekocht op toplocatie, nog altijd geweldig bevriend met de beste vriend. Ik ken deze man zo goed. Hij plukt wat onbestemd aan zijn baard, trekt twee keer zijn trui recht. Hij peilt mijn blik, dat is iets anders dan kijken. Ik voel aan alles: er zitten gaten in zijn verhaal. Misschien wil ik dat alleen maar denken. En dan hij opeens: 'En als we nu eens wild samen een trein nemen, naar Lokeren, bijvoorbeeld.' Ik ben in het algemeen nogal voor slechte ideeën. Ik heb breed gelachen. Ik heb het niet gedaan.

Ik ben zesendertig. Ik vraag mij af of mensen bijleren. Ik denk soms dat ik elke keer weer met die kop knalhard naar dezelfde muur toe loop. Soms denk ik iets anders. Leven van de hoop heet dat.

LOU

Twaalf zijn is verschrikkelijk. Het enige wat nog erger is: twaalf zijn en op de middelbare school zitten.

Niet dat ik de lagere school zo super vond, maar dat was tenminste overzichtelijk. Ik had één goeie vriendin, en nul problemen met de rest. Drie jongens waren in de loop van die jaren verliefd op mij. Dat was voldoende. (Een beetje jammer dat Daan niet een van hen was. Maar later heb ik gehoord van Elsa dat hij naar roze kauwgom smaakte. Toen was ik wel jaloers op Elsa, maar ik vond het toch minder erg van Daan.)

Er waren twee meesters op onze school, maar daar heb ik nooit bij in de klas gezeten. De juffen waren overwegend lief. Behalve juf Godelieve van 2B, zij was een beetje akelig of zo. Soms ronduit gemeen. Bijvoorbeeld toen Tiny, een meisje dat graag op de achterste poten van haar stoel zat te balanceren, een keer achteroversloeg, met haar hoofd tegen de stenen vloer. Tiny huilde. De juf dwong haar om op de grond te blijven liggen tot de pauze. Zeker een halfuur heeft ze dat zo laten duren. Buiten scheen de zon, ik hoopte dat Tiny daarnaar keek. Ik durfde op mijn beurt amper naar Tiny te kijken. Ik wou protesteren, maar deed het niet. Ik kan niet op tegen gemene mensen, al is dat geen excuus. Er bestaan geen gemene mensen, zegt mijn vader, alleen ongelukkige. Ik weet niet of dat waar is.

Ik maak mij vaak zorgen. Ik vind dat zelf vervelend, maar het voelt dan alsof ik geen andere keuze heb. Alles is een kwestie van kiezen, zegt mijn mama. Alsof het zo gemakkelijk zou zijn.

De meeste pauzes zit ik op het toilet. Daar is het tenminste rustig.

Ik weet niet hoe dat moet: vriendschap sluiten. Ik denk dat ze mij op school raar vinden. Dat begrijp ik wel. Ik vind mezelf ook raar.

En er is natuurlijk die ramp gebeurd.

Ik wou graag naar De Veder, dat leek mij wel een leuke school. Mijn vader vond die niet praktisch, ik moest dan elke dag de bus nemen naar de stad. En hij dacht dat een kleinere school, ook in het groen, net zoals ons huis, beter voor mij zou zijn. Papa is er niet zo vaak, maar ineens staat hij daar, samen met zijn mening. Hij is de man die met één teen voelt hoe warm het water van het zwembad is. Dan uren twijfelt of hij nu wel, of toch beter niet een duik zal nemen, om uiteindelijk zijn zwembroek aan te trekken, dan níet in het water te gaan en toch moeilijk te doen omdat hij zich nu weer om moet kleden. En dan is het zwembad het leven in dit beeld. Uiteindelijk is hij toch akkoord gegaan.

Ik ben te gevoelig. Dat zegt mijn moeder. Ik zou niet weten hoe het anders moest.

Ik heb wit haar en blauwgrijze ogen. Ik ben een meter zevenenveertig. Ik moet mijn scheut nog krijgen, zeggen ze. (Scheut is een vreemd woord.) Alsof iemand had beloofd dat het leven eerlijk zou zijn. Ik heb geen hobby's, want ik vind hobby's hebben duf. Er is veel waar ik graag mee bezig ben, dat wel. Ik hoor en zie veel. Ik vraag mij af of andere mensen dat ook zo uitgesproken hebben.

Ik was bang de eerste dag, tussen al die leerlingen, ongeveer allemaal groter dan ik.

Van op de speelplaats worden alle eerstejaars de hal in gedreven. Een kudde vee van een goeie honderd stuks. Ik sta stil en kijk om mij heen. Muren in een soort groen dat onmogelijk de kleur van de hoop kan zijn. En de geur van lauwe soep, uit de refter misschien, hier vlakbij, of anders ruikt die jongen met zijn bril zo. Dan hoor ik het voor de tweede keer, nu bewust: 'Lou Bergmans, 1La.' Een vrouw (onbestemd bruin haar, slank, tuttig gekleed in veel te veel beige, maar met iets zachts in de ogen, ze geeft vast wiskunde, of zo) houdt het bordje omhoog: eerste Latijnse a. Als we met tweeëntwintig rondom haar staan, neemt ze ons mee naar een lokaal.

Er zijn meisjes die het helemaal begrepen hebben. Zoals Vanessa. Zij is degene die iedereen meteen gezien heeft. Ze is een jaar ouder dan wij, en ze vindt van zichzelf dat ze er eentje is om rekening mee te houden, en in haar geval volstaat dat. Ze is er blond genoeg voor. En ze blijkt ook nog een stervoetballende vader te hebben. De meisjes willen haar beste vriendin worden, de jongens haar lief. Meteen en bijna achteloos bespeelt ze de hele klas. En de leraren, zo zou later blijken. Vooral die van aardrijkskunde met zijn rare lach, en die van Frans met zijn tic (dat linkeroog leidt een heel eigen leven, als het niet zo vervelend was om naar te kijken, zou ik erom kunnen lachen).

Voor één dag zou ik wel eens Vanessa willen zijn. Even ruilen en kijken hoe dat voelt: bewonderd worden. Misschien is dat ook best vermoeiend, soms. Terwijl ik dat zit te denken, vraagt de koningin haarzelve: 'Lou, is dat geen naam voor een jongen? Hebt ge daarom dat korte haar?' Geestig is die opmerking niet, toch staat er een meute om haar heen te grinniken.

Toen ik die eerste dag naar huis fietste, wist ik het zeker: zes jaar is lang.

Eva zegt dat ik moet zoeken naar wapens tegen de wereld. Eva zegt dat wij een beetje op elkaar lijken. Dat zij het ook geen picknick vond, die jaren op school, maar dat het later beter wordt. Ik weet niet of ik dat kan geloven. En sowieso heb ik er nu niet echt iets aan.

Ik weet niet of dat een wapen is, maar ik maak graag lijstjes. Als ik mij verveel, als er iets vervelends gebeurt. Vijf dingen waar ik triest van word: 1 bedelaars met kindjes, 2 Vanessa, 3 mist op maandagochtend, 4 één balletje in een groot bord soep, 5 de kip van de buren die ziek was en stierf. Vijf dingen waarvan ik het jammer vind dat ze bij het leven horen: 1 medisch onderzoek, 2 ijskoude drankjes (omdat mijn tanden alles voelen), 3 films met Katie Holmes (die is echt te mooi) en films die slecht aflopen, 4 paarse nagellak, vooral op tenen, 5 Vanessa. Vijf dingen waar ik vrolijk van word: 1 onbekende mensen die naar mij lachen, 2 'Feel the love generation', dat liedje van Bob Sinclar dat Eva zo graag hoort, wij kunnen daar samen vet goed op dansen, 3 grappige openingszinnen in een boek ('Aan de rand van het bos, niet ver van de rivier, tussen het struikgewas, had de sprinkhaan een winkel. Op het raam van zijn etalage stond met grote letters: ALLES TE KOOP (BEHALVE DE ZON, DE MAAN EN DE STERREN)'), 4 een lief sms'je dat ik totaal niet had verwacht. En over dat vijfde moet ik nog eens denken.

Eva is de enige die weet van de ramp. Ik wil daar nu niet op ingaan.

Ik hou heel veel van Eva. Toen ik klein was, vond ik haar grappig. Later leerde ze mij dingen kennen. Ze vertelt altijd eerst over wat ik kan verwachten, voor ze mij meeneemt naar nieuwe plekken, dat geeft mij een goed gevoel. Eva praat met mij over alles wat er toe doet. Ze weet wat ze moet vragen, en ze luistert als ik antwoord.

Eva lijkt altijd blij. Alsof er elke minuut een feestje kan losbarsten en dat zij daar dan helemaal klaar voor is. Eva zegt dat ze 't fijn vindt, alleen wonen. Ze kan zich helemaal in haar dekbed draaien, zegt ze. En scheetjes laten wanneer ze maar wil. En zomaar, midden in de nacht, opstaan om een ijsje te eten.

Eva zegt dat de rust haar deugd doet, als ze thuiskomt na het werk dat altijd zo vol is van drukte en mensen en gedoe. Dat snap ik wel. Eva heeft een stoere job. In de gevangenis helpt ze mensen, want daar heeft ze voor geleerd. En dan wil een mens wel wat rust, waarschijnlijk, nadien.

Soms geloof ik Eva. Soms ben ik er zeker van dat ze liegt als ze zulke dingen zegt. Maar dat probeer ik dan te vergeten. Ik denk Eva liever blij.

CASPER

Eva had haar meegebracht naar mijn vernissage: een mooie vrouw, met al dat slordig opgestoken donkere haar, die hoge jukbeenderen, en die blik: stoer en zacht tegelijk. Op haar hoge hakken was ze net iets groter dan ik, wat ik sexy vind.

Ik vraag nooit naar wat mensen van mijn schilderijen vinden, maar deze vrouw intrigeerde mij, dus na Eva's reactie – lief, zoals Eva is, maar verder een beetje wat ik al te vaak had gehoord – zag ik mezelf in haar richting draaien: 'En gij?' 'Ik kan dat nu niet zo even zeggen,' zei ze. 'Als ge 't echt wilt weten, moet ge mij uw adres geven, dan schrijf ik u een brief.' Ze lachte erbij, met een blik die ik niet goed kon plaatsen.

We hadden misschien een kwartier met elkaar staan praten, maar ik ben die nacht naar huis gegaan met haar blik in de kop.

Drie dagen later zat de brief in mijn bus, heerlijk ouderwets, geschreven in een prachtig handschrift. Ik las 'm zeker zeven keer: alsof deze vrouw een rondleiding in mijn hoofd had gekregen. En de woorden die ze daarvoor gebruikte. Ik mag dan een man van beelden zijn, mensen die het goed kunnen zeggen scoren bonuspunten in mijn wereld.

Ik heb lang gezocht naar wie ik was. Als kind al veel zitten prutsen met potlood en papier, met stiften en bierviltjes, maar stuurloos, zonder stil te staan bij wat ik daarmee kon. Later van vader een echt beroep moeten leren: 'In onze families zitten geen dromers en geen artiesten,' zo zei hij dat, afgemeten, alsof hij een wet dicteerde waarvan hij zeker wist dat ik die zou onderschrijven. Ik was geen rebel, ik heb eerst universiteit gedaan, psychologie. Toen ik aan alle verwachtingen beantwoord had, ben ik vertrokken, alleen, weg van alles wat ik kende. Veel gekeken, veel gezwegen, om te horen wat er dan het luidst zou gaan klinken, teruggekomen en begonnen met schilderen. Later dan de meesten, maar met meer verlangen, vermoed ik dan, en meer focus, omdat ik voelde dat dit klopte, dat dit was wie ik moest zijn: een schilder. Hoe onzeker ik ook ben geweest voor ik officieel mijn atelier uit durfde, ik heb altijd geloofd dat ik moest volhouden, desnoods zonder erkenning, desnoods zonder geld. Opgepikt worden, internationaal succes oogsten, dat was een vreemd gevoel, maar ook een opluchting: antwoord krijgen op een vraag is het mooiste wat er is. Bovendien kan ik mij nu al jaren totaal concentreren op mijn werk, waar het mij om te doen is. Veel meer dan om dat succes. Dat klinkt vanuit mijn positie te gemakkelijk, waarschijnlijk, en toch is het zo. Omdat ik het schilderen nodig heb, om het leven te verdragen, en omdat schilderen mij kan vervullen.

En nu schrijft deze vrouw over mijn werk, over mij, zo juist dat ik het er koud van krijg, en warm. Hoe ze mijn schilderijen leest. Met zinnen als: 'Al die gore eenzaamheid en dat hunkerend weer rechtop krabbelen. Dat razen en dat stilvallen. Dat voelen en verdwalen. Dat vinden en dan toch maar weer opnieuw gaan zoeken. Dat verlangen zonder goed te weten wat daarmee te moeten. Dat evengoed er keihard mee kunnen lachen. Uw kunst is geestig, soms, en om te janken zo triest, op andere momenten – en af en toe op dezelfde.' En ook nog: 'Het is werk waar ik zoveel bij voel dat alle denken stilvalt, terwijl ik ook echt wil denken als ik kijk. En almaar wil blijven kijken terwijl die kop en dat hart hard bezig zijn. En dat is uitzonderlijk.' Wie kan daar onbewogen bij blijven?

Ik wacht één lange dag, van denken en van twijfelen, dan neem ik een stuk dik papier met een van mijn schetsen, een paar lijnen, meer niet, maar het had iets, naar mijn gevoel, en onderaan schrijf ik: 'Voor u. Om uw woorden en uw blik.' Is dat niet onnozel? Ik stop het in een grote enveloppe en gooi die in de brievenbus om de hoek, nu kan ik niet meer terug. 'Sommige dingen moeten gewoon.' Ik zeg het hardop, want hardop klinken de dingen altijd overtuigender.

Als ik thuiskom zit Willem op de sofa naar het nieuws te kijken: 'Mama heeft gebeld, ze wil doorwerken. Zullen wij pizza bestellen dan?' 'Er is nog van alles in huis om te koken.' Ik hoor mezelf Merel echoën. 'Toe, voor die keer dat we de kans krijgen om ongezond te doen.' Hij kijkt smekend vanonder zijn lange haar. 'Ook waar,' zeg ik, ik zoek het foldertje van de home delivery-kerels en ga naast hem zitten. 'Een pizza bolognese voor u?' 'Nee, een hawaï,' zegt hij. En terwijl ik aan het bellen ben: 'Of nee, doe toch maar bolognese.' Ik rond het telefoontje af en zeg dan: 'Ik dacht al: hij wil opeens wat ánders, hoe kan dat nu?' 'Cas-péér, niet lachen met mij.' 'Alleen maar een klein beetje met de avonturier die gij zijt.' 'Als ik dat nu lekker vind.' 'Ge moet altijd doen wat ge lekker vindt in 't leven, da's waar.'

Willem kijkt naar de laatste items en levert nadien commentaar bij de gebeurtenissen van de wereld, en ik sta er weer eens van te kijken wat voor een slimme jongen hij toch is. Hij draait met zijn rechtervinger in zijn haar terwijl hij zijn mening verdedigt, dat doet hij altijd als hij denkt. Zo goed dat ik hem ken, na al die jaren.

Vreemd eigenlijk hoeveel je kan gaan houden van een kind dat niet van jou is. Toen Merel zei dat ze een zoon had die de helft van de tijd bij haar woonde, moest ik even slikken. Maar ik heb het onlangs nog gedacht, toen Willem en ik in mijn atelier hebben zitten klooien met doeken: er is iets met die jongen, nog maar veertien, en hoe hij kijkt naar de wereld, hoe hij zich nergens wat van aantrekt, hoe hij met een grote vanzelfsprekendheid potloden en borstels hanteert. Ik had hem wat op weg gezet, hij wou een schilderij maken voor zijn moeders verjaardag: een werkje met veel knallende kleuren, het was niet slecht, dat meen ik. Hij gaf het haar en zei: ''t Is echt fantastisch geworden' – bescheidenheid is voor oude mensen, vindt Willem – 'ook wel een klein beetje dankzij Casper misschien.' Toen kreeg Merel tranen in de ogen, en hoe ze op dat moment keek, naar hem en naar mij.

De bel gaat. 'Ik zal wel naar beneden lopen, mag ik geld?' Ik geef hem een briefje van vijftig euro. Terwijl ik hem door de lange gang hoor hollen, denk ik weer aan Elsie en vraag ik mij af waar ik in godsnaam mee bezig ben.

ELSIE

Ik kom de operatiekamer binnen en daar hang ik. Vijf keer. In het groot. Met zo'n papieren wegwerpstring tussen mijn bilspleet. Het zijn loepzuivere foto's. Ik kan er niet naar kijken. De anderen doen het allemaal. Een onduidelijke bende verpleegsters en artsen in opleiding staren naar die beelden en merken mij amper op. Na een tijdje knikt er nu en dan een bemoedigend in mijn richting. Uit medelijden, waarschijnlijk. Een mens zou voor minder, bij het zien van die billen. Twee kinderen gekregen, de buik nog binnen de perken weten te houden, maar die bovenbenen waren altijd al het zwakke punt, en dan de veertig voorbij ondertussen, ik moet daar geen tekening bij maken.

De hoofdverpleegster doet dit al jaren, dat voel je meteen. Zij is er zo eentje die van mensen op hun gemak stellen een levensmissie heeft gemaakt. Ze praat in diepe tonen, glimlacht alsof alles altijd goed komt en legt keurig uit wat er gaat gebeuren. 'U mag uw slipje nu nog aanhouden. Als de dokter zo dadelijk komt, moet het uit, anders kan hij er niet goed bij om te tekenen, en dat is belangrijk, zo weet hij tijdens de ingreep exact wat te doen.' Kon ik mijn hersenen uitschakelen, dan was er zelden een beter moment dan nu.

Ik ben al bij hem op consult geweest. Het is een dokter zoals alle dokters zouden moeten zijn. Knap genoeg om er graag langs te gaan. Afstandelijk genoeg om je zonder kleren te durven tonen. Zacht genoeg om er vertrouwen in te stellen. Hij zal in het operatiekwartier zo'n uitgesproken mutsje dragen, gok ik. Met een druk patroon of veel kleuren. Omdat hij niet doet aan dat saaie groen. Omdat hij daar te mooi, te succesvol en te gezond zelfzeker voor is. En tenslotte gaat het hier niet om ziektes, maar om schoonheid, en dat verdient vrolijkheid in de omgeving.

Hij komt binnen in geruststellingsmodus. Knalrood is zijn muts, met witte kersen. Veel, waardoor je niet meteen ziet dat het kersen zijn. Ik concentreer mij op dat fruit terwijl hij, met zijn neus zo goed als in mijn blote kut, tekent. Genadeloos, met alcoholstift, het soort dat ik niet in huis haal omdat kinderen daar onherstelbare schade mee kunnen aanrichten. Ik probeer niet te denken aan die kut en die neus, wat moeilijk is, zeker gezien de eentonigheid van de kersen.

Ik ken nogal wat mensen die dat bullshit vinden: plastische chirurgie. Oppervlakkige geldverschijterij voor ijdeltuiten. Zeker in mijn milieu. Ik heb het verteld tegen een van mijn medewerkers in het theater waar ik directeur van ben. Zij reageerde positief, maar misschien is dat gewoon wat ze zegt tegen de baas. Zulke dingen weet je nooit. Nu, dat ze maar zeggen, al die mensen met een mening. Ik doe dit voor mezelf. Dat heb ik moeten leren: mezelf de dingen gunnen. Durven zijn wie ik wil zijn. Maar dat is goed gelukt. Vroeger dacht ik dat het leven er was om te doorstaan, zoals ik mijn ouders zag doen, nu probeer ik het naar mijn hand te zetten. Zolang je niet door het lot wordt getroffen, is alles maakbaar, is alles een keuze. Niks is zeker, behalve de zekerheden waar je zelf aan vasthoudt. Daar zweer ik bij.

Waarom ik het belangrijk vind om mooi te zijn – zo mooi mogelijk te zijn, heb ik gecorrigeerd –, dat vroeg Esther mij, een vriendin van jaren, en daar had ik eigenlijk geen antwoord op. 'Omdat uw moeder dat belangrijk vindt, schoonheid. Omdat uw oudere broer Ben altijd is opgehemeld als beau garçon.' Dat zei ze. Ik heb dat weggelachen. Sommige dingen zijn echt te vergezocht.

De dokter is verdwenen. Het voetvolk moet mij prepareren, hij heeft wellicht iets druks te doen, ondertussen. Bellen met zijn ongetwijfeld perfecte vrouw, bijvoorbeeld. Of snel even het kruiswoordraadsel van *The New York Times* oplossen. 'U mag op de buik gaan liggen.' Ik ben dankbaar dat ik niet hoef toe te kijken. Terwijl ik me lig af te vragen of hij zo dadelijk, naar analogie met die neus, in mijn kut zal gaan zitten met zijn handen, schieten de verpleegsters krachtdadig in actie. Ik word bedekt met lappen stof. Alles behalve mijn kont en mijn benen. Opeens drukt er iemand een soort verband over de kut en de bilspleet, het voelt als een te groot maandverband dat met tape bevestigd wordt. Mijn hartslag zakt een beetje, zie ik op de monitor. So far so good.

'We gaan het eerst verdoven, u zal dat een beetje voelen.' Dan weet je wel hoe laat het is. Zo'n dokter bedoelt eigenlijk: nu komt er pijn. Het voelt alsof ze zich met een pijl, scherpe punt naar voor, via de plooien aan mijn kont, een weg naar beneden zoeken. Ondertussen blijvende schade aanrichtend. Behoorlijk onaangenaam. Eufemismen zijn nuttige dieren. De hoofdverpleegster knijpt empathisch mee haar ogen dicht. 'Gaat het?' Stoerder dan ik ben zeg ik ja. Soms doet het er niet toe of het antwoord nee of ja is.

Denk aan het badpak dat nu al klaarligt voor volgende zomer. 'U moet zich ontspannen,' zegt de man met het marteltuig. Hij kan dat zeggen. Ik denk alleen maar: ik heb een hekel aan pijn.

Eindelijk starten ze met de ingreep zelf. 'Nu gaat u in principe niks meer voelen.' In principe. Ik heb dat gehoord. Ik hoor altijd alles. Dat is niet op elk moment een voordeel. Twee uur blijven ze bezig.

‘En, viel het mee?’ vraagt de chirurg achteraf. Hij streelt even langs mijn arm, wat ik merkwaardig teder vind. ‘Absoluut,’ zeg ik; a tough girl, ik. Wat kun je anders?

Ik krijg een soort dekzeil mee, van het type dat op operatietafels wordt gelegd. Menselijke sappen, van welke orde ook, ze komen er niet doorheen. Dat is misschien nodig, want ik kan gaan lekken uit mijn wonden. Het klinkt als iets wat een dierenarts zou zeggen. ‘Een beetje vochtverlies, of wat moet ik mij daarbij voorstellen?’ Ik probeer optimistisch te blijven. De hoofdverpleegster kijkt bezorgd: ‘Als u een van de patiënten blijkt te zijn die lekt, dan is daar geen camoufleren aan.’

In de gang zit mijn zus al te wachten om mij naar huis te voeren. Eva is een rots. Altijd daar, altijd klaar. Walter had een belangrijke vergadering, hij kon niet komen, en zelf mag ik niet rijden. ‘En, niet te vervelend?’ vraagt ze. ‘Ik kan gaan lekken,’ antwoord ik. Zij proest het uit. Hilariteit onder zussen, heerlijk.

Ik zit nog maar net in de auto, of ik krijg een sms. Zou het van Walter zijn, vraag ik mij af. Hij komt van Casper. Verrassend. ‘Ge kijkt zo raar,’ zegt mijn zus. ‘Ik had u toch verteld van die prachtige schets die Casper mij had toegestuurd? Nu sms’t-ie, hij wil met mij uit eten.’ ‘Aaarggh!’ Mijn zus had voorspeld dat dit zou gebeuren. Zij vond dat er iets in de lucht hing, toen, tussen Casper en mij in de galerie. ‘Wat schrijft hij?’ Ik lees voor: ‘Wij zijn twee dezelfden, wij. Als dat geen reden is om samen te gaan eten, weet ik het niet meer. Nu woensdag?’ ‘Ge gaat dat toch doen?’ ‘Dat kan ik eigenlijk niet maken. Ik ben een getrouwde vrouw.’ ‘Die wel die brief geschreven heeft.’ ‘Dat ging over zijn kunst, daar hou ik van. Ik schrijf ook brieven naar theatermakers.’ ‘Dat zal wel, maar ge maakt mij niet wijs dat ge dit keer niet extra uw best hebt gedaan.’ Eva’s grijns is breed. ‘Ik heb natuurlijk wel zin, dat geef ik toe.’

'Ge zoudt uw blik moeten kunnen zien nu, Elsie.' 'Op dit voorstel ingaan zou zo unlike me zijn,' zeg ik. 'Reden te meer.' Eva straalt in mijn plaats. 'Casper is echt geweldig,' zegt ze. Ik vrees het ook, denk ik. Ik zeg het niet.

JOS

Natuurlijk heb ik fouten gemaakt. Ik ben eenenzeventig, en ik betaal er nog elke dag de prijs voor.

Sommige mensen vergeten niks. Ik probeer zoveel mogelijk te vergeten. Hoe mijn rug voelde na een dag in het restaurant. Hoe ik het eerste optreden van mijn kinderen gemist heb, in de muziekschool, hoe ik alle optredens van mijn kinderen overal gemist heb. Hoe kwaad ik soms opeens kon worden, en dat ik dan–

Verdriet, dat zoekt zich toch een weg naar buiten. Nu besef ik dat.

Vier jaar heb ik geen druppel gedronken. Gewoon radicaal gestopt, van de ene dag op de andere. Geen AA, geen therapeuten, geen pillen. Puur op karakter.

Niet wat de dokter beweerde heeft me die stap doen zetten, maar de blik van Eva toen die arts tegen mijn vrouw op fluistertoon herhaalde wat hij mij zonet had gemeld – alsof meisjes van zeven het niet horen als je het zachter zegt: 'Gaat hij zo door, dan drinkt hij zich binnen afzienbare tijd dood. Dat kan geen lever ter wereld aan.' Eva kon kijken alsof ze alles wist.

Hoe oud zou ze geweest zijn, die ene keer, een jaar of negen, tien? We hadden wat woorden, Jeanne en ik. En opeens zweeg mijn vrouw, in het midden van de discussie, en dat bleef ze volhouden, wat niet haar gewoonte was. Nu kon het alle kanten op. We keken televisie, een serie waar ze erg van hield, en net toen het spannend werd, stond ze op, ging naar de voorraadkast met oud servies van het restaurant en zonder verder commentaar gooide ze ritmisch alle borden één voor één aan diggelen. Alsof ze er in stilte een walsje bij floot: één, twee, knal, één, twee, knal. Ik brulde zo'n beetje verontwaardigd in haar richting. Ik geef dat toe: in zo'n geval wist ik niet wat ik moest doen.

En dan was daar Evaatje. In haar nachtjapon kwam ze naar beneden, deed de deur van de woonkamer open en taxeerde de situatie. Zonder veel aarzelen nam ze mij bij de hand en duwde mij de keuken in – ik kon het alleen maar erger maken, leek ze te denken. En vanachter de gesloten deur hoorde ik haar op mijn vrouw inpraten. Ze sprak zacht en onverstoorbaar, met een kalmte die niet van deze wereld leek. En even abrupt als Jeanne begonnen was, hield ze ook weer op. Eva zette haar moeder op een stoel: 'En nu helemaal rustig worden.' Het klonk als een bevel waarop ze geen ongehoorzaamheid zou dulden. Ze veegde de scherven bij mekaar, deed alsof ze niet hoorde dat haar moeder huilde, haalde mij weer uit de keuken, en stuurde me naar mijn bed. Zelf arriveerde ze een kwartier later boven. 'Mama komt zo.' Ze keek bemoedigend en vertrok weer naar haar kamer.

En ik liet dat gebeuren, ja. Ik was een slappeling. Ik had al zo veel strijd verloren. Denk maar niet dat ik daar trots op ben.

En die keer met Kerstmis. Wij vierden het tweede kerstdag, dan was het restaurant gesloten en had ik tijd. Een feest samen met mijn broer en zijn drie zoontjes. De jeugd wilde buiten spelen; kinderen, dat voelt geen kou. Onze grote tuin grensde aan een lap grond waar niemand wat mee deed. Het was een kleine wildernis: onduidelijke begroeiing van bomen, planten en allerlei soorten onkruid. Er was een stevige omheining rond gezet, en daarnaast een haag die de twee domeinen van elkaar scheidde. Je zag het amper liggen vanuit ons huis.

Met een tuin zo groot als de onze verwacht je niet dat kinderen op verkenning willen gaan net in dat deel waar ze niet mogen komen. Maar op die leeftijd zien ze overal avontuur.

Opeens kwam de kleinste van mijn broer stotterend van enthousiasme binnengelopen. 'We hebben een schat gevonden, in onze eigen jungle.' Eva volgde het jongetje, haar vingers blauw van de kou. 'Glenn heeft zo veel fantasie,' zegt ze. Ze knipoogt erbij. 'Kom Glenn, we gaan terug, om de schat te begraven, zodat niemand hem ooit kan vinden.' De bende bleef lang weg. Toen de cadeautjes open mochten en het nageslacht weer binnen werd gesommeerd, hadden ze allemaal iets geheimzinnigs over zich. 'En, hoe is met de schat?' vroeg mijn broer. 'Alleen wij weten daar meer van, hè jongens,' zei Eva samenzweerderig. 'Het is ons geheim, wij zwijgen als een graf.' 'Als een graf,' zei Glenn, en hij hield de lippen stijf op elkaar, alsof hij ons daar een keiharde loer mee draaide. De kinderen keken naar Eva, met iets van triomf en trots. Zij keek heel even naar mij. Eén moment maar.

's Nachts ben ik de tuin in gegaan. Ik was er niet nuchter genoeg voor, eigenlijk, maar ik zette de trapladder zo dat ik over de omheining kon. Op zoek naar de flessen die ik daar het voorbije jaar had gedumpt. Op mijn privéstort. De kinderen moeten ze gevonden hebben, Eva heeft er een spel van gemaakt en ze doen verdwijnen. Jeanne is het nooit te weten gekomen.

Elsie was anders. De grote zus, onafhankelijker, grotere mond. Zelfs in de buurt van mijn moeder. Een tamelijk opmerkelijke vrouw. Dertien kinderen gebaard, opgevoed in een onvoorstelbaar klein huisje, met het armzalig loon van de onderbetaalde administratieve hulp die mijn vader was. Er viel altijd wel wat te zorgen. Kinderen maakten ruzie en werden ziek. Kinderen zeurden van honger die niet kon worden gestild. Kinderen zongen te luid voor haar migraine. Een mens zou van minder hard worden. Trots, dat was ze wel, en verstandig. Zo'n vrouw die op een andere plek in een andere tijd tot veel in staat zou zijn geweest. Zij wist dat. Ze droeg haar lot in stilte, zoals de meeste mensen vroeger deden.

Verder was mijn moeder in alles luid. Ik denk niet eens dat het opzettelijk was, maar ze had zo haar manier om anderen te laten delen in haar structurele boosheid op het leven. Op zo'n dag dat ze bij ons op bezoek kwam en al commentaar had gegeven op het gebak, het kapsel van Eva en de brommer die Ben van ons had mogen kopen met het geld van zijn vakantiejob, begon ze erover te klagen dat ze Jeanne en mij zo weinig zag. 'Ondankbare kinderen, dat is het ergste,' zei ze. Ze keek erbij alsof de wereld nu wel heel binnenkort naar de verdoemenis zou gaan. Waarop Elsie zonder verpinken antwoordde: 'Heel af en toe is het leven eerlijk, en krijgen mensen de kinderen die ze verdienen. Nog wat koffie, oma?' Mijn vrouw berispte haar dochter vlak en snel. Ik was stiekem een beetje trots op die grote klep van haar. Mijn moeder praatte onverstoorbaar verder, haar was niks vervelends opgevallen. Dat had ik met haar gemeen. Ook ik kon de volumeknop gewoon afzetten, als ik wou. Dan bleef ik kijken en knikken, maar verdween ik in mijn hoofd. Daar was het altijd beter. Behalve soms.

Ben was even gevoelig, maar handiger in het ontwijken van de stormen. Of net niet. Het is allemaal een kwestie van perspectief. Hij was altijd al de lieveling van Jeanne. Ik weet niet of dat per se een cadeau was. Ik denk soms dat die jongen nooit zichzelf is kunnen zijn. Hij verdient bakken met geld nu, zit vaak in het buitenland. Hij woont in een villa met een zwembad. Hij heeft een vrouw van goeden huize gekozen en er een mooi kind mee gemaakt. Alles zoals Jeanne het gedroomd had. Maar hoe hij zich echt voelt? Of wat hij denkt als hij mij–

Ik denk dat alleen Eva ten volle beseft hoe moeilijk ik het ermee heb dat ik moest ophouden met het restaurant. Mensen vinden het al onbegrijpelijk dat ik er tot mijn zeventigste mee ben doorgegaan. Ik wist wel waarom. Zij ook. Nu komt ze bijna elke week wel even langs. Wat praten. Als ik te dronken ben, is ze meteen weer weg. Maar als het nog gaat, vertelt ze verhalen over haar werk en wat ze lachend haar gebrek-aan-een-leven noemt. Ik hoop dat ze dat uit solidariteit zegt, omdat ik echt geen leven heb, niet omdat het waar is.

Elsie en Ben zie ik veel minder vaak, dat begrijp ik ook, zij hebben hun eigen gezin om voor te zorgen. Ik wou dat Eva in dat opzicht meer op haar oudere broer en zus leek. Maar ja, ieder zijn keuzes.

Ik hou niet zo van kiezen. Jenever of whisky, dat gaat nog net. Maar verder. Ik heb gemerkt dat je dat verbazingwekkend weinig hoeft te doen ook, als je niet wilt. Sommige dingen gebeuren gewoon, en bepalen bijna alles wat daarna komt.

2

ALSOF ZELFOPOFFERING OOK EEN KUNST WAS

ELSIE

Het was aan de telefoon.

Walter: Dag muis, hoe gaat het?

Ik: Goed, mijn hoofdgerecht wordt fucking fantastisch. Gij zijt bijna thuis, hoop ik, de gasten staan hier over twintig minuten.

Walter: 't Is om te zeggen dat ik het niet ga halen. Ik kreeg telefoon van Kris, of ik hem kon vervangen voor die lezing over leven met chronische ziektes in die serviceclub. Ik kan daar moeilijk onderuit.

Ik: Hoezo, moeilijk onderuit? Als hij zo last minute belt? Ik sta hier te koken voor uw vrienden. En ge weet, met Sofie kom ik al niet geweldig overeen. Ik doe dat voor u. Please, zoek een andere oplossing.

Walter: Zijt maar kwaad.

Ik: Hoewel ik alle reden heb om kwaad te zijn, blijf ik uitermate kalm, vind ik zelf. Waarom zegt ge dan in godsnaam dat ik kwaad ben?

Walter: Gij zijt altijd kwaad, tegenwoordig.

Ik: Hoe gedraagt gij u ook, tegenwoordig?

Walter: Ik weet het, ik ben een slechte man, een klootzak, ik doe alles slecht. Ik ben er te weinig voor u, ik kijk niet genoeg om naar de kinderen. En gij staat overal alleen voor. Ge hebt gelijk.

Ik: Alsof het prettig zou zijn om in dezen gelijk te krijgen.

Walter: Ik geef het u toch. Gij zijt perfect, en ik ben de loser. Laten we 't daarop houden.

Ik: Zo is het gemakkelijk.

Walter: Gij vindt dat, ik vind dat verre van gemakkelijk. Ge weet heel goed hoe ik verga van schuldgevoel.

Ik: Cut it out. Daar heb ik niks aan, aan uw schuldgevoel. En de kinderen nog minder. Als ge zelf vindt dat ge tekortschiet, waarom dóet ge dan niks? Doe verdomme nondekut eens iets. Eender wat.

Walter: Vloek maar wat, dat kunt ge ook goed.

Ik: Met u valt niet te praten.

Walter: We zijn anders alweer een flink tijdje bezig. Terwijl ik mij eigenlijk moet concentreren op wat ik straks ga zeggen. Kris heeft me alleen het thema doorgegeven, ik moet nog verzinnen wat ik precies ga zeggen over leven met chronische ziektes zonder het al te deprimerend te maken. Daar kunnen zulke mannen op hun vrije avond moeilijk tegen, weet ik.

Ik: Ge laat mij hier zitten met uw volk en al dat eten, en dan moet ik me ook nog slecht voelen omdat gij geen tijd krijgt om uw lezing voor de Rotary-idioten voor te bereiden, da's helemaal proper.

Walter: Nee, 't is goed, laten we doorgaan. Laten we oe-verloos doorgaan.

Ik: Ik wil niet doorgaan, ik wil nu een oplossing. Ik wil minstens dat ge mij begrijpt.

Walter: Zeg maar wat ge wilt dat ik zeg, en ik zal het zeggen.

Ik: Jezus christ, geef alstublieft eens een paar minuten de indruk dat ge ouder zijt dan vijf. Ge kunt niet zeven weken op rij – en nee, ik overdrijf niet, kijk maar in uw agenda – afspraken op het laatste moment afzeggen en dan ook nog lastig doen tegen mij en verwachten dat ik het allemaal top vind. Al helemaal niet nadat ge had beloofd dat het allemaal beter zou worden. Ik heb al zo verschrikkelijk dikwijls begrip gehad. Als ge eerlijk zijt, weet ge zelf: dit is geen voorvalletje meer, hè, dit is een patroon. Ik word daar fucking triest van.

Walter: Da's goed. Dan zijn we met twee. Denkt ge dat dit voor mij fijn is? Dat ik hier goedgezind van word? Dat ik er na dit alles ook maar twee minuten van kan genieten, van mijn lezing straks?

Ik: Dat is gemeen. Ik gun u al uw vrolijke avonden, al uw aandacht, al uw inhoudelijke interessantigheden waar ge zo veel behoefte aan hebt. Maar er zijn grenzen aan alles. Ik weet dat ge 't druk hebt, ik weet dat ge moeilijk nee kunt zeggen tegen mensen, ik weet zelfs, deep down, als ik héél hard mijn best doe, dat ge 't allemaal niet slecht bedoelt. Maar de feiten blijven dezelfde. Ondanks mijn pogingen om u te helpen. Ondanks uw beloften. En ik verwacht geen wonderen. Ik ben zelf ook verre van perfect. Maar ik probéér mezelf tenminste bij te sturen. En gij blijft maar draaien in die eeuwige cirkel.

Walter: Dat heb ik de laatste maanden nu al vijftig keer gehoord, dit.

Ik: Dat wil dan alvast zeggen dat ge 't blijkbaar de negenenveertig vorige keren helemaal niet hebt begrepen.

Walter: Ik ga nu dit gesprek beëindigen.

Ik: Durf niet op te gooien. Als er iets is wat ik haat, dan is het dat ge opgooit. Dat wéét ge ook.

Walter: Ik weet niks.

Ik: Ik probeer het altijd maar opnieuw uit te leggen, in de hoop dat het doordringt, ooit eens, dat er eens iets verandert. Iets kleins, desnoods. Wat moet ik anders?

Walter: Ge kunt misschien eens lief zijn, kijken of dat werkt?

Ik: ...

Walter: Hallo?

Ik: Ik ben er nog. Ja, gij hebt ook een punt. Ik moet liever zijn, soms. 't Is maar omdat ik nu en dan wanhopig word, van u. Maar dit lost ook niks op, ik weet het wel.

Walter: Ik ga ook mijn best doen. Maar nu moet ik echt ophangen, anders komt het nooit goed met die lezing. Ik zal niet te lang blijven. Dan kan ik met jullie nog een laatste glas meedrinken. Dag muis.

Ik heb Eva gebeld, dat ik eten had voor vier, lekkere dingen, of ze niet ook wou komen. Dat zij zo goed is met van die luide vrouwen die over alles een mening hebben, zoals Sofie. Dat zij vast wel leuke vragen kon verzinnen voor een dermatoloog zoals Luc. Dat we elkaar konden steunen, met veelzeggende blikken en aanstoten onder de tafel. Eva zei natuurlijk ja. Eva zegt altijd ja als er gered moet worden.

Walter is om twintig voor twee 's nachts thuisgekomen. De gasten waren al een dik uur weg. Ik heb gedaan alsof ik sliep. De volgende ochtend heb ik Casper ge-sms't: 'Ik zal er zijn. Omdat gij het zijt.'

EVA

Ze zeggen dat je een professionele afstand moet bewaren wanneer je als hulpverlener in een gevangenis werkt. Dat is waar, natuurlijk. Ik kan dat niet zo goed. Misschien wil ik dat zelfs niet eens goed kunnen.

Af en toe zit er eentje tussen waar je onmogelijk omheen kan. Zoals Henri. Een knappe Congolees met het charisma van een paar opgetelde wereldleiders.

Ik herinner mij de eerste keer dat ik hem zag. Hij komt mijn kamer binnen, lacht innemend. Ik stel hem de paar vragen die ik elke nieuwe gedetineerde stel. Hij antwoordt in het Frans. Ik probeer Engels, ik ben niet goed in Frans. 'No English. Français?' Hij glimlacht weer. Hortend en stotend worstel ik mij door de zinnen. Hij blijft geduldig, denkt mee, vult woorden aan waar ik niet op kan komen. Ik heb zeker drie sessies met hem in stuntelig Frans geconverseerd. Tot ik op een groepsbijeenkomst zag dat anderen monkelend toekeken wanneer hij met mij praatte. 'Allee, Henri, 't heeft lang genoeg geduurd, geef nu gewoon toe dat ge crimineel goed Antwerps kunt spreken.' Waarop Henri een heel verhaal afsteekt in vlekkeloos Nederlands. Henri bleek vlot in het Vlaams, Engels, Frans en Lingala. Terwijl hij dat vertelt, heeft hij plezier voor zestien man ineens.

Henri lijkt ongenaakbaar. Een grappenmaker, een fikser. Hij fluit zich door de jaren in de gevangenis, zo lijkt het toch. 'Moi, je suis toujours pas ici. Mijn Italiaanse celmaat heeft me dat eens gezegd. Voor alles is een oplossing, zelfs voor deze gore ellende.' Daar lacht hij bij. De mannen met de zaakjes keurig op orde, dat zijn degenen over wie ik mij zorgen maak.

Of hij het een beetje volhoudt, vraag ik op een van onze latere sessies. 'Ge zit hier al een tijdje.' 'Wat denkt ge zelf?' zegt hij. 'Ik draag onderbroeken die voordien door god-weet-ik-wie zijn gedragen. Ik leef op een plek waar het nooit stil is. Deuren die openen en sluiten. Mannen met rammelende sleutelbossen. Oproepen door de intercom. Gejoel vanaf een andere verdieping, een teken van vrolijkheid of ruzie, dat weet ge nooit. Mijn ogen zijn bijna altijd bloeddoorlopen, omdat ik nergens ver kan kijken. Ik heb al negentien maanden en drie weken geen bezoek meer gehad, van niemand.' Zijn ogen zijn hard geworden terwijl hij dat zegt.

Henri schrijft zich in voor de reeks van drie workshops die Casper komt geven. Dat ik de grote schilder zover had gekregen, heeft mij in aanzien doen stijgen bij de directie.

Casper helpt de mannen op gang. Hij praat met hen over mogelijke onderwerpen, stuurt hun eerste schetsen bij, geeft tips en uitleg, en ik merk het meteen: ook hij is geïntrigeerd door Henri. 'Mooi dit, gij hebt ooit nog getekend of geschilderd, nee?' 'Zo'n beetje, uit verveling, stelt niks voor.' Henri wuift het compliment weg. Argeloos, vriendelijk, alsof hij het niet nodig heeft. Casper geeft aanwijzingen. Henri maakt iets figuratiefs in erg donkere kleuren. 'Wat is het verhaal achter uw werk?' vraagt Casper op 't eind. 'The sunshine in my heart, dat heb ik geschilderd.' Zijn ogen lijken nog groter dan anders.

Als ik de groep gedetineerden naar hun cellen begeleid, blijft Henri als laatste over, hij zit het verst op de gang. Net voor de penitentiair beambte de deur sluit, roept hij: 'Eva?' Ik steek mijn hoofd door de celdeur naar binnen. 'Niks. Sorry.' De pb reageert geïrriteerd, en zegt op zeurderige toon: 'Als het mevrouw belieft, ik heb nog een en ander te doen vandaag.' Als ik wegwandel door die lange gang denk ik aan zijn gezicht. En aan het verhaal dat klaarzit, maar dat hij niet durft te vertellen. Nog niet.

's Avonds bel ik Casper om hem te bedanken. 'Zeg, en Henri, bijzondere kerel, wat heeft die eigenlijk gedaan?' Toch altijd weer de vraag van één miljoen, blijkbaar. 'Dat moet ge hem zelf maar eens vragen als ge dat per se wilt weten.'

Een week later zit Henri in mijn kamer. 'Het gaat niet goed, hè,' zeg ik. Meer heeft hij niet nodig.

Dat hij vaak aan Congo moet denken. 'Het is mijn land. Ik wil nooit meer terug.' Hij vertelt over zijn oma, hoe ze hem als kind kon wiegen, terwijl ze hem bijna smoorde tussen haar gigantische borsten, en dat ze daar altijd een lied bij zong, dat hij dat nu vaak zingt voor zichzelf, in zijn hoofd, zodat niemand het kan horen. Dat hij moet denken aan zijn mama, zijn papa, zijn broers en zussen. Hoe hij probeert dat niet te doen. 'Te veel dood,' zegt hij. 'Hoezo?' vraag ik. Hij maakt een afwijzend gebaar met zijn hand. Hij kijkt naar de grijzige muur. Lang.

Dat hij het niet begreep, ons land, toen hij arriveerde. Dat hij het nog altijd niet begrijpt. Vreemde vogels, wij. Zo allemaal op onszelf. Zo bang van het onbekende. Zo nors om domme redenen. Omdat de zon niet schijnt. Omdat we het tv-programma slecht vinden dat we ondertussen blijkbaar toch maar helemaal hebben uitgekeken. Omdat er een rij staat aan de loketten van het postkantoor.

Dat hij nog nooit zo alleen was geweest. Dat hij eindeloos

door straten liep en dat niemand hem zag. Dat hij uiteindelijk een vrouw had ontmoet die redelijk lief voor hem was. Ze had een piepklein appartementje, maar hij mocht er slapen. Pas later bleek dat ze al jaren verslaafd was. Maar het was overal wel wat. Hij had het nooit eerder geprobeerd, coke, zei hij, maar dát was toch een kick geweest. Opeens weer blij met zichzelf. Opeens weer de man die hij ooit was geweest. Een man die van alles kan.

Via haar had hij die gasten leren kennen. Snel geld, weinig risico, hadden ze beloofd. Van het een kwam het ander. 'Ge kent het vervolg,' zegt hij. Gewapende overval, heling, drugshandel, hij weet dat ik zijn dossier heb gelezen. Dat hij er niet trots op is. Dat hij lelijke dingen heeft gedaan. Dat hij dat weet.

Op een dag bleek zij zwanger. Ze deed haar best om clean te blijven, en acht maanden later werd hun zoontje geboren: Aimé. Een klein, maar gezond jongetje. 'Het was een voetballer, dat had ik meteen gezien.' Toen hij bijna drie was, viel Aimé van de trappen in de gang van het appartementsgebouw, tussen de spijlen gekropen en naar beneden gedonderd, op zijn hoofd. Vier dagen coma, en toen ging hij dood. Ze hadden hem begraven. Drie dagen later regende het de hele dag. 'Ik kón dat niet verdragen,' zegt hij. 'Ik ben helemaal uit mijn dak gegaan. Mijn zoontje mocht niet nat worden.' Hij huilt als hij dat vertelt.

'In de gevangenis mag je niet huilen,' zegt hij. 'Wie huilt is zwak. Wie zwak is, wordt vernederd, getreiterd, afgeperst, misbruikt. Ik ben sterk,' zegt hij. 'Gelukkig.'

Ik weet niet goed wat gezegd. Ik wil hem vasthouden, doe het niet. Ik wil hem helpen, weet niet hoe. 'En de mama van Aimé?' 'Totale ramp.' Hij valt weer stil. Ik kijk naar hem. 'En daarna?' 'Niks meer. Er is niks meer.'

Hij zit te zwijgen. In al zijn talen. 'Ik vind het verschrikkelijk,' zeg ik uiteindelijk. En dan, hij, heel stil: 'Dat hoeft niet, daar wordt niemand beter van.'

Ik wil hem niet terugbrengen naar zijn cel. Ik wil hem meenemen naar huis en een taart voor hem bakken en hem met een dekentje op de sofa zetten met dat stuk abrikozenvlaai en een cappuccino met veel melkschuim, en zeggen dat alles goed komt, en dat zelf ook echt geloven.

Die avond krijg ik Henri's verhaal niet uit mijn systeem. Ik ga het toch aan Casper vertellen, denk ik. Ik bel hem op. Antwoordapparaat. Ik probeer Elsie. Zij neemt op, begint meteen te vertellen. Over Casper, dat ze ja heeft gezegd. Dat ze zichzelf niet begrijpt, maar dat ze 't niet kan laten. Dat ze superbenieuwd is en ook wat bang. Dat ze, als dat nodig zou zijn, meteen duidelijk zal maken dat ze gelukkig getrouwd is. Over Lou, die zo content is met haar rapport. Over Walter, die volgens haar een burn-out gaat krijgen, als hij niet oppast. En dat gaat maar door. Na iets van drie kwartier vraagt ze: 'En hoe gaat het met u?' Ik vertel kort over Henri. 'Zijt ge wel zeker dat zijn verhaal klopt?' vraagt ze. 'Gedetineerden zeggen alles om uw sympathie te winnen, en gij laat dat dan gebeuren.' Ik heb geen zin om daarop te reageren. Elsie voelt dat. 'Ik vind het prachtig wat gij doet, Eva. Ik probeer u alleen te helpen om uzelf een beetje te beschermen in die dingen. Dat is alles.' Elsie bedoelt het goed, dat weet ik. Nuchterheid is ook maar een oplossing.

Ik kruip in mijn bed. Ik kan niet slapen. Een mug die zoemt en een kop vol gedachten. 'Gij waart er zo eentje die veel verwacht van 't leven, en van mensen.' Dat heeft Casper onlangs nog gezegd. Hij liet het klinken alsof dat een kwaliteit is. Ik weet vannacht niet of hij wel gelijk heeft.

LOU

Ik had een goed rapport. Mijn ouders tevreden (een woord dat bij mijn ouders past: tevreden). Mijn ouders denken graag dat alles goed gaat. Een flink rapport bewijst dat, volgens hen. In de klas zijn mooie cijfers niet per se een voordeel, maar daar valt er sowieso nog weinig te redden sinds de ramp.

Het was in de eerste week van het schooljaar. 's Ochtends doe ik mijn nieuwe rokje aan. Dat donkerblauwe wikkelding, samengehouden met lange zwarte linten. (Yamamoto, een absolute topontwerper, combineert ook altijd zwart en blauw, had Eva gezegd. Zij heeft smaak, dus dat zou wel goed vallen op school.)

Tijdens de pauze ga ik op het toilet zitten, wachten tot de bel gaat, en dan terug naar de klas. Dit keer had ik ook echt pipi gedaan. Ik loop naar mijn groep, merk wel dat er wat gegiecheld wordt, maar ik leg niet meteen de link. Het is al een halfuur later als de lerares wiskunde mij voor het bord roept om een oefening op te lossen. Ik sta op, stap naar voor. Ik merk dat er nu echt hard wordt gelachen. De lerares vraagt om stilte. Ik loop naar het bord, waarop nu ook de lerares zelf in de lach schiet. Ze probeert zich te beheersen en zegt met een klein proestje: 'Lou, meisje, uw rokje.' Ik kijk naar beneden, zie niks, voel dan achteraan, en merk opeens: ik sta met half mijn benen bloot, en iedereen ziet mijn onderbroek van Hello Kitty, een grapje van Eva onder een of andere kerstboom. Bleek dat een van de linten in mijn onderbroek was blijven steken, en zo het zaakje omhoogtilde.

In plaats van op dat moment een vlotte grap te maken of zo, of in ieder geval mijn cool te bewaren, krijg ik voelbaar een knalrood hoofd. Ik ren de klas uit. Op de trap probeer ik hardnekkig niet te huilen. Dan zou ik ook nog rode vlekken in mijn gezicht krijgen. Alles kan altijd erger. Ik durf niet terug naar binnen. Ik weet dat het zal moeten. Ik zoek naar een spitse opmerking om de spanning straks te breken. Ik vind er geen.

Terwijl ik zit te wensen dat ik hier en nu zou opstijgen om nooit meer terug te hoeven komen, zie ik een verdieping lager de adjunct-directeur passeren. (Het is een vreemd mannetje. Klein van gestalte, grote, ouderwetse bril, een stem die overslaat als hij boos wordt. En hij wordt vaak boos. Dat is een beetje zijn beroep.) Ik moet naar binnen. Dat kan niet anders. Ik klop op de deur, de lerares probeert bemoedigend te doen: 'Ga maar gauw weer zitten. Zoiets overkomt iedereen wel eens.' 'Ja, maar zo'n onderbroek, die kies je toch helemaal zelf,' roept Vanessa. 'Tututut, hier worden geen mensen uitgelachen, het was een ongelukje. En Vanessa mag de volgende oefening aan het bord komen maken.'

Ik probeer aan andere dingen te denken. Meestal kan ik dat goed, vandaag lukt het niet.

Ze noemen mij nu nog altijd Kitty in plaats van Lou.

Drie dingen die ik wil vergeten. 1 De ramp. 2 Die keer op het schoolfeest toen ik het hartje van de bloem was: ik zat sierlijk met mijn armen omhoog, het muziekje begon, en een paar tellen voor we moesten beginnen te dansen, krijg ik een vogelstront op mijn kop. Knal in het midden, beter gemikt kon haast niet. Ik moest huilen, ons dansje is compleet mislukt. 3 Dat mama onlangs zacht zat te snikken in haar kamer. (Ik stond in de gang, zag haar door een kier, durfde niet binnen te gaan, daar heb ik nu spijt van.)

Vier dingen die mij troosten: 1 kleine kindjes die zo hard lachen dat je wel moet geloven dat het leven leuk is, 2 stille dingen om naar te kijken (zonnebloemen, de kuiltjes in de wangen van Brad Pitt (ik val op oudere mannen, zegt Eva, daar moet ze dan om lachen), een schaal vol kleurige snoepjes), 3 dat Eva zegt: 'Kom, ik heb soep gemaakt, dat helpt,' terwijl ik niet eens heb gezegd dat ik me niet zo goed voel, 4 mijn broertje Jack als hij tegen mij aan kruipt, zomaar. Dat gebeurt niet vaak.

Drie dingen die ik vies vind: 1 voeten, vooral die van mijn vader (zeker als hij in de woonkamer zijn teennagels zit te knippen), 2 vlees (ik wil vegetariër worden, maar ik mag niet, allemaal flauwekul, vinden ze thuis, ondanks al mijn argumenten (arme dieren, arme gezondheid, arme planeet)), 3 de geur van overrijpe meloenen (let er maar eens op).

Zes dingen die ik mooi vind: 1 eendjes in het water (echte), 2 de kleuren knalrood en felblauw, 3 bruiswater als dat net in het glas wordt gegoten: hoe dat kolkt als een tornado, maar dan helemaal niet gevaarlijk, 4 de letter b (zowel de klank als de vorm), 5 volle lippen (zoals bijvoorbeeld die van Benno uit mijn klas), 6 schilderijen van Vincent van Gogh (vooral dat ene van zijn treurige kamertje, raar dat afzien ook echt mooi kan zijn).

Eva was langsgekomen. Ik heb tegen haar gezegd dat ze moet internetdaten. Iedereen doet dat tegenwoordig. En als ze dan met hem afspreekt, dat ik dan een uur later bel. Vindt ze het niet fijn met die man, dan doe ik alsof ik haar nodig heb in verband met een noodgeval (ik kan gewoon blablieblieblabla zeggen, hij verstaat dat toch niet) en dan kan ze wegglippen. Als ze niet opneemt, weet ik dat ze zich amuseert, en dat is dan ook voor mij leuk. Een waterdicht plan, vond ze, misschien ging ze dat eens proberen. Vriendinnen van haar deden het ook. Ik ben benieuwd.

Ik wil graag dat Eva heel gelukkig is. Ik denk dat je altijd makkelijker gelukkig kan zijn met twee. (Al ben ik daar inmiddels niet meer helemaal zeker van, maar ik denk toch nog altijd iets meer van wel.)

CASPER

Al bij het opstaan was ik zenuwachtig, een schooljongen. Schilderen lukte niet, ik heb dan maar wat praktische prullen afgewerkt, dat deed de tijd niet sneller gaan.

Eindelijk begint het te schemeren buiten. Dit is een slecht idee, denkt de ene helft van mijn hoofd, de andere kan niet wachten. Ik trek mijn mooie hemd aan, dat warmrode met die jarenzeventig boord met lange tippen, mijn zwarte pak en mijn nieuwe schoenen. Voor ik vertrek drink ik een Duvel, dat is nodig.

Ik ga daar niet onnozel over doen: ik heb mij in het verleden wel eens laten verleiden tot een wilde nacht. Ik vermoed van Merel trouwens hetzelfde. Dat is niet hoe het hoort, maar wel hoe het gaat soms, in dit morsige leven, als de goesting groot is en het geheim gegarandeerd veilig. Achteraf vroeg ik me af waarom dat moest, eigenlijk. Om de spanning van een lijf te zien en te voelen dat je nog niet kent, waarschijnlijk, om de kick van dat mee in bad te nemen en op een bed te gooien. Voor mij stopte het daar ook, die paar keer, bij die jolige eenmaligheid, want zo wilde ik het.

En wat ik almaar moet denken nu: waarom voelt dit anders?

Als ik aankom zit het restaurant al goed vol, ik krijg de laatste tafel. Ik ben tien minuten te vroeg, die gaan voorbij, en nog tien, en nog tien. Ze komt toch niet, denk ik, wat een afgang.

Zal ik bellen, een sms sturen, iets geestigs misschien? En opeens, terwijl ik met mijn telefoon zit te spelen, rinkelt-ie: Elsie, verschijnt er op mijn scherm, ik zet het spontaan op een zweten. 'Met Casper.' 'Hallo daar. Zeg, ik zit in de Karel de Grotelaan, maar ik vind dat restaurant nergens.' 'Het is in de Karel de Grotestraat, sweetie.' Sweetie?! Ik kan mijn schoen wel opeten, tegelijk ben ik te blij om mezelf verwijten te maken, want ze is onderweg.

Een kwartier later stapt ze binnen, nog mooier is ze dan ik mij herinnerde. Zij heeft ook nagedacht over wat ze zou aantrekken, of ze ziet er altijd zo ravissant uit, dat kan ook. Ik ga staan om haar te kussen: ik geef er één, op de linkerwang – ze ruikt even lekker als ze eruitziet –, zij draait haar hoofd, om een tweede kus te geven, maar ik had het mijne al teruggetrokken, dus botsen we wat onhandig tegen elkaar. 'Drie kussen, dat is voor familieleden die ge liever niet tegen het lijf waart gelopen,' zeg ik. Ik bedoel het charmant verontschuldigend, besef hoe fout het kan klinken, plak er nog wat woorden achteraan die het erger maken. Zij glimlacht alleen maar, meewarig of vertederd, dat valt onmogelijk te zeggen. Ik heb een droge mond, het smakt een beetje als ik iets zeg. Help, ben ik daar nu zesenveertig voor geworden?

We bestellen, ik kies een goeie fles wijn. Zij is het die het gesprek op gang trekt: ze praat en vraagt en kletst scherpzinnige opmerkingen heen en weer, een beetje macho, soms, wat ik wel leuk vind aan een vrouw. Doodnuchter lijkt ze, slim en geestig. Zo'n wezen dat genadeloos naar alle kernen gaat, omdat haar leven kort is.

Ze wil het ook nog over mijn werk hebben: dat het zo verschrikkelijk triest is, en toch tegen alles helpt, en wat dat over mij zegt, wil ze weten. Dit is een vrouw die zich brutaal je hoofd in mept, gewoon omdat ze dat kan en durft, omdat ze echt geïnteresseerd is. Ik vertel – tot mijn eigen verbazing – meer over mijzelf dan ik in tijden heb gedaan, eerlijker dan ik gewend ben.

Als ik terugvraag vlucht ze weg waar ze de kans krijgt, daar lijkt ze in getraind te zijn. Maar ik laat mij niet zomaar vermurwen. En dan hebben we het over onze jeugd, en vertelt ze dat verhaal over het eerste leerjaar: dat ze moesten breien van de juf, een kat, in het roze, met blauwe ogen en snorharen, en dat ze een beetje bang was van katten, roze lelijk vond en geen enkel talent bleek te hebben voor breien. Na maanden gepruts en gebroddel kon haar moeder het niet langer aanzien, en zij breide een rij of twaalf, de perfectie benaderend, om haar dochter enig perspectief te geven. Haar juf doorzag dat natuurlijk. Die keek naar de kat, en daarna naar haar, zei niks, tilde de klep van haar bankje op, nam het doosje uit de rechterhoek, deed het open, en pakte de buit af: al haar goeie punten, zevenendertig waren het er, geplastificeerde kaartjes, één voor één bij elkaar gesprokkeld met almaar flink zijn. Op het einde van het trimester mochten leerlingen daar iets mee kiezen uit het winkeltje: een zakje knikkers, een leesboek – hoe meer punten, hoe leuker het cadeau. En toen kreeg zij dus niks. Dat deze juf niet van haar hield, zoveel was wel duidelijk. 'Terwijl juffen op uw zesde nog keihard alles zijn, maar ik heb geen traan gelaten, want ik wist al dat het leven fucking oneerlijk was.' Ze trekt haar wenkbrauwen naar boven, beweegt haar felrode mond een beetje naar links en lacht opnieuw. Er hangt een haarlok voor haar rechteroog. 'In dat laatste zinnetje zit veel verhaal,' antwoord ik. Ze kijkt betrapt en blij tegelijk. Hoe moeilijk moet het zijn om niet van deze vrouw te houden?

We weten van geen ophouden, het gesprek dendert maar door, het voelt alsof we hier al honderden keren hebben gezeten, en tegelijk is er geen detail aan haar dat mij niet verwondert. Af en toe vallen we allebei even stil en kijken we alleen maar.

We zitten al aan de koffie als ik zeg: 'Ik vond het trouwens een fenomenale brief, ik ben er stil van geworden, ik heb 'm almaar opnieuw gelezen.' Dan stoot ze haar halfvolle glas bijna om. 'Niks mooier dan een stuntelende vrouw,' zeg ik. Zij lacht omdat ze 't niet kan laten, zo ziet het er toch uit. Als er meters bestaan voor spanning in de lucht, dan zou de onze hier en nu ontploffen, volgens mij.

We zijn de laatsten. Ik vraag de rekening omdat ik moeilijk anders kan. 'Ge zijt zelfs nog straffer dan ik had gedacht,' zeg ik. 'En gij zijt nog straffer dan ik, wat ook niet slecht is,' en dan die uitgelaten lach.

Als we buiten staan, zeggen we geen van beiden iets. Ik zou er een arm voor geven om haar nu te mogen kussen, en twee om haar borsten te mogen zien. Dan zegt zij: 'Ik sta daar,' ze wijst, 'en gij?' 'Ik ben met de fiets. Ik breng u nog even naar uw auto.' Ze praat wat, ik hoor nauwelijks wat ze zegt. 'Dat ben ik.' Een oude Saab, petrolblauw, ze heeft nog goeie smaak ook, natuurlijk heeft deze vrouw óók nog goeie smaak. Ik kus haar op de mond, zedig eigenlijk, zoals vrienden zouden kunnen doen. Ik kan haar blik niet lezen: blij of bang, misschien allebei. Ze stapt in, zwaait nog even, en rijdt dan weg.

Ik moet nog wat door de nacht gaan lopen, want ik ben ontredderd, dat is het woord, en overhoop en verward en geil en helemaal vrolijk en onzeker. Ik verdwaal in mijn eigen stad, dat is me nooit eerder overkomen. Nu ook niet overdrijven, zeg ik hardop, maar geweldig overtuigend klink ik dit keer niet.

JOS

Never a dull day in het leven met de mama. Dat zei Elsie vroeger vaak stilletjes tegen mij. 'Niet lachen,' zei Eva dan, met iets tussen lachen en diepe tristesse. Zoals Eva ook een beetje is.

Jeanne is van het uitbundige type. In alles. Gaat ze shoppen, dan komt ze niet thuis met twee cadeautjes voor zichzelf, maar met negen. Gaat ze uit eten, dan kiest ze niet voor het drie-, maar het zevengangenmenu. Belt ze een vriendin, dan praat ze niet een kwartier, maar anderhalf uur. Is ze misnoegd, dan doet ze niet aan voorzichtige bozigheid, maar brult en tiert ze tot ze geen stem meer heeft. Voelt ze zich verdrietig, dan vloeien er niet een paar tranen, maar huilt ze halve vijvers vol. Alsof ze ooit beslist heeft dat alleen kraakwit en gitzwart leefbare varianten zijn.

Wat dat doet met de rest van de wereld, daar staat ze niet bij stil. Empathie lijkt een luxe die ze zich niet kan permitteren. Dat heeft zo zijn gevolgen.

Ik weet nog die keer toen Eva zes zou worden. Dat vroeg om een groot feest, vond zij. Ze had mij gevraagd om me die dag beschikbaar te houden. Ze organiseerde het speciaal op een maandag in een schoolvakantie zodat ik erbij zou kunnen zijn. Ik moet toegeven: ik ben geen held in kindervreugd, en had al van alles in die sfeer moedwillig aan mij voorbij laten gaan, dus ik vond haar vraag niet onredelijk en zei ja. Het zou een trip worden naar de dierentuin. Met de trein, leuk voor de kindjes. Kon erger, dacht ik nog. Niks wat met een paar jenevers niet te overleven zou zijn.

Wat blijkt de dag van het feest? Om vijf voor negen wordt er aangebeld. Ik hoor de deur, wat gepruttel van klein grut in de verte. Ik maak nog even af waar ik mee bezig ben. Ondertussen blijft die deur almaar open en dicht slaan. Waarom laten ze die kinderen met de deur spelen? Als ik naar beneden ga om in te grijpen, zie ik een zee van zesjarigen. En terwijl ik op de trap sta, zwaait de deur opnieuw open: nog een extra lading. Jeanne heeft de hele klas uitgenodigd. Eenentwintig van de drieëntwintig leerlingen komen opdagen. Ik begin meteen te rekenen: zo veel frank was dat toen, entree maal zo veel kindjes, en dan hebben ze nog niet gegeten en gedronken. Voor mij is alle humor er dan al af, en het moet nog echt beginnen. Jeannes plezier daarentegen is onwrikbaar, haar enthousiasme onvermoeibaar. Ze neemt luid taterend afscheid van andere moeders, stapelt gretig cadeautjes op en veegt gezwind snotneuzen af. Wij moeten die menigte in bedwang zien te houden: Elsie en Ben – zij zijn twaalf en veertien, meer dan groot genoeg om te helpen, vindt Jeanne –, een buurvrouw met een kind van vijf en ik. Het zweet breekt mij uit, dan al.

Hoe we met die hele meute tot aan de bushalte zijn geraakt, met de bus tot aan het station, en met de trein tot aan de dierentuin, dat heb ik vakkundig verdrongen.

Eenmaal aangekomen worden al die zesjarigen helemaal wild, natuurlijk. Ik dwing ze om in rijen te lopen – handjes geven en per twee – zoals op school, wat ze tot mijn verbazing nog doen ook. Ik ben doodsbang om er eentje kwijt te spelen, of om er één een paar tellen uit het oog te verliezen, net lang genoeg om van een klimrek te donderen. Jeanne lijkt zich nergens wat van aan te trekken. Ze wijst op de manen van de leeuw, de poten van de flamingo's en de snorharen van de zeeotter alsof ze dat beroepshalve hele dagen doet. De kinderen luisteren soms, joelen veel te luid, zwermen uit, komen terug, al moeten sommigen daar toch extra toe worden aangemoedigd. Om de zestien minuten moet er wel eentje naar de wc, of heeft er iemand dorst of een heel klein beetje honger voor chips.

Rond lunchtijd ben ik bekaffer dan op de drukste dagen in mijn restaurant. Jeanne verzamelt de bende in de cafetaria, en commandeert: schuif die tafels eens bij mekaar, deel die frietjes en die cola eens uit. Terwijl wij in de weer zijn met bordjes en bekers, dirigeert zij de kindjes, die een verjaardagsliedje zingen voor Eva. Nadien geeft de feestmuts elk meisje een roze potloodslijper cadeau, en de jongetjes een sleutelhanger. Een aandenken. Toe maar, vader zal wel betalen, denk ik. Maar ik zwijg. Zwijgen is bijna altijd beter.

We zijn die dag doorgekomen. Behalve een kapotte knie en een ruzie die in de trein half weer werd bijgelegd, zelfs zonder blijvende gevolgen. Maar vraag me niet hoe. Elsie, Ben en ik waren kapot. Drie weken gingen we slapen, zeiden we. En Jeanne die bleef maar gaan.

Toegegeven: Eva vond het prachtig. Eva was voor één dag de prinses van de jungle geweest, bewonderd door al haar klasgenootjes. Ik heb haar zelden met een blijer gezichtje in haar bedje weten kruipen. En ja, dat ik me die blik zo scherp herinner zegt alles over–

Het onweerde vaker dan de zon scheen. Dan was Jeanne boos op een van de kinderen om een volstrekt onduidelijke reden. Het kon van alles zijn. Een verfvlek op een nieuwe trui, een zeven op tien op een toets van taal, een logeerpartijtje op een dag dat zij met haar kind op stap had gewild. Kies maar.

Ik weet nog, toen. Eva komt thuis van school, en ze merkt meteen: Jeanne gunt haar geen blik waardig. Eva, buitengewoon gevoelig voor sferen en afwijzing, zet een charmeoffensief in. Uitbundige verhalen over school, geïnteresseerde vragen over haar moeders cursus zijdeschilderen, spontaan helpen bij de afwas. Jeanne antwoordt afgemeten, rammelt geïrriteerd met potten en pannen, zet het op een gegeven moment zelfs op een stofzuigen, wat elke conversatie technisch onmogelijk maakt. Wanneer Eva gedienstig een stoel opzijzet, zodat haar moeder er beter bij zou kunnen, stopt Jeanne abrupt, alsof haar dochter haar nu óók nog in de huishoudelijkheden tegen probeert te werken. Ze gaat stokstijf tegen de muur staan. Helemaal gespannen, armen naast het lichaam, een pilaar van marmer wordt ze. Ja, dat doet Jeanne soms. Uren kan ze dat volhouden. De mimeartiesten op de Ramblas zijn er niks bij. Eigenlijk is het geen gezicht, maar dat schijnt ze zich niet te realiseren. Ik vermoed dat ze hoopt dat zo'n manoeuvre de mensheid zal schokken en doen beseffen hoe groot het verdriet is en hoe fout het gedrag haar aangedaan door de slecht menende ander. Want zie toch hoe ze letterlijk niet meer in staat is tot handelen of reageren. Verlamd van hartzeer. Zo hard is dat aangekomen, zo diep heeft het haar getroffen. Als ze bij mij die truc probeerde, liet ik haar gewoon staan, of liggen (die variant bestond ook, het alternatief voor vermoeide dagen) tot ze dan, verontwaardigd ademend – ja, zíj kon dat, demonstratief en piepend klonk zoiets, alsof het haar moeite kostte om te blijven leven in dit leven –, toenadering zocht. Onverschilligheid is altijd het sterkste wapen.

Eva is dan natuurlijk nog maar een jaar of negen, zij kan dat moeilijk aanzien. Alles haalt ze uit de kast. Of mama haar goeie toets van wiskunde wil tekenen? Of ze misschien zin heeft om samen te kleien? Maar Jeanne houdt de lippen opeen en de ledematen stijf. Er is meer nodig om haar te vermurwen. Eva gaat voor het ultieme gebaar. 'Is het goed als ik voor u een bananasplit prepareer? Met zelfgemaakte chocoladesaus?' Jeanne knippert met haar ogen, dat schept moed. Haar moeder is dol op bananasplit. Ook ten tijde van roemruchte diëten is dat eeuwig en altijd de grote verleider, de zoetste zonde, de uitdager die haar uiteindelijk op de knieëen krijgt. Als Eva voor haar moeder staat, met haar liefste gezichtje net boven die coupe, houdt die het niet langer. 'Vooruit dan.' Alsof zelfopoffering ook een kunst is. Terwijl ze eet zegt ze, tussen het happen en slikken door: 'Binnenkort spring ik van een brug, dan zijn jullie van mij af en kunnen jullie gelukkig zijn.'

Toen Jeanne diezelfde zin voor het eerst zei, ging Eva als een aapje aan haar moeder hangen. Nu weet Eva dat zoiets het begin van een ritueel is. Ze laat haar moeder oreren, zegt niks, knikt minzaam, als was ze zich ten diepste van haar schuld bewust.

Het is een kwestie van wachten tot de storm gaat liggen. Want dat doen stormen uiteindelijk altijd.

3

EN OVERAL DIE GEUR VAN JAVEL EN MILDE ZIEKTE

EVA

Mijn vrienden zeggen altijd dat het wel zal komen. Dat ik de beste man ga vinden van hen allemaal. Omdat ik dat verdien. Wat zou het prachtig zijn als mensen ook echt krijgen wat ze verdienen, denk ik.

Ik ken Roel nu een paar maanden. Een basgitarist die met zijn band drie concerten kwam geven in de gevangenis. Hij was onder de indruk. Wou alles weten over gedetineerden en straffen en werken in zo'n omgeving. Die eerste avond hebben we tot halftwee in het café gezeten. 'Top, dit,' zei hij bij het afscheid. Ik kreeg een kus vol op de mond. Sindsdien zijn we elkaar met enige regelmaat blijven zien. Samen drinken, samen eten, een keer naar een concert en een film. De verwantschap is groot, de pret uitbundig, de gesprekken intens en intiem.

Vorige week liet hij weten dat hij naar Parijs mocht, zijn band had een concertje weten te versieren in een kleine venue ergens. Low profile, een uurtje spelen in de vooravond, indrukwekkend was het geenszins, zei hij, 'maar wat is er heerlijker dan Parijs?' 'Weinig,' zei ik. 'Ik zou ook nog eens willen gaan, het is te lang geleden.' 'Moet ge doen! En dan logeren in Les Mathurins, een schitterend, betaalbaar hotelletje, goed gelegen, vlak bij Galeries Lafayette. Mijn vaste adresje daar.' Die avond leek hij nog liever dan anders. Ik kreeg een compliment over de snelle denker die hij vond dat ik was, onder tafel raakten onze knieën elkaar, bij het afscheid pakte hij mij vast.

Toen ik het aan Elsie vertelde, zei zij meteen: 'Ga ook naar Parijs, verras hem. Roel is zot van Franse cinema, hij gaat dat prachtig vinden, zo'n groots gebaar. Misschien stuurt hij er zelfs wel op aan, waarom vermeldt hij anders waar hij gaat logeren?' Ik durf niet goed. Elsie herkent dat: 'Eva, leef nu toch eens, fuck de angsten van de wereld. Als er iemand zoiets moet doen, zijt gij het wel.' Zij, de vrouw met twee voeten spectaculair op de grond, alvast in haar eigen hoofd, had het mij recent op tamelijk indrukwekkende wijze voorgedaan: heel even keihard gaan voor dat gevoel, dat moest ik toegeven. Lou, die verderop een boek zat te lezen, maar het hele gesprek had gehoord, blijkbaar, riep: 'Als ge niet gaat, spreek ik niet meer tegen u.' En dan keihard lachen, dat heerlijke monster.

Ik twijfel tot op het laatste moment. Maar omdat een risicoloos leven géén leven is, gooi ik een setje lingerie in een stoffen tasje, andere kleren, toiletspullen, make-up, een boek voor in de trein, en hop, op de fiets naar het station.

Als ik aankom staat er een enorme rij aan het loket. Hopen dat ik mijn trein niet mis, of ik kan mijn aansluiting in Brussel wel vergeten. Voor mij staat een man met een hondje dat helemaal dol wordt van die andere hond: zijn spiegelbeeld in het raam.

Eindelijk is het mijn beurt. Ik koop een ticket en spurt naar het perron. De trein naar Brussel blijkt elf minuten vertraging te hebben. Hmm. Als ik het haal, zal dat een teken van de goden zijn.

Ik heb in Brussel-Zuid gelopen zoals ik lang niet meer gelopen had. Op hakken dan nog. Compleet buiten adem spring ik in de Thalys, en zoals in de film klappen de deuren net achter mijn rug dicht. Ha. Ik heb een goed gevoel over deze onderneming. Dit gaat het worden, denk ik. De dag waar ik nog jaren later regelmatig aan ga terugdenken.

Nu Roel bellen. Zijn telefoon gaat over, vijf keer, hij neemt niet op. Hij zal wel terugbellen, denk ik, hij is het type dat nooit ver loopt zonder zijn iPhone. Ik probeer al surfend zelf de venue te vinden, dat levert niks op, ik zie alleen het vermogen van de batterij vervaarlijk slinken. Nog een keer proberen te bellen, toch. Niks. Over een uur sta ik in Parijs. Sms'en dan: 'Hé Roel, kan je mij a.u.b. dringend heel even bellen?' Geen reactie. Een kwartier voor aankomst probeer ik het nog eens. Ik spreek iets in: 'Ik heb een verrassing voor u, maar dan moet ik u snel even te pakken krijgen. Als het niet lukt, ook geen probleem.' Ik klink jolig, merk ik. Ik verzoen me meteen soortement met mijn lot, want ik ben van nature voorbereid op tegenslag en lichte vormen van mistroostigheid. Ik ga gewoon door Parijs struinen, belt hij niet op tijd terug, dan wacht ik hem op in zijn hotel. Ik heb een plan, denk ik. Dat is al dat.

Parijs is prachtig, maar naarmate de uren verstrijken groeit de onzekerheid. Misschien nog één sms sturen, gewoon kort laten weten dat ik ook in Parijs ben, dan kan hij zelf beslissen wat-ie doet. De batterij is bijna plat, zie ik, ik begin snel te tikken, en net voor ik het berichtje wil versturen, wordt het schermpje zwart. Ik probeer een keer of zeventien de aan/uitknop. Niks. Ik krijg de slappe lach. Ik ben ondertussen aan het zweten als een rund, dat voel ik, puur van de zenuwen. De dingen die we onszelf aandoen, dat denk ik.

Maar een mens moet moedig zijn. Ik ben hier nu, ik ga naar zijn hotel. Het is inderdaad een charmante plek, romantisch zelfs. Ik check bij de balie: of Roel Van De Kerckhoven hier logeert. Bingo. Dat geeft mij nieuwe energie. Ik ga mij omkleden en opfrissen in de toiletten, mijn make-up bijwerken, en dan naar de bar. Ik bestel een glas rode wijn. Ik ruik discreet aan mijn oksels, zo is het weer goed. Ik wacht. Een uur. En nog een. En nog een. Ongelooflijk dat ik net nu een oplader vergeten ben. Misschien heeft hij mij ondertussen al proberen te bellen, denk ik. Hoop is toch iets om nooit helemaal af te leren.

Om één uur 's nachts sluit de bar. Geen Roel te zien. Ik blijf nog een halfuur zitten in de hal van het hotel. Dan ben ik het beu. Ik vraag of ik een kamer kan krijgen. Er is niks meer vrij. Ook dat nog. Ik loop weer naar buiten, in die belachelijk zwarte nacht, achter de hoek zie ik een troosteloze lichtreclame: HÔTEL. Wat of hoe, het kan me allang niks meer schelen, ik wil gewoon een bed. Een bed om wat in te janken of aan andere vormen van zelfmedelijden te doen. Niemand die daar last van heeft. Een grijzig vrouwtje wijst me de weg naar de lift. Het is het soort kamer waar je altijd één vlek ziet die je niet had willen opmerken. Tot zover de glamour van Parijs. In de badkamer kijk ik in de spiegel: 'Eva gaat op avontuur, olé.' Ik zeg het hardop, lachend. Lachen is altijd beter dan huilen.

Twee dagen later krijg ik Roel aan de lijn: 'Gij hebt mij nog proberen te bellen onlangs?' 'Ach, niks belangrijks.' Hij gaat er goddank niet op door. 'Samen iets eten vanavond?' Super. Nog maar net terug uit Parijs, en hij wil mij gelijk weer zien. Misschien zou dit toch alsnog een fijne wending krijgen? Uiteindelijk was er niks gebeurd.

Die avond ga ik met knalrood gestifte lippen op mijn hoogste hakken naar de afspraak. Hij praat honderduit, ik luister, stel de betere bijvraag op de gepaste momenten. Na het eten gaan we op café. Hij bestelt een koffie met een calvados. En daarna nog twee. Ik vind het niet erg dat hij lichtjes dronken wordt, dan is hij ook wat losser. Maar er gebeurt verder minder dan niks.

Als ik begin te denken dat ik maar weer eens richting huis moet gaan, neemt hij opeens mijn handen vast. Ik slik. Ik tuit mijn lippen een beetje. Dat gaat per ongeluk. Zou dit het moment zijn? Ik slik zo hard dat ik het kan horen in de binnenkant van mijn oren. En dan zegt hij: 'Evaatje, ik vind u zo geweldig, hè.' Ik glimlach. 'Ik kan met niemand beter praten, en het is altijd dikke fun, wij twee op stap.' Ik glimlach breder. 'Alleen spijtig dat gij niet mooier zijt. Van mij moeten vrouwen geen topmodellen zijn, maar van u zou ik echt geen stijve kunnen krijgen. Zo spijtig.' Hij knippert heftig met zijn ogen, valt een beetje stil. Ik mompel iets, sta op, reken af, en ga weg.

's Anderendaags belt hij mij. 'Sorry, Eva, zo zat dat ik was. Ik weet amper nog wat ik heb gezegd. Was ik niet te vervelend?' 'Nee hoor,' zeg ik. Sommige dingen wil iedereen het liefst zo snel mogelijk weer vergeten.

CASPER

Elf lange dagen duurt het: we hebben elkaars nummer, maar geen van beiden neemt initiatief. Ik wil wel, durf niet, mag niet, wil niet, dit is een gevaarlijke vrouw, dit is een fantastische vrouw. Misschien denkt zij helemaal niet aan mij, misschien denkt ze te veel aan mij. Eindeloos duren de uren. Ik krijg haar onmogelijk uit mijn hoofd, probeer het wel, of toch niet echt, misschien. Ik overweeg om Eva te bellen, eens polsen of Elsie iets heeft gelost, ik doe het niet. Eva vindt zelf maar geen lief, wat moet zij wel niet denken van deze situatie, temeer omdat ze lang geleden zelf verliefd was op mij. Ik vind Eva top, maar, hoe zal ik dat zeggen, zij is mijn type niet. En dat ik nu, in deze omstandigheden, snoeihard val voor haar zus, degene die altijd al meer succes had bij de kerels, ik weet gewoon dat het haar zeer doet, en ik wil haar geen zeer doen. Niemand eigenlijk.

Dat is moeilijker dan je zou denken: niemand pijn doen. Toen ik jong was, stapte ik achtelozer over de dingen heen, en heb ik mensen gekwetst. Ik ben me daar pas later schuldig over gaan voelen. Nu probeer ik bewust beter te doen: de situatie altijd te bekijken vanuit het perspectief van de ander, ook. Of ik daardoor mezelf niet tekortdoe, soms, vroeg Eva eens. Daar had ik zo nog niet over nagedacht, maar misschien had zij wel een punt.

De twaalfde dag na ons etentje heb ik een afspraak in de stad met een vormgever die bezig is met een boek over mijn werk van de afgelopen tien jaar. Als ik arriveer bij zijn kantoor, zie ik voor de deur: een oude Saab, petrolblauw, dat moet de hare zijn. Ik kijk naar binnen: een doos cracottes, halfopen, een paar lege flesjes Chaudfontaine, zes flessen wijn in een kartonnen doos, en op de achterbank een stapel brochures van haar theater. Ik overweeg om te wachten tot ze terugkomt, maar dat kan niet, ik ben al te laat voor mijn afspraak. Ik zoek een stuk papier in mijn tas, nu nog een pen, die schrijft natuurlijk niet. Terwijl ik een andere probeer te vinden, staat ze opeens voor mijn neus: 'Dat meent ge niet.' Ze kijkt ergens tussen verschrikt en blij verrast. 'Ik weet niet of toeval bestaat, maar het lijkt wel of de wereld plannen met ons heeft,' zeg ik, dan val ik stil. Zij kijkt alleen maar, liefdevol. Uiteindelijk zeg ik: 'Gij liet niks meer horen.' 'Gij ook niet...' Ik weer: 'Ik mocht u niet nog eens tegenkomen, want dan zou ik verliefd op u worden.' Ze glimlacht, omdat ze het niet kan houden, dat weet ik nu wel zeker. Ik neem haar in mijn armen, daar is geen ontkomen aan, zomaar, midden op straat. Dat vindt ze heerlijk en ongemakkelijk, dat kan ik zien. Wij kijken, wij zeggen niks, zeggen veel wat we niet zeggen. Dan kussen we, en dat is stil, en dat is wonderlijk. Ik krijg meteen een enorme stijve. Dat effect heeft deze vrouw op mij. 'We moeten elkaar terugzien.' 'Of juist niet,' zegt zij. Ik zwijg even: 'Het is misschien niet verstandig, maar het moet. Doen, zo werkt het leven als het werkt.' We kussen opnieuw – wat kan deze vrouw goed kussen – en dan bevestigt ze: 'Het is goed,' en ze stuurt me naar mijn afspraak. Ik weet niet wat te denken, en beslis dan maar om op te houden met denken.

Als ik 's avonds aan tafel zit, met Merel en met Willem, die zit te dromen, zoals meestal, en Merel, die het spruitje dat haar zoon uit zijn bord heeft gewipt weer teruglegt, denk ik: ik ga het toch niet doen.

Ik slaap slecht, die nacht. Ik moet één keer met Elsie vrijen, daarna zien we wel verder. Misschien is de seks verschrikkelijk, en kan ik haar daarna uit mijn hoofd zetten. Ik bel haar op – het is dat of zot worden – en we babbelen meer dan een uur. Wij kunnen alles goed samen, dat denk ik, terwijl ik zulke dingen nooit denk. 'Ik wil u nu zien,' zeg ik op het einde van dat uur, 'nu.' 'Ik kan hier niet weg,' zegt ze. 'Jawel, ik weet het zeker.' 'Mijnheer doet aan assertief zijn,' zegt ze. 'Mijnheer hóópt dat ge weg kunt,' corrigeer ik. 'Waar?' 'Mijn atelier, het adres dat ge van mij hebt.' 'Ik ben er over een uur.'

Vierenveertig minuten later staat ze daar. We zeggen niks, we kussen, hard en heftig. Ze trekt mijn overhemd los, ik trek haar blouse uit. Zij pakt mijn kont vast, ik lik langs het stukje van haar borsten waar geen bh overheen zit. Ik kus haar nek, langzaam, speel met mijn tong in haar oor, daar krijgt ze kippenvel van. 'Nog,' zegt ze. Ze laat haar rokje zakken. Ik voel met twee vingers tussen haar benen: een kaal kutje, helemaal nat. Ik trek haar slip uit, ga voor haar zitten, op mijn knieën, en ik lik haar, eerst met het puntje van mijn tong, plagerig zacht, nadien voluit. Ze kreunt een beetje, heel stil. Ik lik langs haar kont, ik kus haar rug, haar buik, lang. Zij doet haar bh uit, ik grijp naar haar borsten, zuig aan haar tepels, bijt een beetje. Ik voel ze stijf worden. Ik ben al lang niet meer zo opgewonden geweest. 'Niet eerlijk,' zegt ze. 'Gij ook bloot nu.' Terwijl ik mijn hemd uitdoe, knoopt zij mijn broek los, trekt die naar beneden. Ze haalt mijn lul tevoorschijn en pakt hem stevig beet: 'Wat een prachtige pik.' Ze speelt ermee, glijdt er met haar tong langs, en kijkt mij in de ogen. Ze zuigt en likt, neemt mijn kaalgeschoren ballen in haar mond, speelt met een vingertje rond mijn aars. Ik stoot een beetje, voel haar zachte mond warm rond mijn lul, ze draait haar hoofd in rondjes – niks is zaliger dan dit – 'Jezus, gij kunt pijpen als geen ander.' Ze weet van geen ophouden: 'Bloedgeil word ik hiervan.' Ik zie aan haar ogen dat het waar is. Ik doe mijn laatste kleren uit, neem haar mee naar het bed dat in de hoek staat.

We vrijen en we blijven vrijen, schaamteloos, hevig, onvermoeibaar. We zweten, we glimlachen breed, we komen klaar, en nog eens – en zij zelfs nog eens en nog eens. Zelden dat het zo meteen vanzelf gaat, en zo overweldigend lekker en samen is.

Als we nog een tijd lang in elkaars armen liggen te kletsen, over alles en over niks, denk ik: ik had gelijk, wij kunnen alles goed samen.

Als ze afscheid heeft genomen, blijf ik achter in mijn atelier. Dat voelt leger dan ooit tevoren. Het leven is er in die paar uren mooier op geworden, en verschrikkelijker: Elsie is verschrikkelijk mooi en verschrikkelijk slim en verschrikkelijk geil en warm en bijzonder, en ik ben verschrikkelijk.

EVA

Internetdaten, ik ben daar eigenlijk tegen. Ik geloof in elkaar per ongeluk ontmoeten, in een blik die je prettig in de war brengt, in ogen en handen bij het converseren. Maar ja. Een collega heeft zo toch maar een lief gevonden. Al twee jaar zijn ze samen, en dat lijkt goed te gaan.

Dus heb ik een profiel aangemaakt. Gewoon voor de lol, dacht ik. Waarschijnlijk levert dat niks op, en dan nog. Het is niet dat ik op al die uren alleen in mijn appartement geen tijd zou hebben voor iets wat niks oplevert. Ik heb gekozen voor een site waar ze op basis van een psychologisch testje mannen suggereren die bij jou zouden moeten passen. Die testjes zijn extreem doorzichtig, maar ik probeer zo eerlijk mogelijk te antwoorden. Resultaat: zevenendertig matches. Sommige met foto, andere zonder. Ik heb in mijn profiel gezet: foto op simpel verzoek. Ik wil mijn kansen zo lang mogelijk zo groot mogelijk houden.

Er zijn er vier die mij wel interessant lijken: een architect van negenendertig, een meubelmaker van vierenveertig, een reclamejongen van achtendertig en een tandarts van veertig. Originele antwoorden, fijne interesses. Ik stuur ze alle vier een bericht.

De dag daarop vind ik van twee van hen een antwoord. De reclamejongen en de architect. We mailen een paar dagen heen en weer. Vooral de reclamekerel, Bart, bevalt mij wel. Hij is geestig, rechtdoorzee. Of we niet eens kunnen bellen? 's Avonds zit ik te twijfelen. Vreemd idee, met zo'n halve vreemde. Ik doe het toch. Het leven is aan de durvers. Hij gaat twee keer over, dan neemt Bart op. Het blijkt een geweldig vlotte gast. Het gesprek gaat vanzelf. Hij spreekt in jij en jous, wat ik een beetje onnozel vind. Maar muggenzifterij kan ik mij allang niet meer permitteren. Voor ik het besef is er een halfuur voorbij. En opeens zegt hij: 'Wat loopt dit lekker, mail je mij straks je foto?' Ik val stil. Tot zover waarschijnlijk, denk ik. 'Is goed.' We ronden af en hangen op.

Ik stuur de mooiste foto die ik van mezelf kon vinden, anderhalf jaar oud wel, maar ik ben helaas geen spat veranderd. Ik druk op verzenden. Bereid mij voor op iets vervelends, of iets vriendelijk afwijzend, of gewoon helemaal niks meer. Binnen de vijf minuten komt er een antwoord: 'Je bent mooi.' Wat? Mooi? Ik? Vreemde man, deze vreemde man. 'Nu jij,' stuur ik terug. Hij ziet eruit zoals veel mensen. Kort haar, donkere ogen, gladgeschoren. Niks mis mee. Ik vind zulke dingen nooit zo belangrijk. Dus ik stuur terug: 'Dik oké.' Hij reageert meteen: 'Ik wil graag afspreken.' Waarom niet? denk ik. Ik ben gehaast, wat de liefde betreft, ik moet al zo lang zonder. Dus ik ga akkoord. Morgenavond.

Hij heeft het café gekozen. Een leuke plek. Dit is het uur van de waarheid. Nu gaat hij mij in volle glorie zien. Niet alleen het gezicht, maar ook het lijf. Dat lelijke lijf waar ik al zo lang in woon, en dat nooit ten volle van mij heeft gevoeld. Dat lijf dat zo veel mannen afschrikt. Ik begrijp dat helemaal, ik kan er zelf nauwelijks naar kijken.

Hij komt binnen, stijlvol gekleed. Hij kijkt, straalt, en herhaalt: 'Zo'n mooie vrouw, jij, met je donkere haren en je wulpse borsten, en wat een prachtige outfit.' Ik ben verbaasd, maar blij. 'Ik ben begonnen aan een dieet,' zeg ik, 'proteïnen.' Kalf, denk ik meteen. Zelf een thema maken van waar hij niet over blijkt te vallen. Dommer kan welhaast niet. Hij reageert met gespeelde verontwaardiging: 'Al dat gezeik over diëten, wees lekker jezelf. Jij kan je dat veroorloven.' De opluchting waait vrolijk door mijn kop.

Hij blijkt nog vlotter in het echt dan aan de telefoon. Stel je voor, Eva vindt een lief via internet. Ik hoor het mezelf al vertellen.

We zijn een paar uren aan het praten als hij opeens over seks begint. Dat vind ik toch wat ongemakkelijk, merk ik. Praten over seks als je nog niet eens gekust hebt. In een café, ook nog. Wat ik leuk vind, in de seks, vraagt hij. 'Euhm, wat iedereen leuk vindt, zeker?' Ik probeer het gesprek in een andere richting te sturen, maar hij is onvermurwbaar. 'Ik bef heel graag. Met een volle tong langs je clitoris. Zou je dat lekker vinden?' 'Euhm, dat lijkt me wel, ja.' Ik vermoed groeiende zweetplekken onder mijn oksels, ik duw mijn armen tegen mijn lijf. 'En wat zou jij bij mij graag doen?' Help. 'Dat zult ge misschien ooit nog wel eens zien, wie weet?' Ik probeer serieus te kijken. Hopelijk houdt hij nu echt op. 'Mmm, jij bent een teasertje. Opwindend. Ik vind het geil als je mijn ballen kust. Zou jij mijn ballen kussen?' Ik knik maar wat, dat lijkt me nog het beste. 'En mijn pik likken? En mijn aars aaien? En aan mijn borsthaar trekken, zodat het een beetje pijn doet?' 'Goh, zeg, wilt ge nog iets drinken, dan ga ik het halen.' Duidelijker kan de hint niet zijn. 'Ja, we hebben natuurlijk wat verkoeling nodig, allebei, het is heet als de hel aan deze tafel.' Ik haal twee pintjes.

Ik heb een openingsvraag voorbereid over zijn liefde voor Italië, maar ik zit nog niet of hij vraagt al: 'Vind je dat fijn, pijn?' 'Nee, wie vindt dat nu fijn?' 'Ik vind dat fijn. En je zou ervan versteld staan, als je je open wilt stellen, hoezeer jij misschien ook van pijn zou leren houden. Hoe leuk je 't zou gaan vinden om mij te mogen slaan, met een stok, of een zweepje. En dat ik in jouw lekker dikke borsten mag bijten, en trekken aan je grote tepels, en je stevige, zware kont mag spanken, en knijpen in al dat heerlijke vlees tot je kreunt, meer nog van genot dan van de pijn. Lijkt je dat niet heerlijk?'

Waar zitten ze toch, die fijne venten? Alvast niet tegenover mij. Ik heb niet eens de moeite genomen om vriendelijk af te ronden. Ik ben de nacht in gelopen. Zo ver mogelijk weg van alles.

Ik heb eens iemand horen zeggen: 'Als dat gebeurt, dan verander ik van mens.' Met 'van mens veranderen' bedoelde hij dat hij dan zelfverzekerder werd, vermoed ik. Ik kon alleen maar denken: dat zou handig zijn, zo'n knop in de kop. Dat je echt in één knip iemand helemaal anders kon zijn. Mijn zus Elsie, bijvoorbeeld. Of iemand anders, dat is ook goed.

JOS

Mijn broer Karel wordt vijfenzeventig, en dat moet gevierd, blijkbaar. Ik persoonlijk vind dat soort leeftijden geen reden meer om te feesten, maar ik weet: dat ligt aan mij. Alle broers en zussen, wel gevoelig voor gezelligheid, komen ook, zelfs de twee die aan de kust wonen. Ik heb zes flessen uitstekende wijn gekocht. Mijn broer is een zuinige drinker, maar hij proeft het verschil. En zelf heeft hij zich nooit veel kunnen permitteren. Ik heb hem financieel al die tijd geholpen.

Karel was altijd al de minst ondernemende van de familie. Hij heeft zijn hele leven bij dezelfde fabriek in het magazijn gewerkt. Hij had dat nodig: de rust van de herkenning. Sinds zijn pensioen houdt hij zich voornamelijk bezig met meubels maken. In die stoffige, kleine kelder onder het huis zit hij er alle vrije kwartieren aan te werken. Kleine kastjes, dat is zijn grote specialiteit. Hij verdient er ook nog wat mee bij. Dat is nuttig, zeker gezien zijn zoon, Victor.

Imelda was noch de liefste, noch de slimste, noch de mooiste, maar het is de vrouw met wie hij trouwde, vijfenvijftig jaar geleden. Hij was nog jong, maar Imelda insisteerde. Ze wou dringend weg bij haar ouders. En Karel, de man met het weke hart, zei ja. Ik heb met hem gepraat toen; is dat nu wel slim, vroeg ik mij af. En al wat hem daarop te binnen viel, was dat slimmigheid niet overschat moest worden. En de liefde evenmin. In die tijd deden mensen niet aan zoeken en uitproberen, dat was met kiezen en trouw blijven aan die keuze. Vaak bij gebrek aan alternatieven, toegegeven. Maar misschien was dat beter dan het eindeloze hoppen van vandaag.

Karel heeft nooit geklaagd. Imelda kookte, poetste, deed de was, en elke derde woensdag van de maand mocht Karel even zijn gang gaan. De vonken vlogen er niet af, maar zij kweet zich zonder morren van haar plichten als echtgenote, en meer kan een mens moeilijk verlangen, vond Karel. Meestal was ze vriendelijk. En ruzie maakten ze nooit. Omdat ze daar niet in geloofden. Zo werden zij oud. Zij konden dat.

Volgens mij richt Karel al zijn liefde op zijn zoon. Zoals hij met een engelengeduld Victor kan zitten voeren, van de lepel een vliegmachine makend, kwestie van hem in één vlotte beweging ook nog te entertainen. Hoe hij elke dag, door weer en wind, een wandeling maakt, met zijn jongen in de rolstoel, omdat hij aan kleine geluidjes merkt, beweert hij, hoe plezierig Victor dat vindt. Hoe hij nog altijd met grote regelmaat 'I want to hold your hand' van The Beatles opzet, loeihard, het liedje waar zijn zoontje, toen hij klein was en nog helemaal zichzelf, eindeloos op kon dansen.

Karel kan niet over Victor spreken zonder tranen in de ogen te krijgen. Ook na al die jaren. 'Laat hem toch opnemen in een instelling, desnoods alleen op weekdagen tussen negen en vijf.' Dokters, familie, iedereen vond dat. Zij hebben het altijd pertinent geweigerd. Het was hun zoon, en niemand kon beter weten wat hij nodig had. Dat hun leven en dat van hun dochter daarbij inschoot, leek simpelweg een onontkoombaar deel van hun lot. Veel verder werd daar allemaal niet over nagedacht.

Ik hou in het algemeen al niet zo van uithuizigheid, maar naar dit feest van Karel ga ik met reusachtige tegenzin. Dat is omdat–

Het is ook dat huisje van Karel. Elk kamertje benepen, en veel te vol met van alles: meubeltjes, vaasjes, prutsen. Donker, ook op heldere dagen. Getinte ramen, ik heb nooit begrepen wie daarvoor kan kiezen. En overal die geur van javel en milde ziekte. Ik word daar wee van, ik krijg amper adem in die kamers. Maar Jeanne dwingt mij om mee te gaan. En ik weet wel, ik moet ook. Als er nu iemand–

Het is Victor. Ik ben niet goed met de gehandicapte medemens. Ik sta in opperste bewondering voor al wie wel vanzelf de toon vindt om tegen zo'n gast te spreken, voor wie het kwijl op zijn trui niet ziet, voor wie wél weet waar de blik te richten bij ogen die alle kanten op schieten, maar ik word er alleen maar ongemakkelijk van. Ik zeg de domste dingen, ik weet niet wat ik moet doen. Ik vind dat ik moet blijven proberen, dat wel.

'Laten we nu nog niet vertrekken,' zeg ik tegen Jeanne. 'Het laatste wat ik wil is daar als eerste arriveren.' Dat ze allemaal stipt op tijd of te vroeg zouden komen, wist Jeanne zeker. En dat zij in 't oog zal houden wat ik allemaal drink, voegt ze er ook nog aan toe, alsof dat een antwoord zou zijn op mijn voorstel. 't Is maar dat ik het weet, zegt ze, want ze gaat niet weer in schandalen vallen met mij, zoals die keer toen... Dan luister ik niet meer. Maar ik geef het op om te protesteren en laat mij gedwee de auto in manoeuvreren. We rijden, bellen aan. We zijn de eersten.

Imelda kijkt ongemakkelijker dan gemiddeld, zegt weinig. Karel vraagt mij wat ik wil drinken. 'Een koffie?' Hij knipoogt. 'Komt gij mee naar de keuken?' Hij heeft een fles goedkope whisky gekocht en giet een stevige slok in mijn mok. Karel is een lieve broer. Te goed voor deze wereld, eigenlijk, en al zeker te goed voor mij.

'Onze Victor keek ernaar uit om jullie te zien.' Ik vraag hem niet uit welke geluidjes hij dat in godsnaam af heeft kunnen leiden. Jeanne geeft Victor een ingepakt doosje negertetten. Victor doet niks liever dan eten en snoepen. En volgens Imelda houdt hij van cadeautjes in kleurig papier. Hij kan het zelf niet openmaken, maar dat doet Karel voor Victors neus, waarbij hij heel precies uitlegt wat hij doet. Hij zegt hoe fijn het is dat nonkel Jos en tante Jeanne een verrassing voor hem hebben meegebracht, en dat hij nu toch wel benieuwd zal zijn. Victor draait zijn hoofd in een vreemde hoek, slaat woest met zijn linkerarm, hinnikt een beetje, en kijkt voornamelijk weg van het geschenk. Misschien ontregelt dit hem meer dan wat anders. Ik vraag het mij af, zeg het niet. Gehandicapten worden treuriger naarmate ze ouder worden, ik kijk en kijk weer weg. 'O, negertetten, uw favoriete snoep. Nonkel Jos zal er u eens eentje voeren, zie.' Karel duwt het pak in mijn handen. O, nee, niet ik. Jeanne, veel meer held in die dingen, grist de doos uit mijn handen. 'Niks van, die krijgt ge van uw tante Jeanne, hè, Victor. Lekker hè?! Lekker hè, Victor, mmmm.' Ik kan het nauwelijks aanzien allemaal. Dan gaat de bel. Gelukkig, nog mensen, denk ik. Karel loopt de gang in. Ik krijg het Spaans benauwd. Naar buiten wil ik. Weg. 'Even een sigaretje,' zeg ik. En ik schiet mijn jas weer aan. 'O, rook maar binnen,' zegt Karel, 'dat doen wij ook.' 'Ik ben direct weer terug.' Ik wacht niet op een antwoord, en ga op het koertje staan.

Ik rook en kijk. Ik zie de grijze luchten, de vogels, hoog en kwetterend, de lage daken van de huisjes in de buurt, allemaal even klein. De duiventil van de buurman, gammel in elkaar getimmerd. En dan, opeens, komen al die beelden weer terug. Traag, in felle kleuren. Die krijg ik nooit meer uit de kop.

Diep inademen. Kalm blijven.

Niet geheimen bewaren is moeilijk, maar ze verdragen, elke dag weer, dat is onverdraaglijk.

LOU

Ik heb iets gezien waar ik al nachten slecht van slaap. Ik praat niet superveel, maar ik ben ook niet goed in geheimen. Die bonken in mijn hoofd, alsof ze eruit moeten, dringend. Eva was erbij, die eerste keer alvast, maar zelfs tegen haar heb ik niks gezegd.

Het is gebeurd op woensdagmiddag. Eva past op ons. Ze leest een boek, iets over de liefde. 'Vrolijk of treurig?' vraag ik. 'Over de liefde, dus treurig,' zegt Eva, maar dan doet ze alsof ze een grapje maakte. Omdat ik twaalf ben, en nog moet geloven in ridders op witte paarden en grote trouwpartijen met heel veel eten en heel leuk dansen en daarna lang en gelukkig leven.

Zoals dat bruidje en bruidegommetje op de taart. Zij hangen tot in de oneindigheid aan mekaar vast. Tenzij een hond hen kapot bijt, of een kindje hen in tweeën trekt, of zo. Maar als je het wegstopt, in de doos vol herinneringen aan het huwelijk, dan kan dat natuurlijk nooit gebeuren. Dat heel stille van plastic poppetjes met hun rare glimlach vind ik persoonlijk altijd een heel klein beetje griezelig.

Ik weet niet zeker of ik geloof in voor eeuwig en altijd. Ik zeg het maar niet tegen Eva. Dat lijkt me nog het beste.

'Ik verveel mij,' zegt Jack, die de liefde maar niks vindt. 'Zullen we naar de stad gaan? Een ijsje eten, of een pannenkoek, en een cadeautje kopen voor onszelf.' Eva zit altijd boordevol goeie ideeën. Ze koopt een lampje voor haar appartement, Jack krijgt een dik boek over dinosaurussen, en ik wil graag een truitje voor op mijn rode rokje. 'Ik weet de perfecte winkel,' zegt Eva.

Terwijl zij met Jack naar de sneakers gaat kijken, en ik wat onbestemd loop rond te zoeken, gebeurt het: ik zie haar. Vanessa. Mijn hart staat stil. O nee. Ze achtervolgt mij nu al tot in de hippe winkels van Eva. Ik wil niet dat ze mij opmerkt, of Eva denkt dat we bevriend zijn en doet iets zots wat zich tegen mij zal keren. Ik kruip zo ver mogelijk weg achter een rek met mannenhemden en hou haar nauwlettend in de gaten. Ze snuistert uitgebreid in de kast met truien. Ze neemt ze één voor één vast, vouwt ze open en weer op, legt ze keurig terug. Dat gaat zo een hele tijd door, en opeens, achteloos bijna, stopt ze er eentje in haar tas. Een paarse, met glitters. Ze vertrekt geen spier, schuift op naar het rek ernaast, kijkt nog even naar de broeken, en loopt dan kalm de winkel uit. Er gaat geen alarm af, niemand grijpt in. Ik sta te beven op mijn benen. Ik durf nog geen appel te stelen, of een snoepje uit het winkeltje van die oude mevrouw die stinkt en onvriendelijk is. Ik sta nog plaatsvervangend na te blozen als Eva vraagt: 'En, iets gevonden?' 'Euhm, nee. Ik was aan het dromen.' 'Kom, ik zal u helpen zoeken.'

Als we weer naar huis rijden kakelt Jack honderduit over zijn dino's. Ik kan alleen maar aan Vanessa denken. Miss Perfect heeft een zwakte, iets waarop ze gepakt kan worden. Ik weet niet of ik haar nu bewonder of verafschuw. (Eva zegt altijd dat criminelen ook mensen zijn, dat ze mededogen verdienen, en tweede kansen. Dat ze 't vaak zó moeilijk hebben in hun leven dat ze domme dingen gaan doen. Maar ja, dit is Vanessa.)

De volgende woensdag hoor ik iemand aan haar vragen of ze mee wil naar de film die middag. 'Nee, ik moet nog naar de stad,' zegt ze. 'Een rokje kopen voor het feest binnenkort.' 'Ah, dan ga ik mee.' Vanessa wimpelt haar af. Zegt dat ze de shoppingdate met haar moeder niet kan afzeggen. 'Van haar mag ik alleen de allerbeste spullen kiezen, maar daar is ze zelf graag bij.' Het meisje kirt, omdat ze altijd kirt als Vanessa haar mond opentrekt.

En daar en dan beraam ik een plan. Mijn nieuwsgierigheid wint het van mijn schrikkerige ik, en ik bel naar mama om te zeggen dat een vriendin mij heeft uitgenodigd bij haar thuis om samen onze taken te maken. Mijn moeder heeft niet eens in de gaten dat ik eigenlijk geen vriendinnen heb, en gaat akkoord.

Ik blijf wat treuzelen bij de fietsenrekken, wacht tot Vanessa afscheid neemt van haar gevolg en vertrekt. Ik rijd op een veilige afstand achter haar aan. Bij het station stapt ze af. Ik volg haar, zo discreet als ik maar kan. Ze loopt naar een van de lockers, stopt haar rugzak van school erin, haalt er de grote handtas uit waar ik haar ook de week ervoor mee heb gezien. En dan gaat ze te voet het centrum in. In de eerste winkel dwaalt ze een tijdje rond, maar ze doet niks. En dan, in winkel twee: bingo. Ze zoekt eerst heel lang in alle rekken, gaat dan met vier rokjes de paskamer in, en komt er met drie weer uit. In de vierde winkel scoort ze een blouse. Die verdwijnt gewoon in de tas. En dan, in de vijfde winkel is ze volop aan de gang, en net als ze een broek wil scheefslaan, richt ze haar hoofd op, en kijkt mij recht in de ogen. Ik draai meteen weer weg, maar ik weet zeker dat ze mij heeft gezien. Ik panikeer, blijf stokstijf staan. Puur van de zenuwen richt ik mijn blik weer op haar. Zij ziet dat, trekt haar mond in een plooi waarvan ik niet weet hoe die te interpreteren, en loopt dan de zaak uit. Zonder die broek.

Ik wacht, lang. Pas een halfuur later durf ik mijn fiets weer op te halen. Al trappend besef ik dat dit misschien zo'n wapen tegen de wereld is, of toch alvast tegen Vanessa. Alleen al van de gedachte word ik ongemakkelijk. Ik hou niet zo van macht, geloof ik. (En misschien keert ook dit zich tegen mij. Dat zou nog het meest passen bij mijn leven in het algemeen, of zo.)

En daar kan ik dus niet van slapen.

EVA

Ik weet niet waarom. Het is altijd weer Henri die mij diep raakt. Terwijl er meer zijn met verschrikkelijke verhalen. Verhalen die mij ook raken, en waar ik naar moet luisteren en in opgaan. Omdat ik niet anders kan. Er zijn collega's die dat niet begrijpen. Zij vinden het ongezond, al dat investeren, al dat meezoeken en meedenken met die mannen. Hopeloze gevallen noemen zij ze. Zij doen aan lichte vormen van cynisme, of minstens aan afstandelijkheid. Ik vraag mij af of dat een oplossing is.

Dus ik luister als er eentje mij vertelt dat zijn moeder vijftien was toen ze hem kreeg, en dat haar vriendje van later – niet de vader, die was allang verdwenen – zijn mama sloeg, en dat hij had geprobeerd om iets te doen, maar dat dat niet was gelukt en dat hij opgelucht was toen het vriendje eindelijk wegging, maar zijn mama heel verdrietig, en dat hij zich daar nog altijd schuldig over voelt.

Of als een ander spreekt over de maatschappelijk werkster die vroeger kwam, dat zij Charlotta heette en dat hij dat een vreemde naam vond toen hij klein was, maar wel de mooiste van de wereld. En dat Charlotta groot was, en mager, en dat ze rood haar had en van die lage laarsjes droeg, altijd. Dat ze lachte naar hem, en zei dat hij goed kon dansen, en dat hij dat nooit vergeten was. Dat hij nooit iets had gestolen van grote vrouwen met rode haren die laarsjes droegen, uit principe.

Zelfs als er weer eens eentje zegt dat hij het niet heeft gedaan, en dat de flikken een pik op hem hebben, en de directeur hier in de gevangenis ook, en dat zijn maten hem erbij lapten en dat hij een slachtoffer is, niks anders, zelfs dan vraag ik verder.

Omdat ik denk: er moet toch iemand luisteren naar mensen die niemand wil horen. Omdat ik weet dat zij het verschil voelen tussen echt luisteren en doen alsof. En misschien, wie weet, zou dat toch iets veranderen, hoe klein misschien ook. En al die verhalen komen echt binnen. Altijd. Ik moet ze eruit fietsen in de twintig minuten tussen mijn appartement en de gevangenis. Meestal lukt dat.

Maar Henri, die blijft hangen in mijn hoofd. Om zijn breekbaarheid, zo flink verstopt. Om zijn grote dromen, en al dat waardig gedragen leed, dat hem evengoed heeft doen ontsporen. Om al die tegenslag, die geen mens ter wereld zou mogen treffen. Om zijn plezier, dat groot kan zijn, ondanks alles.

Gisteren vertelde een jongen in een van de groepssessies over zijn zoontje. Dat ze op school hadden gezegd dat hij zwakbegaafd was. Dat zijn cijfer op een test voor de hersenen dat had aangetoond. Dat hij geantwoord had: 'Dat moet onze kleine dan van mijn vrouw hebben, want bij mij hebben ze ooit ook zo'n test gedaan en ik had wel vierentachtig.' Het was Henri die zei dat vierentachtig een mooi resultaat was, terwijl hij zeer goed had begrepen dat het over zijn IQ moest gaan. Ik heb naar hem gekeken. Hij heeft gezien dat ik dat lief vond.

Het is misschien ook dat verhaal over dat dode kind. Ik heb altijd gedacht dat ik zonen zou krijgen. Dat leek me bij het leven horen, zeker bij dat van mij, want ik hou heel erg van kinderen. Maar nu, op mijn leeftijd. Ik probeer maar om daar niet te veel over na te denken.

ELSIE

Casper: Weet gij wel hoe graag ik in uw armen lig?

Elsie: Toch redelijk graag, durf ik vermoeden.

Casper: En weet gij wel hoe schoon ge zijt? Met uw smalle rug en uw kleine oortjes en uw prachtige navel en uw heerlijke x-benen?

Elsie: Seg. Onnozelaar.

Casper: Gij weet zelf niet eens hoe prachtig gij zijt, wat toch spijtig is... En ik? Op een schaal van één tot tien, hoe knap ben ik?

Elsie: Toch een vette veertien.

Casper: Een veertien maar? Wat vindt ge 't schoonst aan mij?

Elsie: Uw lievigheid, uw schildershand, uw prettige craziness. Misschien vooral dat laatste, omdat ik zo zelf helemaal niet ben.

Casper: Maar uiterlijk, bedoel ik.

Elsie: Uw prachtige geslacht. Dat wilt ge horen, toch?

Casper: Gemenerik. Serieus.

Elsie: Gij hebt echt een schone pik. Groot en breed, met fijne ballen, lekker geschoren, de natte droom van elke vrouw. En ik hou ook van uw baardje, dat geen echt baardje is, en van uw woeste kop zwart haar, en van uw blik als ge domme handelingen doet, zoals koffiezetten of keukenrol aangeven, en van hoe ge een heel klein beetje scheel kijkt als ge klaar gaat komen. Ik hou van uw vel, en hoe zacht dat is, zeker voor een man. En van uw linkerschouder, die is beduidend mooier dan de rechter. En van dat litteken aan uw buik. En van uw neus in profiel. Mmmm. Schone man. En van het feit dat gij mij zo doet praten. Ik die normaal nooit echt doe aan romantiek.

Casper: Weet gij hoe graag ik bij u ben?

Elsie: Even graag als ik bij u, denk ik.

Casper: Gaat ge met mij mee naar Madrid over twee weken? Ik moet daar voor een dag of drie naartoe, ter voorbereiding van die tentoonstelling deze zomer.

Elsie: Ik wil wel, maar ik heb kinderen, dat gaat echt niet.

Casper: Tuurlijk wel. Ge gaat soms toch nog een paar dagen naar het buitenland.

Elsie: En hoe ga ik dat moeten uitleggen aan Walter misschien?

Casper: Zeg dat gij een voorstelling moet gaan bekijken. Dat is nu toch geen probleem?

Elsie: Drie dagen lang? Het is niet omdat gij, mijnheer de artiest, zo vrij als een vogel zijt, dat hetzelfde geldt voor de rest van de wereld. Sommige mensen nemen hun verantwoordelijkheid. Sommige mensen hebben af en toe wél last van een schuldgevoel. Sommige mensen willen niet het risico nemen dat geheimen uitkomen.

Casper: ...

Elsie: Sorry, dat bedoelde ik zo niet.

Casper: Ik wil gewoon graag eens een paar dagen onafgebroken bij u zijn. Nachten vrijen, samen wakker worden, door de straten flaneren, kunst gaan kijken, lekker eten, dronken worden in donkere kroegen.

Elsie: Ik ook, natuurlijk. Dat spreekt voor zich. Ik zal zien wat ik kan doen.

Casper: Als ge dat zegt, weet ik al dat het nee is. Dan heb ik liever dat ge dat meteen zegt.

Elsie: Casper? Misschien moeten we hiermee ophouden voor het allemaal nog pijnlijker wordt.

Casper: Wat?

Elsie: Waar gaat dit nu naartoe? Gij hebt Merel en Willem. Ik heb Walter en Lou en Jack. Walter is de man voor mij.

Casper: Ik weet niet waar het naartoe gaat, ik weet alleen dat ik niet zonder u kan.

Elsie: Alles kan.

Casper: Dat ik niet zonder u wil.

Elsie: Ik ook niet zonder u. Ge weet dat. Maar ja.

Casper: Pak mij eens vast.

Elsie: Alles gaat over. Ook verdriet.

Casper: Sommige dingen gaan nooit over. Pak mij vast. Alstublieft.

Elsie: Ik ga mij aankleden.

4

HET ZIJN DE NACHTMERRIES, DENK IK

EVA

Wat heb ik nog gezien? Rolgordijnen in effen zwart, net te kort voor de ramen die ze moeten verduisteren. Vier witte muren, een gevolg van mijn privéactie tegen domme decoratie. Een leuke lamp tegen het plafond, gekregen van Casper bij de housewarming. Een half gelezen boek in de hoek. Een klok die verraadt hoe traag de tijd nu gaat.

Soms kan ik niet aan de dag beginnen. Dat klinkt pathetisch, en dat is het ook. Maar toch voelt het zo. Dan blijf ik in bed. Nu en dan eruit om een plasje te maken, of iets uit de zo goed als lege ijskast te grissen, en dan weer onder de dons, verder kijken naar de televisie. De hersens op waakstand en opgaan in een andere wereld, welke ook, als-ie maar afleidt van nadenken, over hoe het nu verder moet met mij. Als het me uiteindelijk toch gelukt is om mezelf de douche in te krijgen, soms pas tegen halfnegen 's avonds, en ook alleen maar omdat ik een afspraak met vrienden heb, dan schaam ik mij kapot.

Het zijn de nachtmerries, denk ik. En de stille leegte van de zondag. En de dode eenden op het water die ik onlangs heb gezien. En mijn vingers en mijn tenen die altijd koud zijn, altijd, ook in handschoenen en warme sokken. En de herinneringen. Dat ik vroeger nooit durfde te slapen, bijvoorbeeld, omdat ik dacht dat ze me alleen zouden laten, alleen in dat grote huis. Dat mijn moeder haar sleutelbos gegooid had, die keer toen het buiten aan het regenen was, mikkend op het hoofd van mijn vader, en dat hij net op tijd kon bukken en dat er nog altijd putten in die muur staan. Dat mijn zus een keer zo boos was dat ze schreeuwend op de grond ging liggen, lang. Ze droeg een witte trui en een witte broek, en zo verdween ze bijna, in die witte keukenvloer. En dat ik iets wou doen, maar geen idee had wat. En het is de toekomst, denk ik. Voor sommige mensen net iets onzekerder dan voor de rest.

Angst is iets raars. Alsof de keel onbarmhartig wordt toegeknepen. Alsof de tenen permanent verkrampen. Alsof het lijf op een trein zit, en de kop op het perron is blijven staan.

Af en toe moet het met eentje eens echt goed aflopen. Dat is nodig, ook voor mij. Ik praat met Henri over buiten, wat hij dan gaat doen. 'Live the good life.' Hij lacht niet. Dat kan veel betekenen.

Binnenkort wordt er over zijn toekomst beslist, of hij vervroegd vrij mag. Zijn kaarten liggen goed, ik ben voorzichtig hoopvol in zijn plaats. Henri doet niet aan hopen, zegt hij. Hopen bevestigt de troosteloosheid van zijn situatie. Zitten en wachten en duimen terwijl anderen jouw lot bepalen, daar kan hij niet goed tegen, zegt hij.

Ik wil geloven dat hij het kan. Uit de gevangenis blijven. Ook al moet hij alleen helemaal opnieuw beginnen, zonder de opwinding van vroeger. Van hem wordt meer gevraagd dan van de rest van ons. Maar, hij is sterk en slim. Dat laatste zeg ik hem. 'Ja,' antwoordt hij, 'én een zwarte, én een ex-gedetineerde.' Ik pak hem vast, zoals moeders doen met kinderen die denken dat hun verdriet nooit meer zal overgaan. Elk stukje van zijn lijf ontspant. 'Gij kunt alles,' zeg ik, 'uw leven is van u, niet vergeten.'

Als ik die dag de zware poort van de gevangenis achter mij in het slot hoor vallen, fiets ik door naar de stad. Ik ga een sportwinkel binnen, koop loopschoenen, twee trainingspakken en een hartslagmeter. Als ik thuiskom pak ik een vuilniszak en ik ga voor mijn kasten staan. Koeken met chocola, koeken met vanillevulling, paprikachips, zoute nootjes, twee kartons chocomelk, een doos miracoli, weg ermee. Nadien de ijskast: een stuk brie, een half pakje echte boter, een paar droge worstjes, een kant-en-klaarlasagne, ik keil het allemaal in de zak. Nadien hop, naar de supermarkt, een kar vol gezond. Mijn leven is van mij, ik mag dat niet vergeten.

ELSIE

Ik ben met Walter naar New York gegaan. Vijf dagen. Logeren in de Mondrian Soho, een topplek op een goeie locatie. Wij met zijn tweeën, dat was jaren geleden. Dit zou mijn hoofd weer helder maken, mijn blik de juiste richting uit sturen. Het leven is wat je er zelf van maakt, je denkt alleen aan wie je wílt denken.

Walter en ik zijn gek op New York. Lekker cruisen, van wijk naar wijk, van sfeer naar sfeer. Zo veel wereld op zo weinig oppervlakte, daar kunnen niet veel steden tegenop. En dan tussendoor lekker eten, veel drinken, en nog meer naar kunst gaan kijken. Hier zijn wij op ons best.

'Niet echt mijn ding,' zegt Walter als we het restaurant van het hotel binnenstappen voor het ontbijt. 'Te veel gefrutsel.' Ik vind het erg mooi. Een stel al te grote lusters, zoals je ze zou verwachten in balzalen van oude kastelen, en verder alles hypermodern, een grote lichtkoepel, witte tafels, doorzichtige stoelen in plexi, veel uitbundige planten overal, hier en daar wat lichte kitsch, net goed gedoseerd. Prachtig gedaan. Ik zeg dat niet. Ook dit niet.

Walter slikt zijn laatste hap granola met yoghurt door, en kijkt naar mij, anders dan ik van hem gewend ben. 'Wat is er?' vraag ik. 'Niks.' Hij lijkt emotioneler dan ik hem in tijden heb gezien. 'Ik

moet terugdenken aan ons eerste bezoek aan New York, herinnert ge u nog? Dat we in Central Park hebben gezworen op het hoofd van die eekhoorn dat we altijd samen zouden blijven?'
'Sure.' Ik knik. 'Dat ik u doodgraag zie, dat weet ge toch, hè?' Ik pak zijn hand. Hij knijpt in de mijne.

Als Walter klein is, dan heb ik hem het liefst. Ik kan niet goed uitleggen waarom.

Walter en ik lunchen in de Blue Ribbon Sushi, drinken caramel macchiato in de Starbucks en ik een wortel-appel-gembersapje in de Jamba Juice, waarop Walter mij uitlacht met mijn aanval van gezondheid. We lopen even door de Prada-winkel – meer glijbaan dan winkel, vindt Walter, een klein architectuurwonder, vind ik. Niks passen, mag niet van de man. Ik en mijn creditcard op pad, da's een gevaarlijke combinatie. Walter legt uit dat hij dicht bij een doorbraak denkt te zitten voor dat kind met complex nefrotisch syndroom. Het doet mij plezier om hem weer eens enthousiast te horen over zijn werk, iets wat hem over het algemeen meer lijkt te vervelen dan op te winden. Nieren zijn niet de spannendste lichaamsdelen, maar soms stellen ze je voor problemen die onoplosbaar blijken, waar hij dan toch een uitweg voor vindt. En dáár wordt hij dan goedgezind van. Dan is hij lief. Hij vertelt over zijn lezingen van de voorbije weken, en de successen die hij boekte: 'Toch straf, voor een onnozelaar als ik.'

Alles gaat gemakkelijk. Want dit is wat we kennen. Er gaat altijd verleiding uit van wat vertrouwd voelt. Het biedt houvast, grond onder de voeten.

Soms als ik Walter thuis zie zitten, verdiept in een boek bijvoorbeeld, een en al concentratie, of terwijl hij bijna struikelt over de hond, en dan sorry zegt tegen de hond, of terwijl hij treiterig tegen de kinderen doet, over of ze niet eens naar de kapper moeten, en hoe hij dan gespeeld verontwaardigd reageert als de kinderen zuchten: 'seg papá', dan denk ik: mijn liefde voor die man zit diep.

Ik weet nog heel goed waarom ik op Walter ben gevallen. Het was een jeugdvriend van een vroegere studiegenoot van mij. Hij was anders dan de meesten. Een grappige man. Niet *haha*-grappig, maar *witty*-slim. En creatief, wat ik niet had verwacht van een dokter. Een nefroloog dan nog, ik wist niet eens dat dat nierspecialist betekende, destijds. Wilde denker, open blik. Veel gereisd. Ambitieus en loyaal. Altijd bezig. Helemaal anders dan het nest waar ik uit kwam, ook dat was een pluspunt. Hij bleek twaalf jaar ouder dan ik. Toen dacht ik alleen maar: dat maakt me niks uit, maar misschien had ik dat destijds echt nodig. Hij was de man die mij zou redden. Van mezelf, en van dit leven.

Bij het zesde afspraakje, in een restaurant, vroeg hij, aandoenlijk onhandig, nadat hij een wat treurig grapje had verteld – van de zenuwen, zei hij later: 'Mag ik u nu eindelijk kussen, alstublieft?' Ik vond dat schattig, en ik heb hem gekust. Echt goed kussen kon hij niet, maar kussen kun je leren. Dat is allemaal geen probleem.

'Kijk,' zegt hij, en hij wijst naar een galerie aan de overkant van de straat. 'Moeten we daarvoor zo ver vliegen?' Er blijkt werk te hangen van David Claerbout. Ik wil het zien. We lopen rond, zeggen weinig. We gaan een kamer binnen, schuifelend, door een dik gordijn, een heel donkere ruimte. Ik voel het meteen, dit doet iets. We laten onze ogen wennen aan het duister, en beginnen almaar meer te zien. Vier vergezichten om ons heen, gitzwarte landschappen, één lantaarn. Ik heb gewacht tot Walter het beu werd en wegging. Ik ben gebleven. Dat moest. Ik moest daar even kunnen zijn, helemaal godverlaten alleen, in die onwerkelijk zwarte nacht, weg van de wereld. Alsof eenzaamheid opeens een plek was geworden, waar een mens niet anders kan dan heftig denken aan wie wordt gemist. En ik denk aan Casper, en dat is met bijna huilen. Echt. Van groot geluk omdat hij bestaat én van diep verdriet omdat hij hier niet is. Ik weet het niet. Helemaal overhoop kom ik buiten. Walter loopt een eind verderop, kijkt om, ziet mijn emotie. 'Maar muis toch, wat is dat nu?' Hij omarmt mij, een tikje onhandig, zoals altijd in het openbaar. Ik weet niet wat ik moet zeggen. 'Spreek dan toch.' 'Het is zo mooi en zo fucking triest,' zeg ik. Hij knijpt mij in de bovenarm. 'Gij zijt zo mijn vrouw.' Dan begin ik te huilen. Ik wist niet dat een mens zo veel dingen tegelijk kon voelen.

Als we thuiskomen, vliegen Lou en Jack ons rond de nek. 'Wanneer gaan jullie nog eens weg, het is zo leuk met Eva,' zegt Lou. 'Nooit meer dan, om jullie te pesten.' 'Papááá.' Walter gaat met Jack de tuin in. Hij wil hem een nieuw trucje tonen op de trampoline. Lou vraagt: 'En hebben jullie het fijn gehad, samen?' 'New York is ongelooflijk. Volgende keer moogt ge mee.' 'Maar was het sámen leuk?' Lou kijkt met grote ogen. 'Natuurlijk, waarom vraagt ge dat, schatje?' 'Zomaar.' Lou loopt de trap op, naar haar kamer. Eva werpt mij een blik toe. 'Heeft ze tegen u iets gezegd?' vraag ik. 'Nee, alleen dat ze denkt dat gij verdrietig zijt, maar ik heb er een draai aan gegeven. Hebt gij nog iets laten weten aan Casper?' 'Nee, hij ook niet aan mij.' 'Hij durft niet.' Er klinkt iets van mild verwijt en kleine bezorgdheid in Eva's stem: 'Gij zijt weggelopen van hem hè, niet omgekeerd. Maar ik heb hem gezien, hij is er kapot van. Helemaal kapot.' 'Niet zeggen, Eva.' 'Ik ben tegen onmogelijke liefdes,' zegt mijn zus. 'En tegen alle vormen van tragiek.'

Een kwartier later sta ik met mijn telefoon in mijn handen. Eén berichtje misschien. Gewoon iets liefs, zonder meer. Dan komen Walter en Jack weer binnen: 'Wat zullen we eten?' Ik kan nu niet het voorbeeldige huisvrouwtje spelen. 'Ik stel voor dat we frieten halen.' Dat krijgen de kinderen zelden, voor hen is er culinair geen groter feest. 'Blijft ge ook, Eva?' 'Samen frieten eten? Euhm, nee,' zegt ze. 'Ik heb nog een afspraak, straks.'

Ik kijk naar buiten, ik hou van de kleuren bij valavond. Casper kan dat prachtig beschrijven, hij ontleedt alle schakeringen en vormen zoals alleen een schilder dat nuttig vindt. Hij heeft mij eens een struik uitgelegd, geweldig vond ik dat. Mij laten zien dat het minder om vormen gaat dan om kleuren, minder om perspectief dan om licht en donker. Stapje voor stapje voerde hij die deconstructie uit. Ik zal nooit meer hetzelfde naar de natuur kijken.

Misschien staat hij op ditzelfde moment ook wel uit zijn raam te staren, wie weet. 'Mama, hongeurrr!' 'Ja, schat, gaat ge mee?' Jack pakt mijn hand, trekt mij richting de deur. 'Eerst nog vragen wie wat wil.' Walter twijfelt, Lou roept vanuit haar kamer: 'Een kleintje en een kaaskroket,' Jack zegt: 'Beslissen, papa, nu.'

Dit is mijn leven. Zo moet het zijn.

Als we nadien de straat uit wandelen, hou ik in mijn ene hand het handje van mijn jongen, in mijn andere de telefoon. Branden doet-ie, in mijn hand. In mijn jaszak.

Dan rinkelt-ie opeens. Mijn hart bonkt hijgend. Het is mijn moeder. Ik heb geen zin om op te nemen. Ik voel me daar niet schuldig over: kinderen hebben die lief zijn, daar moet een mens in dit bestaan een en ander goed voor doen. Ik wil de oproep weigeren, maar raak de foute toets aan. Lang leve touchscreens.

Elsie: Hi moe, ik heb niet veel tijd, ik ben met Jack onderweg naar de frituur.

Jeanne: Ah, gij kookt niet zelf voor uw gezin?

Elsie: Wij zijn net terug uit New York, moe. We hadden niks in huis.

Jeanne: De supermarkten zijn nog open.

Elsie: Waarvoor belt ge?

Jeanne: Moet een moeder een reden hebben om haar dochter te bellen? Ik wou gewoon eens informeren hoe 't was geweest op reis, maar als ge geen tijd hebt voor uw moeder, dan is dat zo, hè.

Elsie: 't Was fantastisch, een fantastische stad. Ge zou er ook eens naartoe moeten.

Jeanne: Met uw vader? Die mens is zijn huis niet uit te krijgen, dat weet ge toch.

Elsie: Ge moet ons va niet als een excuus gebruiken. Ga met een van uw vriendinnen.

Jeanne: Mijn vriendinnen zijn niet zo geïnteresseerd in cultuur als ik. Heel jammer, maar ge hebt het allemaal niet voor 't kiezen in 't leven, hè.

Elsie: Als ge wilt wel, hè. Ik heb mijn vrienden toch alvast zelf gekozen.

Jeanne: Ik ook, maar ik moet het doen met het volk dat ik in het dorp tegenkom, hè, en in mijn hobbyclubs.

Elsie: Ook dat is een keuze. Niemand dwingt u om daar te blijven wonen.

Jeanne: Uw vader nu nog verkassen? Hij wil hier sterven, zegt hij altijd.

Elsie: Daar zou ik nu nog niet te veel mee bezig zijn. Tot nader order zijn jullie alle twee nog alive and kicking als ge 't mij vraagt.

Jeanne: Een wonder is het, dat uw vader nog leeft. Met zijn levensstijl. Als hij komt te gaan, dan blijf ik de rest van mijn leven alleen. Ik moet nooit geen vent meer hebben.

Elsie: Moe, Jack wordt ongeduldig. We staan hier buiten aan die frituur, en hij heeft honger. Ik ga u binnenkort nog wel eens terugbellen.

Jeanne: Gij? Binnenkort? Allee, ik ben eens benieuwd.

Elsie: Dag moe.

Jack roept nog: 'Dag oma,' maar ze heeft al opgehangen.

JOS

Jeanne was op uitstap. Met de bus ergens naartoe. Ik ben vergeten waar. Iets met kijken naar wat op televisie uiteindelijk veel beter te zien is, en schnitzels eten, met taart toe, wellicht. Ik ben al vele jaren geleden opgehouden met aandachtig naar haar te luisteren. Wie mij daarvoor wil veroordelen, moet hier zelf eens een volledige dag komen zitten, zeg ik altijd.

Jeanne was voor dag en dauw vertrokken, ik had mij nog eens omgedraaid. Maar om 8.11 uur werd ik toch weer wakker. Hoe ouder je bent, hoe kleiner de nood aan slaap, terwijl er nooit minder te doen viel. Een perverse speling van de natuur. Ik bleef nog wat in bed liggen, in het taaie, zwarte donker van de slaapkamer. Jeanne wou die dure, gevoerde gordijnen, daar komt geen flintertje licht doorheen. Ik wou zo graag nog verder slapen, draaide mij op mijn buik, lag stil. Ik probeerde niet na te denken. Dat was moeilijk. Ik voelde mij slecht. Wat het precies was, wilde ik niet weten. Een vervelend gevoel is sowieso altijd moeilijk te vatten. Ik vermoed dat het weer te maken heeft met–

Ik moest opstaan, anders zou het alleen maar erger worden. Wat water in mijn gezicht – al dat wassen van die jeugd tegenwoordig, dat kan nooit gezond zijn, volgens mij –, tanden poetsen, kleren aan, naar beneden, koffie. Een boterham? Geen boterham. De krant lezen misschien. Tegenwoordig staat er niks meer in, op dik tien minuten was ik er helemaal doorheen. Ik overwoog om wat in de tuin te werken. Maar zo'n grijze lucht, daar kwam vast nog regen van. Ik staarde naar de muren. Geel geworden van de sigarettenrook. Barsten her en der. De boel is hier aan het verkommeren, dat dacht ik.

Ik moest nog naar de winkel. Vanmiddag proberen toch iets te eten. Iets gedurfds maken wat Jeanne niet graag lustte eventueel. Terwijl ik dacht aan eten, roerden mijn darmen zich. Ik ging naar de wc. Een goeie stoelgang is belangrijk. Zeker op mijn leeftijd. Ik checkte de pot, als altijd. Wat plat vandaag, gelig van kleur. Moest ik me zorgen maken? Nee, ik ging me geen zorgen maken. Niet vandaag. Nu naar de beenhouwer dan? Nee, nu nog niet. Eerst een sherry'tje misschien. Eentje. Dan is de scherpte er een beetje af. Ik goot het in één teug naar binnen, en vulde het glaasje meteen weer bij. Gelijk ging alles een tikje beter.

In de namiddag is Eva langsgekomen. Ik weet nog maar half wat er gebeurd is. Ik geloof dat zij zich niet goed voelde. Ik herinner mij tranen en gestotter. Een rood aangelopen gezicht. Ik herinner mij dat ik niet gevraagd heb waarom ze huilde. Dat ik een heel betoog heb afgestoken. Over de leegte van het leven, en de onmogelijkheid van echte liefde, en het gore perspectief van de gewisse dood. Over hoe geen mens echt te vertrouwen valt. Of zo. Ik geloof zelfs dat ik op het einde ben beginnen te janken. Uit angst, geloof ik toch. Om te sterven. Of uit zelfmedelijden. Ik gok een beetje naar de inhoud, maar zoiets moet het geweest zijn. Ik ken de verhalen van anderen over mijn speeches als ik ver genoeg heen ben. Dan gulpt er alles uit wat op nuchterder kwartieren dapper binnen wordt gehouden. Achter dichtgespijkerde ramen en op slot gedraaide deuren. Een mens moet wat.

Eva komt bij mij nooit zomaar huilen, wat zou ze toch–

Ik overweeg om haar te bellen, doe het niet. Schaamte is een lelijk dier.

Ik vind gevoelens overroepen. Ik probeer er alvast zo weinig mogelijk te hebben. Soms lukt dat aardig. Soms.

Toen Jeanne de volgende morgen thuiskwam had ze van Elsie al telefoon gekregen. Die kinderen, dat kwekt alles door aan mekaar. Zij had schande gesproken, gezegd dat het blijkbaar weer erger werd, met mij. Zij had gevraagd wat Jeanne van plan was daartegen te doen. Jeanne was daar niet van gediend, had ze geantwoord. En dat Elsie zich vooral niet moest inhouden om zelf eens in actie te komen. Elsie had gezwegen, gegroet en opgehangen. Een hard kind, zei Jeanne. Altijd al geweest.

Jeanne vond dat het toppunt, zei ze. Dat zij uitgerekend op haar pleziertochtje zo'n telefoon moest krijgen. Dat ze zich nooit eens wat pret kon permitteren zonder zich zorgen om mij te moeten maken. Dat ze het kots- en kotsbeu was. En dat we allemaal... Daarna ben ik gestopt met luisteren.

Er zijn zo van die dagen. Die dagen zijn met veel.

LOU

Ik heb aan Eva verteld dat ik denk dat mijn moeder verdrietig is. Dat ze op andere momenten boos lijkt, zonder het echt te zijn. Eva heeft gezegd dat dat zo gaat, in 't leven. Sommige periodes zijn blij, en andere droevig. Daar hoef ik me volgens haar geen zorgen over te maken. Ik heb gevraagd hoe lang dat kan duren, droevige periodes. 'Soms best lang,' zei Eva. 'Maar niet bij mooie meisjes van twaalf die Lou heten.' Zij begrijpt mij echt megagoed.

(Ik noem het voor mezelf een béétje verdrietig zijn, want als je iets niet helemaal bent, ben je het in wezen niet.)

Mama en papa denken van veel dingen dat ik het niet weet, niet voel. Misschien omdat ze het zelf ook niet weten en voelen, denk ik soms.

Ik vraag mij soms af of papa het echt leuk vindt om vader te zijn. Hij houdt wel van ons, dat is ook de plicht van ouders, of zo, maar ik denk wel eens dat hij liever dokter is dan vader of echtgenoot. Papa doet graag alsof hij alles weet. Ook tegen mama. Papa is niet altijd heel lief voor haar, dat vind ik toch. Niet zoals in de films, waar ze zeggen dat ze van elkaar houden en waar ze omhelzen en cadeautjes geven, gewoon omdat ze dat heel graag willen. Ik weet niet of mama dat zelf beseft. Ik denk dat papa wat harder is omdat zijn ouders niet zo'n leuke mensen waren. Dat heeft hij een keer verteld. Ik heb hen nooit gekend, die twee, ze waren al dood voor ik geboren was. Dat moet niet gemakkelijk zijn geweest. Voor mij en Jack is papa meestal wel lief, en best vaak is hij ook grappig. Af en toe zegt hij zomaar wat. Daar kan ik niet goed tegen.

Mama is anders en een klein beetje hetzelfde. Mama doet ook graag alsof er niks aan de hand is. Alsof vrolijk zijn normaal is. Mama's dagen zitten altijd overvol. Soms met ons, soms voor haar werk, soms met vrienden, soms nog iets anders. Dat moet waarschijnlijk ook, als je zelf almaar probeert te geloven dat alles goed gaat. Ik voel ook verdriet bij mama, en melancholie (dat woord is mooier dan het gevoel fijn is). Ik durf dat niet te zeggen, want ik denk niet dat ze dat fijn vindt om te horen.

Eva lijkt helemaal niet op mama, ook al zijn het zussen. Eva voelt veel, net als ik. Eva kijkt goed, en luistert nog beter. Ik ben ook daarom zo graag bij haar, geloof ik.

Mensen zeggen wel eens: vanaf nu kan het alleen maar beter worden. Ik ben nog maar twaalf en ik weet ondertussen al dat dat niet waar is. Er blijkt altijd nog een bodem te zitten onder wat je dacht dat de bodem was. Ik heb aan mijn vader gevraagd of daar een grens aan zou zijn, of niet. Hij lachte. 'Mijn kleine dramaqueen,' zei hij. Papa doet alsof alles een grap is. Dat is ook een strategie, natuurlijk. Ik denk dat mama dat ook niet leuk vindt aan hem.

Soms stel ik mij voor dat ongelukkig zijn iets of iemand is. Want iets of iemand kan opeens verdwijnen, zo snel als hij of zij gekomen is.

(Ik denk dat niemand mij ziet, echt ziet, behalve Eva. En Vanessa. Die ziet mij altijd, helaas.)

CASPER

'Waar moet dit naartoe?' vroeg Elsie. Ik weet het ook niet, ik hoef dat niet te weten, denk ik, nog niet in ieder geval. Ik weet alvast wel dat ik haar wil: als ik wakker word, als ik niet kan slapen, als ik mij domweg goed voel, als ik een doek heb verpest, als de geilheid toeslaat, als ik door de nacht wil gaan dolen. Dat was zo in die zalige weken dat ze er was, dat voel ik nog veel sterker nu.

Ik probeerde wel te vluchten in algehele drukte en afleiding of in mijn schilderen. Vroeger dacht ik: wat er ook gebeurt, ik heb altijd mijn kunst nog; en nu, als ik in mijn atelier sta, en ik maak een schets, of ik ben bezig aan een nieuw werk, dan vraag ik mij af wat Elsie ervan zou vinden.

Ik wist eigenlijk niet dat dat bestond: zo samen. Ik dacht altijd: ik wil geen vrouw die aan mijn zijde plakt, zoals die koppels die altijd komen als een pakket, ik vind dat verschrikkelijk. Maar dit is een zalig soort van samen: samen uit goesting, uit denken dat gedeeld moet worden, uit enthousiasme dat heen en weer durft te kletsen, samen dat voelt wanneer het er moet zijn. Ik denk dat zij het ook merkt, of niet natuurlijk. Elsie doet meer aan denken dan aan voelen, dat vraagt minder durf. Dat heb ik haar nog niet gezegd.

Eva zegt dat mensen herhalen wat ze vroeger thuis hebben gezien. Ik hoop dat dat niet waar is. Maar dat heb ik wel bedacht onlangs, dat mijn ouders ook zo leven: ieder zo'n beetje zijn eigen ding, een beetje ruzie, niet te veel, en naar buiten uit het echtpaar dat voor elkaar gemaakt is. Ik wil daar nu niet over doordenken. Zoals ik niet wil nadenken over de depressies van mijn vader. Uren kon hij zitten en staren. Of hij was er wel en deed dingen, opruimen of boodschappen uitladen, maar dan had hij de meest afwezige blik die ik ooit heb gezien. Of hij raakte geïrriteerd door ons lawaai. Of hij was droevig en viel niet te troosten. Ik ben altijd bang geweest om dat ook te krijgen. Ik vecht daar heel bewust tegen. Soms word ik daar zelf wat moe van.

Het was een week of vijf na onze laatste keer. Ik geef toe: ik had wat te veel gedronken op zo'n overdreven onstuimige avond met een paar vrienden in de kroeg. Eentje legde zijn hart op tafel, zoals dat soms gaat, de rest volgde. Alleen ik heb gezwegen. En opeens was er geen houden meer aan. Ik ben op mijn fiets gestapt en naar haar theater gereden. Het moest al lukken dat daar nog iemand zou zijn, maar als ik aankom zie ik haar meteen zitten, achter dat grote raam, aan de bar achteraan. Ze ziet er wonderlijk mooi uit. Ze is met een clubje mensen aan het praten, vooraan zijn er nog twee andere groepjes aan het drinken. Een foyer kort voor sluitingstijd. Ik maak mijn fiets vast aan de paal van een verkeersbord, leg mijn haar wild, dat ziet ze graag, ik blaas wat adem in mijn hand en ruik – volgens mij zat er knoflook in dat gerecht vanavond, het moet maar zo – en stap op wankele benen het café binnen.

Iedereen van haar gezelschap kijkt op – omdat zij eerst keek, dat wil ik toch denken – en ik loop op haar af, overweeg om haar op te tillen en mee te nemen, zonder verdere tekst en uitleg, maar dat vind ik toch te veel *An Officer and a Gentleman*, dus ik zeg alleen maar, als ik vlak voor haar sta: 'Gaat ge mee?' Zij weet niet wat ze moet doen, maar ik zie ook dat ze wil, ze aarzelt. 'Dit zijn Ewout, Lars en Frouke, jonge artiesten die hier vanavond een mooie voorstelling hebben gespeeld.' 'Aangenaam,' zeg ik, maar in mij sist het: donder toch op, Ewout, Lars en Frouke, I'm a man on a mission. 'Volgens mij hebben zij drieën nog geweldig belangrijke dingen te bespreken onder elkaar.' Ik lach er onnozeler bij dan mensen van de grote schilder zouden verwachten, het staat te lezen op hun gezichten. 'Ongetwijfeld,' zegt Elsie. 'People, drink nog een laatste op mijn kosten, ik moest sowieso stilaan vertrekken, ik ga mijn jas halen.' 'Mijn hart maakt een sprongetje,' zeg ik, terwijl ik dat eigenlijk alleen maar wou denken. Zij reageert niet, verdwijnt. Ik leuter in afwachting wat tegen het jonge grut, interessant kan dat onmogelijk geweest zijn, want ik zit met mijn hoofd bij haar en bij de kus die ze gaat krijgen. Niks is mooier dan het einde van het missen.

Als we naast elkaar het theater uit lopen, moet ik mij beheersen om mijn arm niet om haar heen te slaan, zo van: kijk, dit is mijn lief hier, zie hoe prachtig ze wel niet is, of om haar uit te kleden, daar en dan, midden op de stoep, en haar in mijn jas te draaien. Na al dat warrige ontberen is elke seconde een beproeving. Zij stapt kordaat door, zegt alleen maar: 'Mijn auto staat om de hoek.' Als we ingestapt zijn, kan ik mij niet meer houden, en ik kus haar. Zij giechelt een beetje, van ongemakkelijkheid of van opwinding, dat durf ik niet met zekerheid te zeggen.

'Ik heb zo lang gewacht,' zeg ik. 'Ik weet het,' zegt ze. 'Gij hebt mij niet gebeld,' zeg ik. 'Gij zijt mij komen vinden,' zij fluistert bijna. Ik schraap mijn keel: 'Ik wil bij u zijn, niks voelt beter dan bij u zijn.' 'We mogen niet kussen,' zegt zij en ze kust mij weer. 'Alsof in mijn lijf alles feestviert. Alsof zon en maan en sterren allemaal tegelijk op ons schijnen om te zeggen: zo is het goed.' 'Alleen gij moogt zo corny tegen mij spreken, dan vind ik het nog ontroerend ook.' Ze kust mij nog een keer.

We zijn naar mijn atelier gereden en hebben gevreeën zoals ik het nooit eerder met iemand deed, geloof ik. Al dat beteugelde verlangen moest eruit, daar was geen houden aan. Nog een hele tijd zijn we belachelijk dicht tegen elkaar blijven liggen, zij met haar hoofd in mijn oksel, mij strelend met haar linkerhand, ik met mijn arm rond haar rug, met mijn rechterhand stevig op haar dij. Veel hebben we niet gezegd, terwijl we normaal geen vijf minuten kunnen zwijgen.

Dan moet ze echt naar huis, dat heeft ze al drie keer gezegd.

Als ik haar dan toch nog eens hard heb vastgepakt en hevig gekust, en zij is verdwenen, krijg ik een sms, van Elsie, denk ik, die zich al meteen weer niet kan houden. Het is er eentje van Merel, zij zit in Nederland voor haar werk: 'Gefeliciteerd met mij, vandaag al acht jaar uw lief, morgen verrassing.' Ik zet een cd op, ga weer op mijn bed liggen en staar naar het plafond.

5

ALSOF DAT EEN STRAF ZOU ZIJN

JOS

Het is vreemd dat Karel ons weer heeft uitgenodigd, niet eens zo lang na zijn verjaardag. Hij moest ons iets vertellen, had hij gezegd. Daar had ik verder bewust niet over nagedacht.

Ik ben naar buiten gevlucht. Alleen al daarom zal ik nooit stoppen met roken, zo heb ik altijd een excuus. Terwijl ik dat sta te denken, roepen ze mij weer binnen. Karel en Bob. Alsof ik niets van deze bijeenkomst mocht missen.

Ik gooi mijn peuk bij de buren, steek mijn hand uit naar mijn jongste broer. Bob omarmt mij. Ik hou van Bob, een frisse, slimme kerel die zijn eigen weg is gegaan. Dat bewonder ik in mensen. Ik hou van al mijn broers. Om wat vroeger is geweest. Voor elkaar opkomen als dat nodig was. Zorgen voor wie te kort kwam. Onze ouders waren maar met twee, en wij met dertien, dan is er altijd aandacht te weinig. Als ik terugdenk aan al die uren dat we samen plezier maakten met zeven keer niks. Zelf vliegers in mekaar knutselen met oude rommel die we vonden. Of radiootje spelen met een zelfgefabriceerde microfoon van een wc-rolletje en een prop papier.

Ik zeg het nooit, dat ik hen graag zie. Soms een keer, als ik bezopen ben, met veel te veel theater, dat wordt dan ook niet ernstig genomen, neem ik aan.

Ik blijf drentelen in de keuken. Nuttigheid, dat ziet er altijd goed uit, en ondertussen hoef ik niet te kijken naar Victor, die levende pop, bestierd door een kwaadaardige god die zijn ledematen alle kanten op doet schieten. Ik kan bovendien ongestoord van mijn koffie drinken.

De laatste broers en zussen komen binnengevallen, met kussen voor iedereen en bescheiden bijdrages tot de drankenkast, iedereen weet dat Karel het niet breed heeft. In alle hoeken van het huis wemelt het van de mensen die in kleine groepjes staan te praten. Zo moeten bijen in een korf zich voelen. En negers in vluchtelingenkampen. Ik hap naar adem, wil naar de whisky grijpen, zie Jeanne binnenkomen en doe nog net op tijd of ik een sponsje zoek.

Opeens komt Karel bij mij staan. 'Broer,' zegt hij, 'merci voor alle hulp. Ik moet straks iets meedelen en dat wordt niet gemakkelijk. Ik wou dat ik zoals gij en onze Bob de gave van het woord bezat.' Dat klinkt niet goed. 'Karel toch, neem ook een slok,' zeg ik, 'dan gaat alles beter.' Hij lacht, neemt een Grimbergen uit de ijskast en verhuist weer naar de woonkamer. Missie geslaagd. Sommige mensen worden nu eenmaal minder moedig geboren, en is dat dan hun schuld?

Ik word de keuken uit gejaagd door wat zussen en schoonzussen, zij willen iets bespreken blijkbaar. In de woonkamer schuift Herman, mijn schoonbroer, de laatste vrije stoel in mijn richting en stelt een vraag over niks in het bijzonder. Weigeren is onbeleefd. Hij vertelt honderduit, maar ik ben afgeleid door mijn neef, die nu weer pal tegenover mij zit in zijn stoel die altijd van hem is.

Victor was een mooi jongetje vroeger. Pienter ook. Het is lelijk wat een harde klap kan doen met een kind: hersenbloeding, overdruk in de schedel, en dus zuurstoftekort voor de hersenen, met blijvende beschadiging tot gevolg. Wakker geworden na bijna twee weken coma, iedereen hoopvol eerst nog. Maar ook na eindeloos revalideren is hij nooit meer beter geworden dan dit. Een spastisch hoopje mens. Karel en Imelda zijn ervan overtuigd dat ze uitgebreid met hem communiceren, ik vind dat moeilijk te geloven, maar ik zeg dat nooit. Soms is zelfbegoocheling–

Dan komt Karel binnen. Hij tikt met een mes een paar keer tegen zijn bierglas: 'Kunnen jullie allemaal even naar hier komen, ik moet iets vertellen.' Bob is aan het lachen met iets wat mijn zus Marie net heeft gezegd. Karel wacht, en kijkt daar ernstig bij. Tot hij de volle aandacht krijgt. 'Er zijn geen leuke manieren om dit te zeggen, dus ik val maar met de deur in huis: ik heb kanker, de longen. We waren er te laat bij, zeggen de dokters. Er is niet veel tijd meer. En daarom wil ik jullie vragen...' Imelda begint te snotteren, loopt naar buiten, Bobs vrouw Johanna schiet erachteraan. 'Wil ik jullie vragen of jullie Imelda zouden willen helpen, als ik er niet meer ben. Met onze Victor en alles.' Zijn stem slaat over, hij herpakt zich. 'Ik heb een goed leven gehad. Voor mij is het oké zo. Maar dat moet ik nog weten, dat er voor hen gezorgd wordt.' Hij kijkt naar zijn schoenen.

Onze familie is altijd luid. Allemaal praters die van geen ophouden weten. Nu blijft het een recordaantal minuten helemaal doodstil. Bob is de eerste die begint te spreken. 'Godverdomme, broer.' Hij pakt hem vast. Altijd al de meest aanhankelijke, dat gaat zo met de jongste. En dan scharen mensen zich in groepjes rond Karel, zoemen bemoedigend rond zijn oren. Zeggen ongetwijfeld dat hij gerust mag zijn, dat iedereen vanzelfsprekend zal inspringen.

Ik zit minutenlang vastgeplakt aan mijn stoel. Ik wil naar buiten, maar daar staat Imelda. Ik passeer langs Karel, klop hem twee keer op zijn schouder, en steek door naar de keuken. Mensen moeten drinken, zeker in crisis. 'Nog iemand bier?' Geen reactie. Ik had er volgens de medische wetenschap allang niet meer mogen zijn. En hij, de gast die nooit iets cadeau heeft gekregen, hij krijgt nu kanker. De wereld is toch–

De rest van de dag ruim ik glazen af, fanatieker dan ik het ooit in mijn eigen restaurant heb gedaan. Tot ik de zes wijnglazen laat vallen die ik in één hand droeg. Ze spatten kapot op de stenen keukenvloer. Jeanne komt aangedenderd. 'Bon, ge zijt weer zat, 't is tijd om naar huis te gaan, zie ik.' Alsof dat een straf zou zijn.

Ik maak in alle kamers één grote zwaaibeweging. Jeanne staat op samenzweerderige toon met Imelda te praten, ondertussen pak ik Karels hand, ik leg mijn andere hand op zijn schouder: 'Imelda en Victor mogen op mijn centjes elke maand blijven rekenen, dat spreekt voor zich. En ze zeggen wel dat iedereen dood moet, maar in uw geval wil ik dat toch nog wel eens zien.' Karel schokt een beetje. Van het lachen ondanks alles of van het ingehouden huilen, daar durf ik niet naar te raden. Ik draai mij weg van hem, geef Imelda een kus: 'Hou moed, hè.'

Als we in de auto zitten, begint Jeanne zoals verwacht aan een monoloog. Dat zij er nu wel weer voor op zal moeten draaien, voor mijn familie, omdat ik tot niks in staat ben. Dat ze zelf al een tijdje wat vermoeid loopt, en dat dat misschien ook wel kanker zou kunnen zijn. Dat ze had gedacht dat ik zeker vroeger zou gaan dan Karel, toch altijd een pronte vent die op de fiets naar zijn werk ging, niet vet at, vroeg ging slapen en alleen sigaren rookte, minder ongezond toch dan sigaretten. Dat Imelda hem zeker niet naar behoren zou kunnen ondersteunen. Dat ze daar te dom voor was. Dat ze 't zo zielig vond, voor Victor.

Het ging maar door, ook nog toen we thuis waren. Ik mompelde iets, en liep de trap op. Zij volgde. In bed vertelde ze onvermoeibaar verder. Luisteren deed ik niet, maar een slaapliedje kon ik het toch ook moeilijk noemen. Uiteindelijk viel ze stil.

Maar slapen wou niet lukken. Het enige wat ik zag, almaar opnieuw, waren die beelden.

Ik, toen, in mijn nieuwe auto. Op weg naar Karel, waar ik even snel iets moest afgeven. En opeens: een doffe klap. Er vliegt iets tegen mijn voorruit. Remmen. Stoppen. De auto uit. Het was toch geen mens? Kijken. Ernaartoe lopen. Zien: het is Victor. Buren stromen toe, iemand roept dat hij de ambulance heeft gebeld. Mieke, het oudere zusje van Victor, komt hun huis uit, ziet haar broer liggen en zet het op een lopen. Karel rent op ons af, wil zijn kind vastpakken, optillen, ik hou hem tegen. Imelda komt dichterbij, deinst weer achteruit, krijst zoals ik dat nooit nog eens een mens zou horen doen. Victor weet van niks. Hij en zijn weerloze kinderlijf liggen daar maar, op die betonnen weg, in die bevreemdende houding. Bloed. Bleek gezicht. Zo goed als levenloos. Karel fluistert onophoudelijk tegen zijn zoon, ik hoor niet wat hij zegt.

Als de ziekenwagen arriveert komt er ook iemand op mij afgelopen. Mijn gezicht, mijn armen, mijn bovenlijf, dat zit allemaal vol glas. Ik voel niks. Alsof ik vanuit een bokaal toekijk naar een stukje vreemde wereld. Ik zwijg. Ik staar in de verte. Ik implodeer.

Pas uren later, in het ziekenhuis, zie ik hem, akelig vastgeketend aan piepende apparaten. De geur in die kamer beneemt mij de adem. En dan denk ik: Victor gaat dood. Victor gaat dood, en het is nog meer mijn schuld dan wie ook kan vermoeden.

LOU

Het is te veel voor een hoofd van twaalf. Als er aan de ene kant leuke dingen gebeuren, en aan de andere kant onleuke, hoe moet je je dan voelen?

Ik weet niet wat er thuis aan de hand is, maar mama doet raar. Wat papa verder nauwelijks in de gaten heeft, volgens mij. Of toch, misschien. Soms denk ik dat hij stiller is dan anders. Jack fietst daar zomaar tussendoor, ik merk het de hele tijd aan kleine dingen, en daar word ik dan wiebelig van. Ik probeer extra lief te zijn, maar dat maakt weinig indruk.

Volgens mij scoort Eva momenteel qua gelukkig zijn op een schaal van één tot tien ook maar een vier. Ik durf haar niet te vragen of dat klopt. Misschien maakt zo'n vraag het erger.

(Bijna alle kinderen denken dat hun leven later geweldig gaat worden. Ik ben daar toch niet altijd even zeker van.)

Op school gebeurt er ineens van alles. Sinds de beruchte dag waarop ik Vanessa betrapte, houdt ze mij in 't oog, dat voel ik. Zeggen deed ze niks, tot zes dagen geleden.

Ik breng weer eens een pauze door op het toilet, ik ga tegenwoordig naar een van de toiletten in de benedengang. Dat valt minder op, en daar stinkt het niet zo erg.

Ik zit net een sms'je naar Eva te sturen als er opeens iemand op mijn deur klopt. Ik schrik me te pletter. Ik ga gehurkt op het deksel van de pot zitten, zodat mijn voeten niet zichtbaar zijn. 'Lou, ik weet dat ge daar zijt, kom alstublieft eens naar buiten, ik zou graag met u praten.' Het is Vanessa. Voor het eerst noemt ze mij niet Kitty. 'Ik weet dat ge u hier verstopt tijdens de pauze, iedereen weet het.' Ik blijf zitten, hou mijn adem in. 'Zoudt ge niet liever bij ons komen staan? Ik weet dat ik lullig heb gedaan, toen die keer met uw rokske, maar eigenlijk vind ik u een chick met stijl. Iemand met een eigen mening.' Ik hel een beetje achterover op de pot, dit is verre van een gemakkelijke houding. 'Lou?' Mijn telefoon glipt uit mijn handen, en knalt tegen de vloer uit elkaar. Vanessa raapt de stukken op die aan haar kant liggen en schuift die voorzichtig onder de deur. 'Ik weet dat gij denkt dat ik dit alleen maar doe omdat gij mij gezien hebt. En ik ga niet onnozel doen, dat speelt mee. Maar de eerlijke waarheid is dat ik evengoed denk dat ik u leuk zou kunnen vinden. Gij zijt er zo eentje die uw eigen weg gaat, net als ik. Lou? Ik heb ook nog een cadeautje voor u. Ik laat het hier achter, bij de wastafel.' Ze heeft een trui voor mij klaargelegd, het is die paarse met glitters. Ik pas haar aan, kijk in de spiegel, ze staat mij wel. Dan gaat de bel. Zo snel als ik kan trek ik de trui weer uit, en leg ik haar terug waar ik haar gevonden heb.

Ik kan Vanessa in allerlei soorten problemen brengen, besef ik. Een deel van mij zou daar misschien ook van genieten, ik geef dat eerlijk toe. (Ben ik slecht omdat ik zoiets denk? Onze leraar Frans heeft gezegd dat er filosofen zijn die ervan uitgaan dat alle mensen in wezen slecht zijn. Als dat waar is, valt het met mij misschien nog wel mee. Als ik slecht ben is het meer een beetje dan in wezen, denk ik.)

Twee dagen later, ik ben net op school, en sta mijn fiets op slot te zetten. Dan zie ik Vanessa op mij afkomen, met de horde poedels die haar eeuwig en altijd omringt. Ik zet mij schrap. 'Wij gaan samen naar de film, volgende week zaterdag, en wij wilden u komen uitnodigen.' De andere meisjes kijken tot mijn verbazing niet onthutst. Wat moet ik hier nu toch van denken? 'Benno komt misschien ook mee, met Marcel,' zegt Vanessa, als ik maar blijf zwijgen. Jezus, hoe kan zij nu weten dat ik Benno leuk vind? 'Het zou echt vet zijn als ge meekwam. We hadden het erover dat we 't spijtig vinden dat we u nog niet beter hebben leren kennen.' Ik slik, en hoop dat ze dat niet zien. 'We hebben u wat geplaagd met die onderbroek, maar daar willen we ons nu voor verontschuldigen, dat was kinderachtig, toch?' De andere meisjes knikken. Wat moet ik doen? Zeggen dat ze kan opzouten, zij met haar beate bende volgelingen? ('Beaat' vind ik een mooi woord, ik heb dat in een boek gelezen en het opgezocht.) 'Als ge wilt kunt ge wat vroeger langs mij komen, dan doe ik uw haar. Ik heb een heel goeie nieuwe mousse, dan krijgt het meer volume. Ge gaat zien, het zal fantastisch zijn.' Terwijl zij verder praat, begin ik toch een beetje te dromen van pauzes doorgebracht met vriendinnen, van weten wie te bellen als ik twijfel over wat nu ook alweer precies de opdracht was voor die taak van wiskunde. En misschien zou ik wel met Benno kunnen praten. 'Toe, Lou, 't gaat mega de max zijn.'

Zou het kunnen dat Vanessa meent wat ze zegt? Is het denkbaar dat vanuit foute redenen goeie dingen gebeuren? 'Slaap er anders nog eens een nachtje over, maar kom nu alvast met ons mee naar Lisse. Zij heeft die van godsdienst gezien met haar lief, en da's blijkbaar een supergrappig verhaal.' Ze wacht niet af wat ik ga zeggen, haakt haar arm in de mijne en neemt mij mee.

Ik ben mee geweest naar de film. Dat was eigenlijk echt leuk. Benno was er niet bij die avond. Ik ben nu al negen dagen elke pauze bij Vanessa en Lisse, Olga, Dorien, Marike, Nikka, Charlotte en Trix. Soms komen er jongens babbelen. Eén keer Benno ook. Ik heb toen geen woord gezegd.

Ik denk dat Benno, net als ik, anders is dan de meesten. Een dromer, volgens mij. En heel gevoelig. En als hij aan het woord komt in de klas, valt het op hoe slim hij is, en grappig ook wel. Hij zal mij nooit zien staan, waarschijnlijk, maar toch blijft hij in mijn hoofd zitten.

Over een paar weken zijn de ouders van Nikka weg, en dan geven zij en haar broer een feest bij hen thuis. Ik ben ook uitgenodigd. En Benno en Marcel komen zeker, volgens Vanessa.

Ik vind het nog altijd vreemd. En ik vind het ook wel heerlijk.

Eva heeft eens gezegd: 'Het is zo lekker om wantrouwen te laten varen, gewoon omdat dat ook kan.' Dat snap ik nu opeens. Toen ik Vanessa zei dat ik wel graag mee wilde, naar het feest, heeft ze mij bij mijn twee handen genomen en een dansje gedaan in de gang voor onze klas. Zoals kleine kindjes doen. (Dat vond ik een beetje gênant, maar ook wel grappig.)

Gisterenmiddag heb ik Eva gebeld. Ik kreeg haar antwoordapparaat. 'Eva, ikke. Bel mij eens terug. Ik moet iets vertellen.' Ik heb zelden uitgelatener geklonken. Ze heeft nog altijd niks van zich laten horen, wat ik een beetje raar vind.

EVA

’s Middags moet ik onverwacht bij de directie komen. Jef de Troyer is zo’n man met eeuwig roos op zijn revers en geen vrouw of secretaresse om het weg te vegen. Hij leidt zijn gevangenis met ijzeren hand en gelooft rotsvast in discipline als oplossing voor alles. Ons slag volk tolereert hij in zijn burcht, maar niet van harte. Zolang we niet voor extra gedonder zorgen, laat hij ons met rust. Dat is de verhouding.

Ze laten me meer dan een kwartier wachten in het tl-verlichte gangetje voor zijn kantoor. Dan roept hij mij naar binnen. Zijn gezicht staat op teleurgesteld. ‘Ik begrijp dat u gedetineerde Kabangu begeleidt.’ Ik knik. Er is nieuws over Henri’s vervroegde vrijlating, denk ik. Al begrijp ik geenszins waarom de directeur mij daar persoonlijk over zou berichten. ‘U lijkt het behoorlijk met de gedetineerde in kwestie te kunnen vinden.’ ‘Henri is iemand met potentieel,’ zeg ik, ‘eentje die het wel eens echt ten goede zou kunnen keren, eenmaal buiten. Ik probeer hem voor te bereiden op zijn terugkeer naar de maatschappij.’ Ik plooi mijn woorden richting het jargon waarvan ik vermoed dat de directeur graag wil dat ik dat bezig. Hij reageert niet meteen, lijkt zijn woorden te wikken en te wegen, wat niet zijn gewoonte is. ‘Het werd mij onder de aandacht gebracht dat u wel erg vertrouwelijk omgaat met deze gedetineerde.’ ‘Als je mensen begeleidt, komen daar wel eens diepe gesprekken van. Was dat niet zo, dan deed ik mijn job niet goed,' zeg ik. Hij schraapt zijn keel, produceert een artificieel hoestje. 'Het verontrust mij dat u oneerlijkheid verkiest, in deze situatie. U bent gezien, mevrouw, terwijl u intiem was met gedetineerde Kabangu.' Ik val bijna van mijn stoel. 'Staat u hier nu werkelijk te beweren dat ik seks zou hebben gehad met Henri? Ik was...' 'De details interesseren mij niet, uw woordkeuze vind ik op zijn zachtst gezegd interessant, en verder is het hoe dan ook ongepast gedrag dat we hier onmogelijk kunnen tolereren, zoals u overigens zeer goed weet. Ik ga u, omdat het de eerste keer is, opdragen om gedetineerde Kabangu door te verwijzen naar een collega en u ver van hem te houden. En ik mag hopen dat we dit gesprek nooit meer hoeven te voeren. Als deze betrekking u lief is, raad ik u ten sterkste aan om enige zelfbevraging te doen en te leren uw grenzen te trekken, daar waar ze professioneel horen te liggen. U wordt in het oog gehouden, vanaf nu.'

Ik heb niks meer gezegd. Ik heb hem niet eens de huid vol gescholden. Niet eens de deur van zijn bureau keihard dicht geknald. Niet eens een scène geschopt op de gang. Want dat is nu eenmaal niet wat ik doe. Terwijl dat de enige juiste reactie zou zijn geweest. Wie in godsnaam was dat gaan rondstrooien?

Ik moest nog nieuwe gedetineerden zien die middag, maar ik heb gedacht: korte pijn, eerst Henri laten roepen. Hij wandelde binnen op zijn slippers. 'Gij ziet er zo goed uit de laatste tijd.' Ik antwoordde niet, kwam meteen ter zake. Hij begreep er helemaal niks van. Ik heb hem gevraagd om het zich niet aan te trekken, gezegd dat mijn collega formidabel was. Hij keek gekrenkt. Dat het sowieso niet meer voor lang zou zijn, dat ik echt geloofde dat hij snel vrij zou komen. Geen reactie. Dat ik die beslissing niet zelf had genomen. Dat hielp evenmin. Dat ik met hem graag af wou spreken, als hij eenmaal buiten zou zijn. Samen een pint drinken, checken of hij hulp nodig had, in de verse vrijheid. Dat was niet zoals het normaal ging, maar dat zouden we doen. Hij bleef teleurgesteld naar mij kijken.

Toen ik via de intercom verwittigde dat de gedetineerde weer naar zijn cel mocht, hield Henri mij tegen. Hij wou iets zeggen, vond de woorden niet. 'Ik ook,' heb ik geantwoord. Toen zoemde de zware deur. Ik klikte hem open, Henri stapte naar buiten, en liep weg met een pb. Ik keek hem na. Alsof veertig handen mij verschillende kanten op probeerden te duwen, zo voelde het.

Ik ben schoenen gaan kopen. Hemeltergend mooie schoenen. Dure schoenen. Met geld dat ik eigenlijk niet heb. Dat heeft niet geholpen.

Ik was blij dat die avond daarop vrienden kwamen eten. Drie vrienden met hun wederhelften die elkaar goed kennen. Ik was daar al vaker uitgenodigd en ik had hen nog nooit teruggevraagd. Nu allemaal tegelijk. Schuld aflossen kan ook leuk zijn. En stressy tegelijk. De hele dag had ik in de keuken gestaan. Alles flink voorbereid, gewerkt met goeie ingrediënten, dure wijn gekocht. Gelukkig wil ik de mensheid maken. Minstens.

Het is volk waarvan ik elke keer als ik hen zie weer vrolijk word dat het bestaat. Els en Peter: een prachtig koppel veertigers, al vijftien jaar samen en hoe die nog altijd naar elkaar kijken, dat geeft hoop over wat het ook kan zijn. Admar en Alain, twee topjanetten met goeie smaak en bakken humor. Dat ze ook nog meningen hebben over schoenen en lippenstift is meegenomen. En Saskia, gescheiden en twee jonge kinderen, met haar nieuwe lief: Karl. Een klassiek knappe jongen, beetje hautain in zijn manier van doen, misschien, maar Sas is er wild van.

Het voor- en nadeel van zelf etentjes geven is dat je nooit helemaal deel uitmaakt van het gebeuren. Terwijl zij elkaar kakelend begroeten en laatste nieuwtjes uitwisselen, sta ik de amuses te maken. Terwijl zij de wereld bediscussiëren sta ik in pannen te roeren en de oven in de gaten te houden. Als er net iets overkookt, komt Alain de keuken binnen. 'En darling, hoe gaat het in dat wilde leven van u?' Welk leven? 'Toppie,' zeg ik, mystiek glimlachend, omdat dat er altijd goed uitziet. 'Nog kerels op het oog?' 'Altijd een paar, dat weet ge, maar niks concreets. Ik leg mijn lat hoog.' Ik lach, hardop, en snijd ondertussen met een groot mes in mijn vinger. Godverdomme. 'O, baby toch, waar liggen de pleisters?' 'Laat maar, ik regel het hier wel.' 'Ja maar.' 'Nee echt, het voordeel van alleen leven, ge leert alles zelf oplossen. Gaat gij terug naar de tafel. Zonder u geen animo in het gesprek, dat weet ge toch.' Hij gromt liefdevol afkeurend, kust mij op de wang en verdwijnt.

Pas bij het hoofdgerecht kan ik even voluit deelnemen. Admar en Alain hebben het over een reisje dat ze met zijn allen samen willen maken. Een weekje naar Nice, vooral veel aan het zwembad liggen, boeken lezen en praten, stevig drinken en goed eten, tussendoor een uitstap maken, wat iedereen zelf wil. Zij zien het helemaal zitten. Ik ben al jaren niet meer op vakantie geweest, terwijl ik zo graag reis. 'Gij gaat toch ook mee, Eva, we mikken op eind augustus?' Ik mezelf in een badpak hijsen en naast een zwembad gaan liggen zweten? Of nog erger: ik als enige niet in een badpak continu de zon ontvluchtend? Als enige single in een gezelschap van koppels die zich dan verplicht voelen om je afwisselend mee op sleeptouw te nemen? Ik voelde mij al te vaak de eenzame die ook eens werd uitgenodigd. 'Ik geloof niet dat ik kan, eind augustus,' zeg ik. 'Hoezo niet? Omdat ge denkt dat ge dan een stomende love holiday aan het beleven zijt met het lief dat ge dan eindelijk gaat gevonden hebben?' Admar bedoelt het alleen maar geestig, weet ik. Alain fronst zijn wenkbrauwen en maakt een knik met zijn hoofd, zo van: zet dit recht. Hij denkt dat ik dat niet zie. Waarop Admar erachteraan stuntelt: 'Ik wéét dat ge dan uw jonge god zult hebben gevonden, maar gun ons ook een stukje van hem en neem hem mee, cupcakes.' Lievigheid maakt dingen erger. Dat ik het nog eens zal bekijken, zeg ik. Ik ruim de borden af.

Saskia volgt mij naar de keuken. 'Gaat het een beetje met u?' Waarom vragen mensen of het gaat als ze wel kunnen raden dat dat nogal tegenvalt. En welk antwoord is dan het goede antwoord? Want zeggen: nee, helemáál niet, dat wil niemand horen. Tristesse is niet sexy. 'Te veel mannen die ik van mij weg moet slaan, maar verder alles onder controle.' Ik hoor mezelf alweer lachen. Sas doet aan bemoedigend kijken. Ik lul eroverheen. Geen medelijden in deze keuken. Ik stort mij op het dessert. Een gewokt driehoekje brickdeeg gevuld met een bolletje vanille-ijs en zeste van citroen. De eerste drie mislukken. De olie verbrandt en laat onsmakelijke zwarte vlekjes na. Ik ga er te weinig hebben. Ik krab aan mijn kont van de zenuwen. Dan zie ik Peter de keuken binnenkomen. Hij zoekt een asbak. Ik kan alleen maar hopen dat hij dat kontkrabben niet heeft gezien. Toch maar snel de handen wassen, het zekere voor het onzekere. Waardoor ook mijn vierde poging mislukt. Ik kan wel janken. Alleen het ijs geven? Alstublieft, een superdessert: een bol vanille-ijs met verder niks. Help. Ik heb nog een chocoladecake staan, bedoeld voor bij de koffie. Er zit niks anders op dan die op tafel zetten en tegelijk koffie laten aanrukken. Wat een afgang. Zelfs een etentje geven lukt mij niet.

Als het laatste duo vertrokken is, ga ik zitten. Ik kijk rond. Naar de boeken in de boekenkast, de cd's in het rek, de dvd's in stapels op de grond naast de televisie. Kunst is het beste gezelschap, be-

weerde Casper altijd. Ik vraag me af of hij dat nu nog zou zeggen.
Gaan slapen, zeg ik hardop. Een halfuur later zit ik daar nog.

Drie weken later hoor ik van mijn collega dat de commissie Henri's verzoek heeft goedgekeurd. Nog even en hij mag naar buiten.

Ik weet dat de directeur er niet is die middag, en ik loop even binnen in zijn cel. We maken een afspraak, in een café aan de andere kant van de stad dat hij nog kent van vroeger. 'Ik kijk er al naar uit,' zegt hij. Hij kijkt blij en bang tegelijk.

ELSIE EN EVA

Elsie: Thanks voor het babysitten, Eva.

Eva: Graag gedaan. 't Was gezellig. Jack vond het super om tegen mij te winnen met schaken, en ik heb Lou zelden zo enthousiast geweten als over dat feestje, ik heb haar geholpen met een outfit uit te zoeken.

Elsie: Ik vind haar eigenlijk wel wat jong voor een feest 's avonds, maar ik kon het niet over mijn hart krijgen om nee te zeggen.

Eva: Dat moogt ge ook niet doen. Zo simpel is het niet voor haar om vrienden te maken.

Elsie: Och, ge kent Lou, hè, ze maakt graag drama waar er eigenlijk geen is. Heeft ze nog iets gevraagd over mij en Walter?

Eva: Nee.

Elsie: Gij ook een glas rode wijn? Deze is belachelijk lekker.

Eva: Eentje dan. Hoe gaat het nu tussen u en Walter?

Elsie: Hij doet zijn best. Meestal. En ja, ge kent Walter, hè. Hij gaat maar door. Ik heb hem niet zo vaak gezien de laatste weken. Eergisteren hebben we ruziegemaakt, kort en hevig. Het lag ook aan mij. Ik zit met mijn kop elders tegenwoordig, en dan verdraag ik minder van hem. Hij denkt dat het mijn reactie op zijn afwezigheid is, en beweert dat het allemaal beter wordt als hij op nefrologie een extra assistent krijgt.

Eva: Hoe dikwijls heeft hij dat nu al beloofd?

Elsie: I know, maar hij is daar nu blijkbaar toch echt werk van aan 't maken. En vergeet niet: ik heb ook boter op mijn hoofd, hè.

Eva: De kwestie is: waaróm zit gij met uw hoofd elders? Hebt ge u dat al eens deftig afgevraagd? Als Walter een extra assistent aanneemt, dan vindt hij wel weer een andere reden om het zichzelf onmogelijk te maken. Hij heeft dat nodig. Walter is een vluchter, en dat zal hij altijd blijven.

Elsie: Gij zijt nooit een grote fan geweest van Walter, maar gij kent hem ook niet zoals ik hem ken.

Eva: Het is een bijzondere kerel, gedreven en slim, da's waar. Entertainend in gezelschap. En ongetwijfeld fantastisch met zijn nierlijders. Maar hij is meestal niet echt lief voor u, hij laat u nooit echt toe en hij manipuleert u waar ge bij staat. Ik zeg dat, Elsie, omdat ik u graag zie, omdat ik u meer gun.

Elsie: Zulke dingen moet ge niet zeggen. En ik ben ook niet het type vrouw dat een man zoekt die avond aan avond haar handje zit vast te houden, hè.

Eva: Daar gaat het ook niet om, en dat weet gij zelf ook. Verstaat hij u, ook als ge 't niet goed uitgelegd krijgt? Voelt hij aan hoe gij u voelt door gewoon naar u te kijken? Geeft hij u een prettig gevoel over uzelf? Geraakt ge niet uitgepraat als ge bij hem zijt? Is hij de man die u verdedigt als dat nodig is, en u een schop onder uw gat geeft als ge dat kunt gebruiken? Hebt ge met hem – en ik citeer – 'de meest fenomenale seks ever'? Doet dit alles u denken aan Walter?

Elsie: ...

Eva: Nee, dit doet u denken aan Casper.

Elsie: Alles doet mij denken aan Casper, dat telt niet.

Eva: En waarom in godsnaam niet?

Elsie: Wij zijn verliefd, we kennen elkaar amper een halfjaar, dan lijkt alles altijd fantastisch. Elk koppel moet het doen met een afkooksel van uw lijstje.

Eva: Behalve sommigen. Gij doet wat ge al uw hele leven doet: gij steekt uw kop in het zand. Gij wilt de rest van uw leven blijven vechten om van Walter de erkenning te krijgen die ge van ons vader en ons moeder nooit hebt gekregen. Bij Walter moet ge daar heel hard voor knokken, en dat is op een perverse manier wat gij nodig denkt te hebben. En Walter weet dat, en hij maakt daar handig gebruik van, en gij, gij weet en ziet niks. Want ge durft niet echt te kijken. Ik begrijp het allemaal wel. Het leven is lastig, ieder mens zoekt houvast. Maar zo hoeft het niet te zijn. Denk toch op zijn minst goed na voor ge zoiets moois laat schieten als dat wat gij met Casper hebt. Beseft gij wel hoe zeldzaam dat is?

Elsie: Jezus, Eva, gij zijt naïef.

Eva: Ge hebt al eens geprobeerd om Casper niet meer te zien. Dat is mislukt. Ge ging daaraan ten onder, ook al wou ge dat tegenover uzelf niet eens toegeven. Jullie zijn van die mensen die beter zijn met dan zonder elkaar.

Elsie: Hij ziet Merel graag, zegt hij. Gij zijt degene die aan hopeloze romantiek doet, die weggaat als het u niet helemaal aanstaat, zoals met Frank indertijd. Maar of dat de oplossing is? Ik ben anders in die dingen dan gij, ge weet dat.

Eva: Zus, ik weet ook niet wat ge moet doen, het is natuurlijk moeilijk allemaal. Maar laat uw eindbeslissing een echte keuze zijn. Geen lafhartige vluchtpoging bij gebrek aan dieper durven denken en voelen. Zoiets wreekt zich achteraf. Kijk ten minste naar wat er is.

Elsie: Ik weet niet eens wat Casper wil. En vooral: ik ben gelukkig met Walter. Dit is een goed huwelijk. En ik kan dat niet maken tegenover Lou en Jack.

Eva: Walter is een man die u niet geeft wat ge nodig hebt, een man die u overdondert. Ge zijt dat zo gewend geraakt, ge hebt voor uzelf zo veel vluchtwegen gezocht, in uw werk, met uw vrienden, en onlangs met Casper. Denkt ge dat het toeval is dat ge zo compleet voor iemand valt? En dan zoiets intens beleeft? Denkt ge dat dat kan: twee echte liefdes in één hart? Maak dat uzelf toch niet wijs.

Elsie: Natuurlijk zie ik Casper belachelijk graag, daar wil ik niet over discussiëren. Maar wat moet ik dan doen? Gesteld dat Casper dat zou willen, wat ik zelfs niet weet. Ik dacht onlangs, toen ik in de bank was: het is zoals hier staan, weten dat er achter die kluizen genoeg geld ligt om een fantastisch nieuw leven te beginnen, het enige wat ik moet doen is even deze mensen neerschieten.

Eva: Walter is een volwassen man, geen duts die hopeloos verloren is zonder u. En kinderen hebben volgens mij een moeder nodig die helemaal zichzelf is, die gelukkig durft te zijn, die kan laten zien wat echte liefde is.

Elsie: Fucking hell, Eva, mij hier een beetje de les zitten spellen. Ge zijt gewoon gemeen tegen mij, dat doet gij nu nooit.

Eva: Ik wil niet gemeen zijn. Integendeel. Ik zeg alleen: gij moet uzelf en uw gevoel meer au sérieux nemen, meer vertrouwen in uw eigen kunnen. Ik zeg dat omdat ik uw zus ben. Omdat niemand anders het u zal zeggen. Omdat kansen als deze zich niet vaak voordoen in dit bestaan.

Elsie: Dan zal ik ook eens to the point komen: wat hebt gij gewonnen met al uw groots en meeslepend leven? En wat weet gij eigenlijk van relaties? Hoe lang zijt gij al alleen?

Eva: Ik denk dat ik maar eens naar huis ga.

Elsie: Dat lijkt me ook het beste, ja.

Eva: Bon, have fun met Walter, als ge hem nog te zien zou krijgen, ergens vannacht.

Elsie: Dat lukt zeker, don't worry.

CASPER

Elsie is er niet, dan mis ik haar gezicht.

En ik zit thuis en dat is wat ik ken: Willem op zijn kamer, Merel in de weer met iets, ik weet niet wat. Ik kijk alleen maar, ik kijk naar dat waar ik altijd al naar keek, en nu zie ik iets anders. Omdat ik meer weet. Omdat ik de dingen in vraag durf te stellen.

Het lijkt soms wel of Elsie de wekker was die, na van mijn kant veel sluimerend echt-nog-niet-de-wereld-in-willen, met een afschuwelijk dreinend kutgeluid duidelijk maakt dat er nu echt geen ontsnappen meer aan is.

Het viel me op tijdens een etentje met vrienden een week geleden. We zitten met zijn twaalven aan tafel: lekker eten, topwijn erbij. Allemaal mensen zonder geldzorgen die houden van het goeie leven. Er ontstaat een discussie over of we niet te decadent bezig zijn met zijn allen, in deze wereld die naar de klote gaat door ons aller consumptie, ook al kopen we allemaal nog zo flink seizoensgroenten bij de bioboer. Een interessant gesprek was het, en dan komt Merel er opeens tussen, met haar stem een paar tonen hoger dan gemiddeld: 'Casper heeft weinig nodig: verf, doeken, wat eten en drinken, en aandacht van zo veel mogelijk mensen, bij voorkeur mooie vrouwen.' En daar gooit ze dan een kakellach achteraan, en ze kijkt naar mij, alsof ze een oneliner verwacht die de hare kan overtreffen. Ik glimlach alleen maar, en voel de blikken van de vrienden.

Ze heeft het ook als we alleen zijn. Dat zit 'm in rollen met ogen als ik iets vertel, of iets van meewarig zuchten bij mijn enthousiasme, of kleine afkeurende zinnetjes die subtiel iets van suprematie suggereren. Allemaal onzekerheid, dacht ik vroeger, maar het is wel de realiteit waar ik elke keer weer mee te maken krijg, dat denk ik nu.

Of die keer toen ik die curator ontmoette die mij wou spreken over een eventuele grote tentoonstelling, hoe Merel zichzelf voortdurend in de aandacht stond te werken. Alsof ze jaloers was op de belangstelling die ik kreeg, alsof het tussen ons een wedstrijdje was: om-ter-gewaardeerdst-artiest, alsof ik mij moet excuseren voor wat goed gaat in mijn professionele leven.

En dan vertelde Eva onlangs iets wat mij ook ontregelde. Ze zei dat ze 't eigenlijk niet wou zeggen, maar dat ze 't toch ging doen: dat een van onze gezamenlijke vrienden haar had verteld dat Merel onlangs zei dat ze zo genoot van haar trips naar het buitenland, en dat ze als ze kon altijd weg zou zijn, dat ze alleen voor Willem thuisbleef, als ze thuisbleef, dat ze dat voor mij nooit zou doen. Een stomp in mijn maag was dat. Ik heb het tegenover Eva weggelachen toen, gezegd dat Merel nu eenmaal cassant uit de hoek kan komen, maar dat ze dat zo niet bedoelde, en dat we allebei graag in het buitenland zaten, dat het leuk was om veel vrijheid te voelen in een relatie. Eva trok haar mond in een streep, antwoordde niks meer. Ik ben er toch op blijven kauwen nadien.

Het vervelende met gedachten is dat je ze niet kan ont-denken.

Een castrerende vrouw, noemde Eva het, van bij het begin al, maar ik heb dat geklasseerd als Eva en haar eeuwige overdrijven.

Niemand is ooit één ding, dacht ik toen, en dat klopt natuurlijk. Maar alles wat ze is, speelt wel mee, daar is ook geen ontsnappen aan.

Ik heb gezworen dat ik nooit zou gaan vergelijken, omdat mensen niet te vergelijken zijn, en situaties evenmin. Maar wie help ik daar nu mee? Is het beter om uit schrik weg te kijken? Ik geloof niet dat ik dat wil.

Vroeger dacht ik dat ik het allemaal niet nodig had, net zoals ik mezelf wijsmaakte dat ik mijn humeur nooit liet bepalen door het weer. Nu heb ik gemerkt hoe heerlijk het is om in de zon te lopen, en Elsie, met al haar warmte en haar begrijpen en haar verstand en haar supporteren, zij is de zon.

Dat zit ik te denken als Merel mij roept. Ze was tegen mij aan het praten, maar ik had haar niet gehoord. 'Is het oké als ik nog een paar uur naar mijn atelier ga?' vraagt Merel. 'Tuurlijk.' 'Er staat nog van alles in de ijskast om iets klaar te maken voor Willem en uzelf, ge hoeft met mij geen rekening te houden.' 'Oké.' Merel gaat naar boven om nog een kus te geven aan haar zoon, dan hoor ik de deur dichtvallen, en even later de stappen op de trap van Willem. Hij komt naast mij zitten, kruipt tegen mij aan, en zet de televisie aan. Dat doet hij nooit meer, in zijn tienerstoerigheid. Ik vraag mij af of hij iets aanvoelt.

Na het eten gaat hij op zijn kamer huiswerk maken, ik lees het boek dat Elsie mij de week ervoor cadeau heeft gegeven, zomaar, omdat ze dacht dat het iets voor mij zou zijn. Ik vind het prachtig. Ik sms haar dat het bijna even mooi is als zij, dan sta ik op om een glas rode wijn in te schenken, en ik hoor mijn telefoon piepen. Geweldig, ze reageert meteen. Net op dat moment komt Willem de woonkamer in gelopen: 'Ik mag wel even met uw iPhone bellen, hè, de mijne is plat.' Hij heeft mijn telefoon al in zijn handen, en loopt de trap weer op. Paniek: zo'n sms staat voluit te lezen op het scherm. 'Meteen terugbrengen, hè, ik moet ook nog een dringend telefoontje plegen.' Misschien is de sms niet van Elsie, misschien is de sms niet van Elsie, als een mantra herhaal ik dat zinnetje. De elf minuten die Willem wegblijft, zoals die duren. Hij komt weer naar beneden, overhandigt mij de telefoon. 'Bedankt. Spelen we straks nog een spelletje Fifa op de Playstation?' Ik zie een sms van mijn galerist. Alsof ik vloeibaar word, zo voelt opluchting van deze orde: 'Tuurlijk, als ge tegen uw verlies kunt.' Terwijl ik zit te spelen, denk ik: zo kan het niet langer.

's Avonds komt ze weer thuis. Ze is helemaal opgewonden over het werk waaraan ze bezig is. 'Nog één dagje en het is af.' Ze vertelt honderduit over de ditjes en datjes van de dag. Ik weet niet wat het sterkst is: de opluchting over zij die niks in de gaten heeft, of de irritatie over zij die niks merkt.

Als ze mij later probeert te kussen, traag en geil, zeg ik: 'Sorry, ik ben echt te moe vandaag, ik wil zo gaan slapen, vindt ge 't erg?' Ze vindt het niet erg, dat dacht ik al.

Ik die niet meer rook neem een sigaret uit een pakje van Merel. Ik rook haar op in de leefruimte, wat eigenlijk niet mag. En dan nog een, en dan nog een.

6

HET IS ALTIJD WEL ERGENS NACHT

EVA

Het is raar om hem te zien, zo zonder dat grijze uniform. Henri draagt een donkergroene broek, een zwarte trui, een wit hemd, een jeansvest. Een andere man, opeens. 'Vrij,' zeg ik bij wijze van begroeting. 'Voorwaardelijk in vrijheid gesteld,' zegt hij. Toegegeven, niet hetzelfde. 'De lucht ruikt anders hier dan binnen de muren.' Alleen hij kan dat weten, weet ik. Hij bestelt een Duvel, ik een verse muntthee.

Na het weekend moet hij voor het eerst naar zijn nieuwe werk, iets ver beneden zijn mogelijkheden. Zoals dat gaat. Hij woont in een kleine studio, op vijftig kilometer van de stad waar zijn maten zitten, waar de deals bedisseld werden en de coke gesnoven, waar het geld rolde en de spanning groot was.

Hoe het bevalt in zijn huis, vraag ik. 'Het is er stil.' Hij drinkt van zijn glas. 'Misschien lopen er wel fijne mensen rond in uw nieuwe werkomgeving.' 'Misschien,' zegt hij. Hij vertelt over hoe vreemd en formidabel het voelt om eindeloos rechtdoor te kunnen lopen, of toch bijna, over hoe duur de dingen zijn geworden, over hoe hij nog altijd wacht, bij elke deur, alsof de pb elk moment kan komen om hem open te maken. Over een kindje dat aan de overkant woont, heel klein nog. Elke dag rijdt het met zijn driewieler voor- en achteruit op het terrasje van het mini-appartement. Hij heeft maar anderhalve meter in de lengte, en net genoeg ruimte in de breedte voor zijn fietsje, maar toch blijft hij het doen, opnieuw en opnieuw.

We praten met veel stiltes. Na zijn tweede Duvel zegt hij: 'Ik ben vierenveertig jaar, en ik heb niks gedaan met mijn leven. Niks.' Hij haalt diep adem, dat klinkt luid. 'Ik heb alleen maar kleine dromen, maar misschien zijn die voor mij te groot.' 'Voor u is niks te groot,' zeg ik, 'gij kunt alles, alles waar ge zelf in durft te geloven.' Ik klink, met mijn mok tegen zijn glas. Ik denk: ik ben zesendertig en wat heb ik verwezenlijkt? Ik zeg het niet. 'En waar zou ik dat opeens moeten halen, al dat zelfvertrouwen? Ik ben alleen maar goed in doen alsof. Correctie: daar wás ik goed in.' Ik probeer iets: 'Dat is in essentie maar een klik in de kop. En af en toe hebt ge iemand nodig die dat bevestigt. Zoals ik nu.' Hij kijkt naar mij: 'Als heel de wereld zo lief was als gij, dan kwam alles goed.'

Ik moet nog naar de winkel, maar of we over twee weken opnieuw zullen afspreken, dezelfde plaats, dezelfde tijd, vraag ik. 'Ja, merci,' zegt hij, enthousiast knikkend. Ik neem afscheid, pak hem goed vast. 'Tu es un ange.' Hij fluistert het bijna. 'Ziet gij maar dat ge de engel blijft die ge diep vanbinnen zijt.' Een beetje plagen kan geen kwaad.

Als ik thuiskom met een zak vol groente, fruit, magere yoghurt en mager beleg, maak ik de uitpuilende brievenbus leeg. Tussen de enveloppen een kaartje van Eandis, dat ze aan de deur geweest zijn om mijn meters af te sluiten. Godverdomme, weer vergeten die rekeningen te betalen. Wat ben ik toch een kalf. De praktische werkelijkheid is te groot voor mij. Dat zeg ik terwijl ik in de lift stap. Wat een kutsmoes.

Geen zin om te koken. Ik wil iets gaan eten, bij de Thai of de Japanner, iets gezonds. Ik bel Casper, hij neemt niet op. Beter zo, want dan heb ik toch weer zin in alcohol, en dat mag evenmin. Ik werk een paar beschuiten naar binnen met cottagecheese en Philadelphia light. Een tomaatje erbij, met gehakte peterselie en veel peper en zout.

Mijn moeder belt mij, ik heb geen zin om op te nemen, maar doe het toch. Ik heb mijn mond nog niet helemaal leeg als ik hallo zeg.

Jeanne: Ah, gij zijt aan 't eten, hoor ik. Pakt gij altijd de telefoon op met uw mond vol?

Ik: Mijn telefoon belt maar vier keer, dan gaat-ie over naar het antwoordapparaat, en ik weet wat voor een hekel ge eraan hebt als ik niet opneem.

Jeanne: En wat schaft de pot?

Ik: Beschuiten.

Jeanne: Jaja.

Ik: Echt waar.

Jeanne: Ik zeg het toch: ja. Ik bel u om te zeggen dat nonkel Karel kanker heeft en doodgaat binnenkort.

Ik: Oei.

Jeanne: En wie gaat ermee zitten, denkt ge? De boel opvangen? Met Victor en al? Ah ja, ik natuurlijk. Uw vader doet alsof het niks met hem te maken heeft, zoals gewoonlijk. En hij drinkt nog meer dan anders.

Ik: Hij is bang van zulke dingen.

Jeanne: Ja, verdedig hem maar weer, uw vader, zoals altijd. Ik ben ook bang, we zijn allemaal bang, doodgaan is niet plezant. Maar ondertussen draait de wereld verder, hè. En ik zit wel al van 's ochtends elf uur met een zatte vent die niet meer aanspreekbaar is. Weet ge wat dat is voor een vrouw?

Ik: Nee, mama, dat weet ik niet.

Jeanne: Ah. 't Is gemakkelijk iemand te verdedigen waar ge in de feiten geen last van hebt. Ik draag alle last. Al meer dan vijfenveertig jaar. En hoort ge mij zagen? Nooit. Maar uw vader. Zagen. En hoe meer drank... Wacht eens, er wordt gebeld aan de deur... O, 't is Ben.

Ik: Ah, ga dan...

Jeanne: Salut hè, ik moet gaan.

Ik ben niet close met nonkel Karel. Mijn vader wel, op zijn manier. Dat weet ik. Het liefst zou ik hem bellen nu, maar dat heeft geen zin met mijn moeder in de buurt. Ik leg mijn telefoon weg.

Ik probeer een boek te lezen, maar na vier keer dezelfde bladzijde te zijn vergeten, leg ik dat weer weg. Zappen dan. Even blijven hangen bij een programma waar een vrouw van honderdzesendertig kilo gevolgd wordt terwijl ze probeert te vermageren. Puffend staat ze op een loopband in een kamerbrede jogging, walgelijk om te zien, vind ik. Ze vloekt luid op de trainer, die op zijn beurt roept: 'Ja, ik wil wel een béétje goeie wil van je zien, hè. Jij bent toch geen opgever? Toch? Niet, toch?' Televisie af dan maar.

Het is donker geworden in de kamer, ik steek geen lichten aan. Ik hoor de onderbuurman oefenen op de piano. Gymnopédie nummer één van Satie. Hij speelt het nog trager dan dat stuk al traag is. En almaar opnieuw. Alsof de repeattoets geblokkeerd zit. Alsof hij zichzelf zit te troosten. Ik kijk naar buiten, naar de boom in het tuintje van de buren, een zwarte schim tegen een donkere hemel. Die gaat daar waarschijnlijk nog eeuwen staan. Dan rinkelt de telefoon weer: Saskia, ze lacht mij toe vanaf het schermpje, een foto van anderhalf jaar geleden, toen was ze nog getrouwd. Ik neem niet op. Ik denk aan alles wat voorbij is. Voor even, of voor altijd.

En dan, opeens, alsof mijn hoofd de uitknop heeft ingeschakeld, trek ik mijn schoenen aan, en mijn jas, ik pak mijn sleutels en ga de deur uit. Ik versnel mijn pas. 'Het zal al wel gesloten zijn,' denk ik. Als ik er bijna ben, zie ik: er brandt nog licht. 'Eén grote met zoete mayonaise en stoofvleessaus, en een berenpoot. Of nee, doe mij er maar twee.' Ik hoop nog even dat de vrouw achter de friteuse zal zeggen dat ze eigenlijk net wou sluiten, maar ze meldt alleen maar, droogjes: 'Da's dan negen euro twintig.' Ze lijkt nog triester dan gemiddeld. Op een drafje ga ik terug naar huis.

Eenmaal aan de tafel, met alle zonden om mij heen uitgestald, eet ik met gulzige happen. Ik laat een stevige boer. Ik sta op, neem één berenpoot in mijn hand, en gooi die in de vuilnisbak. Twee, dat was echt overdreven. In minder dan tien minuten heb ik verder de hele handel naar binnen gewerkt. Terug naar de vuilnisbak dan. De berenpoot ligt bovenaan, op zo'n kartonnen schaaltje. Ik aarzel even, en pak hem er weer uit, neem vier happen, keil hem dan terug de pedaalemmer in en duw hem diep tussen de koffieprut. Ik neem een motilium. Smelt op de tong.

Als ik in mijn bed lig, stuur ik een sms naar Sas: 'Was op stap vanavond. Stuurt ge mij a.u.b. het nummer van uw therapeut eens door? Iemand betalen om tegen te kunnen zagen lijkt mij opeens zo heerlijk.' De volgende morgen vind ik een sms terug: 'Ik belde u omdat ik iets wil gaan eten, dan nodig ik Gert ook uit, een collega, een heel leuke, volgens mij echt iets voor u.' Ik zucht. Ik vind onderaan het nummer van Kathleen Van De Velde. Ik bel meteen. Soms ben ik dapper.

'Is het dringend?' vraagt ze. Haar stem bevalt mij al niet echt. 'Euhm… ik weet niet.' 'Zou het u passen, over drie weken donderdag om zeven uur 's avonds?' Ik knik. 'Mevrouw?' Ze klinkt alsof ze een wasknijper op haar neus heeft zitten. 'Mevrouw, bent u er nog?' Knikken kan zij niet horen, koe die ik ben. 'Euhm, ja, zeven uur. Dank u.' We wisselen nog wat praktische informatie uit, en dat is dat. 'Eva, zesendertig jaar, op naar de sofa van de therapeut. Goed bezig.' Ik zeg het hardop terwijl ik onder de douche stap.

Ik was zo fanatiek mijn haar dat er zeep in mijn ogen komt. Ik zie niks, tast naar de douchekop, krijg hem eindelijk te pakken en laat hem meteen weer vallen. Het ding spuit alles onder. Ik buk om het op te rapen, kom weer overeind en stoot mijn hoofd tegen de kraan. Keihard. Bloed vermengt zich met de zeep, het prikt om zot van te worden. Ik spoel vloekend alles weg, droog mij af. De lichtblauwe handdoek kleurt donkerpaars. Ik kleed mij aan en bel een taxi om mij naar de spoed te brengen.

'Shit,' dat zegt de chauffeur die al vreest voor de zetels van zijn Mercedes. 'Het UZ alstublieft.' In een noodgang zoeft hij door de stad. Hij zegt geen woord, tot hij het bedrag moet noemen dat ik hem verschuldigd ben.

Achter het loket zit er een verpleegster die kijkt alsof ze liever een bloody mary zou zitten te drinken op een strand in Malibu, maar zich heeft neergelegd bij de feiten, omdat het leven nu eenmaal geen lolletje is. Ze snauwt zo'n beetje: 'Waar gaat het om?' Ik ben gaan schaatsen en ik heb een been gebroken. Jezus, ze kan toch zien dat ik een gat in mijn hoofd heb. Die handdoek vol bloed lijkt me een indicatie. Ik denk het, maar ik zeg het niet. 'Ik vrees dat ik aan mijn hoofd gehecht moet worden.' Ze verwijst mij door naar een wachtruimte. Vrij groot, vol oranje stoelen, per vier aan elkaar vastgemaakt op een lange, brede stang. Mijn hoofd bonkt. Ik zie een oude vrouw, met oude ogen, vroeger moet ze beeldschoon zijn geweest, dat kun je zien. Ik weet niet of ze pijn heeft, maar ze blijft er alvast blij bij kijken. Leven van de herinnering is ook leven. Daarnaast een kleine jongen op schoot bij zijn mama. Hij lijkt helaas op haar. Hij huilt stil en zeurderig. De moeder wiegt het kind zo hard dat ik me afvraag of het niet door dat wiegen komt.

Wachten duurt altijd lang, denk ik.

De dokter meldt mij dat ik drie hechtingen nodig zal hebben. Ik glimlach breed, alsof hij net heeft gezegd dat ik iets gewonnen heb. Vriendelijk zijn is belangrijk. Hij knijpt in mijn schouder. Een vreemde man knijpt in mijn schouder. Daar krijg ik kippenvel van, en bijna moet ik blozen, wat ik zelf onnozel vind. 'Dit gaat even prikken,' zegt hij zacht. 'Oké,' zeg ik. Ik heb zin om te schreeuwen, denk ik, zo luid dat zelfs de bozige verpleegster uit haar coma zou ontwaken. Ik doe het niet. Natuurlijk doe ik het niet. Ik ben altijd lief. Dat is mijn grootste kwaliteit.

LOU

Vanessa heeft mijn haar gedaan en me opgemaakt. Lisse en Olga vinden het magnifiek. Ik heb het gevoel dat ik eruitzie als de barbies waar ik nooit mee wilde spelen, maar ik lach dankbaar naar Vanessa. 'Ik vind uw rokske ultramooi,' Lisse slist zo'n beetje als ze praat, wat jammer is voor iemand die Lisse heet, 'waar hebt ge dat gekocht?' 'Bij de Replay.' De zaak waar mijn band met Vanessa gesmeed is. Ze geeft geen krimp.

We nemen onze fietsen en vertrekken richting Nikka. De meisjes kwetteren over de gasten die ze die avond zullen versieren. 'En, Lou, met wie hebt gij al allemaal gemuild?' ('Gemuild', dat klinkt als iets wat geen mens ooit wil proberen.) 'Met Pierre en Nicolas, vorige zomer, op vakantie.' Ik hoop maar dat ik niet rood word. 'En? Knappe jongens?' Geloofwaardig blijven klinken: 'Pierre, de grootste van de twee, enorm, Nicolas was schattig, maar hij had geen stijl, of zo. Ik dacht, daar kan altijd nog aan gewerkt worden.' Ik lach erbij zoals zij dat altijd doen. Dat slaat aan, merk ik, zij hikken wat mee.

Als we aankomen, doet de broer van Nikka open. 'Ik ben Luca.' Ik zie hem naar Vanessa kijken, duidelijk zijn verhoopte prooi voor de avond. Zij doet alsof ze niks merkt. Zij is de queen, ook als een jongen vier jaar ouder is, blijkbaar. 'Voor ons allemaal een breezer.' Ik heb nog nooit alcohol gedronken. Behalve af en toe een slokje wijn om te proeven. Ik kan me nu niet laten kennen, denk ik. Het blijkt lekker te smaken.

Er is al behoorlijk wat volk. Iedereen staat te praten. Het licht gedempt, de muziek hard. Te hard, voor mij. Ik wil het liefst weglopen. Ik wil het liefst blijven. Ik blijf.

Nikka en haar broer hebben alle meubels aan de kant geschoven, zodat er in het midden gedanst kan worden. Ik kijk rond, veel mensen die ik niet ken, veel jongens van de leeftijd van Luca. En dan ineens, in de hoek van de kamer, zie ik Benno, in gesprek met Marcel, ook een jongen uit onze klas. Zijn volle lippen staan hem zo goed. Hij draagt een zwarte jeans en een knalblauw hemd, een van mijn twee lievelingskleuren. Vanessa vangt meteen mijn blik. 'Tonight's gonna be a good night,' zingt ze. Ze lacht er plagerig bij. Benno heeft mij nog nooit het gevoel gegeven dat hij mij zelfs maar opmerkt, of zo.

'Komaan, wel bijblijven, hè. Drink die helft maar gelijk op, dan hebt ge uw handen vrij voor een nieuwe.' Ik doe wat mij gezegd wordt. Vanessa komt bij ons staan: 'Hier, voor iedereen.' Ze deelt de pilletjes de cirkel rond. Allemaal samen, hup. Ik durf dat niet te nemen. Vanessa voelt dat, blijkbaar: 'Komaan, Lou, gij ook, ge gaat u geweldig voelen.' Ze blijft kijken. 'Straks misschien.' Alle anderen doen mee. Ik voel mij een kneus. 'En nu dansen!' Zij schiet de dansvloer op, de rest volgt. Ze draaien met hun konten en swingen met hun lijf, de ene al wat eleganter dan de andere. Vanessa, de enige met echte borsten die naam waardig, schudt er uitdagend mee. Meteen komen er gasten rond haar staan.

Ik ga tegen de muur zitten. Lisse installeert zich naast mij. Zij is erg mooi, ik begrijp niet waarom ze zich niet bij de anderen voegt.

En dan gebeurt het onwaarschijnlijke. Marcel komt op ons afgelopen, met in zijn kielzog Benno. 'Jullie nog een breezer, of iets anders?' We hoeven geen van beiden iets, ze gaan tegenover ons zitten. Lisse begint meteen te babbelen, zomaar, alsof het niks bijzonders is. Ik zwijg en staar naar Benno. Zo'n gaaf gezicht heeft hij, niks puistjes of wat ook. Mooi blond haar, vrij lang en woest, blauwe ogen. Veel te knap voor mij, denk ik, en dan kijkt hij opeens terug. Ik schrik, heel mijn lijf doet mee. Daar moet hij om lachen. 'U had ik hier niet verwacht.' Wat bedoelt hij daar nu mee? Ik ben te saai om hier te zijn, of? 'Vanessa wou graag dat ik meekwam,' probeer ik alsnog te scoren. 'Ik ben blij verrast,' zegt hij. Hij schuift op, en komt naast mij zitten. 'Ge ziet er schoon uit vanavond.' Als ik hier en nu moet sterven, is het goed geweest.

We beginnen te praten. Benno blijkt toneel te spelen, iets wat ik goed ken, natuurlijk, via mijn moeder. (Dat vertel ik er niet bij.) En hij schrijft ook gedichten. Wat is er geweldiger dan jongens die gedichten schrijven? Ik krijg het warm, trek mijn trui uit. Urenlang blijft hij bij mij zitten.

Als hij drank gaat halen, sta ik op, ik moet al eeuwen naar het toilet. Wanneer ik terugkom, is Benno nergens te bespeuren. Marcel staat ondertussen met Lisse op de dansvloer. Hij zal zo wel komen. Tien minuten later zie ik hem nog altijd niet. Zou ik hem zoeken, of is dat overdreven? Nog even wachten, dat lijkt me het beste. Alsof al mijn ingewanden zich tegelijk beginnen te roeren, zo voelt het. De minuten kruipen. Dan hou ik het niet meer. Ik maak de toer door de verschillende ruimtes. Overal hangen, zitten en liggen mensen. Sommigen likken elkaar af, alsof ze alleen in de kamer waren, anderen liggen half voor pampus. En die dreinende muziek, die bonkt maar door. Ik zie Dorien en Olga helemaal loos gaan. Een grote kerel houdt mij tegen, draait zijn arm rond mijn heup: 'Hé, wilt gij van mij een cadeautje? Ik heb er maar een paar minuten voor nodig om het u te geven.' Hij duwt zijn kruis tegen mijn buik. 'Vetzak,' zeg ik. Ik maak mij los en ik zoek verder. Ik vind Benno nergens. Ik kijk buiten, waar de drank staat, ook niks. Hij zal toch niet opeens vertrokken zijn? Ik loop de trap op, daar is beduidend minder volk, ik zie drie koppels aan elkaars kleren prutsen. En dan opeens, mijn hart stopt: Benno, hij staat te kussen met Vanessa. Ik wil niet kijken, maar doe het toch. Ik zie tongen en handen. Ik draai mij om, loop stilletjes de trap af, zoek mijn jas in de gigantische hoop, en ren naar buiten. Terwijl ik mijn fietssleuteltje zoek, begin ik te huilen. Snot loopt langs mijn kin naar beneden, ik heb geen zakdoek. Ik trek een blad van een struik om het ergste weg te vegen. Ik ben bang dat ik moet overgeven.

Het is één uur 's nachts of zo. Als ik nu naar huis ga, krijg ik gegarandeerd ongelooflijk op mijn donder. Ik fiets naar Eva's appartement. Bijna drie kwartier ben ik onderweg. Er brandt geen licht, maar ze zal het mij wel vergeven. Ik duw op haar bel, drie keer kort na elkaar. Dat ze weet dat het dringend is. Geen reactie. Ik probeer het nog eens, lang. Maar niks. Misschien is ze op stap. Ik bel haar op. Haar telefoon staat af. Shit, denk ik. Mijn rugzak met al mijn spullen ligt nog bij Vanessa. Hoe krijg ik morgenvroeg thuis uitgelegd dat ik die niet bij me heb? Wat een gore ellende.

Eén ding dat ik heel hard hoop: dat Eva nu gauw thuiskomt.

Misschien moet ik alvast proberen om wat te slapen, hier in de hal. Niks is vermoeiender dan ongelukkig zijn. (Alles kan altijd erger: dit had ook kunnen gebeuren in de winter.)

Met mijn ogen dicht vraag ik mij af of sommige daden niet echt sméken om wraak. Misschien toch wel.

Ik weet niet hoe laat het is als Eva mij met een verschrikt gezicht wakker maakt. Ik begin spontaan te huilen. Eva helpt mij overeind, vraagt niks, legt haar arm om mijn schouder en zegt alleen maar: 'Ga maar mee naar boven, schattebol, alles komt goed.' Eva weet altijd wat ik nodig heb.

JOS

Jeanne was net vertrokken naar haar cursus pottenbakken toen de bel ging. Ik hou niet van de bel als ik alleen thuis ben, god weet wie daar staat, klaar om de dag te bezwaren. Maar iedereen kan zien dat ik thuis ben, met mijn auto voor de deur. Dus ik doe open. En daar staat Karel. Spijtig dat–

'Kom binnen, broer. Iets drinken?' 'Hebt ge koffie?' 'Juist verse gezet.' 'Ik dacht, ik ga wat wandelen, nog eens langs ons ouderlijk huis. Doet gij dat soms?' 'Nee eigenlijk. Ik wéét nog wel hoe verschrikkelijk klein het was.' ''t Waren toch schone jaren ook, wij allemaal samen onder één dak. Ik herinner mij veel plezier.' 'En honger hè, Karel. En afzien.' 'Ja, dat ook.' Hij kijkt er sip bij. Ik ben mij bewust van mijn uitschuiver: het woord 'afzien' gebruiken, dat is natuurlijk de deur openzetten voor verhalen die ik helemaal niet wil horen. 'Gij zijt zo'n sterke kerel, broer.' Het antwoord zelf al geven op de onvermijdelijke hoe-gaat-het-eigenlijk-vraag kan erger misschien voorkomen. 'Ik probeer mij sterk te houden, voor Imelda en Victor en Mieke, maar soms ben ik zo bang, dat komt in golven. Als ik 's nachts in mijn bed lig, bijvoorbeeld, durf ik mijn ogen niet dicht te doen. En soms, als ik wakker word, bekruipt mij een soort paniek waardoor ik letterlijk geen woord kan zeggen. Dat valt niet uit te leggen aan iemand die niet weet dat-ie gaat sterven, vrees ik.' 'Een koekske bij uw koffie, Karel? Jeanne heeft lekkere speculaasjes gekocht.' Karel neemt er drie, maar praat evengoed door, over wat de dokters allemaal gezegd hebben, over de aftakeling die hem nog te wachten staat, over hoe hij dat ene kastje voor zijn buurman waarschijnlijk niet meer af zal kunnen maken. Tot in de details krijg ik verslag. Karel doet zoals katten, die komen ook net aanschurken tegen diegene die eigenlijk niet van katten houdt.

Ik zwijg veel, antwoord in nietszeggende zinnetjes. Ondertussen ligt het op mijn lippen, dat wat ik hem al een heel volwassen leven moet zeggen, wil zeggen, niet durf te zeggen. Duizend keer heb ik dat monoloogje geoefend, gezocht naar de beste zinnen. Ze zitten in mijn hoofd, als een gedicht dat je al sinds je kindertijd vanbuiten kent. Het is maar op een knop duwen, en ik spuw het er zo uit. Maar ik duw nergens op.

En dan zegt Karel: 'Bon, ik moet eens terugwandelen, anders wordt Imelda ongerust. Dat heeft ze direct, tegenwoordig.' 'Imelda is geen vrouw om ongerust te maken.' Ik sta op, geef hem zijn jas. 'Als ge dat pak speculaasjes graag meeneemt naar huis, Karel. We hebben er nog.' Omkopen, daar was ik altijd al goed in. 'Ze waren lekker, maar nee, merci. En ik wou u nog eens bedanken voor al uw financiële hulp. Het was onze Victor, die zomaar de straat is op gelopen, hè, geen mens had dat ongeluk kunnen vermijden. Dat gij er toch een punt van hebt gemaakt, al die jaren, om ons te willen helpen, ik kan niet zeggen hoe mij dat treft. En ons Imelda ook. En nu uw belofte om dat te blijven doen.' Hij kijkt weg. Ik doe de deur open. 'Dat was het minste wat ik kon doen. En ga nu maar gauw naar huis, voor Imelda in alle staten is. Hou u sterk.'

Ik kijk hem na vanachter het raam. Hij wandelt traag, zijn hoofd wat voorovergebogen. Tien én honderd jaar oud. Ik pak de asbak van de salontafel en smijt 'm tegen de grond. Hij botst op het tapijt, met een lullig plofje. Er zat niks in, dus er valt niet eens iets op te ruimen. Zelfs drama maken kan ik niet.

Als ik de aardappelen sta te schillen voor het eten straks, zie ik in de tuin twee katers rond elkaar draaien. Ze blazen, krommen hun ruggen, steken hun staarten in de lucht. Moet ik ingrijpen? Het zijn tenslotte mijn beesten niet. Dan gaat de bel opnieuw. 'Laat mij toch met rust,' ik zeg het boos, omdat niemand mij kan horen. Met de roze schort van Jeanne kundig voor geknoopt, ga ik naar de voordeur. Het is Eva. 'Dag schat, kom binnen. Pak een stoel, ik was net met het eten bezig.'

Zal ik mij uit eigen beweging verontschuldigen voor vorige keer? Misschien komt het niet eens ter sprake, Eva is niet het rancuneuze type, weet ik. Misschien vindt zij het zelfs gênant als ik iets zeg, tenslotte heeft zij gehuild en wordt ze daar wellicht liever niet aan herinnerd. Ik zet het op een razen. Over de ovenschotel die ik ga maken, over het nieuwe programma op die ene zender dat ik zo slecht vind, ik begin zelfs over Karel. Normaal zou ik dat nooit doen, maar het kwam er opeens uit gerold. Waarschijnlijk omdat je bij het vermijden van het ene onderwerp vergeet dat er nóg een taboetje in de kop zit. Natuurlijk gaat ze net daarop in. Alsof ze ruikt dat er een verhaal achter zit. 'Hoe lang heeft hij nu nog?' 'Maximaal een halfjaar,' zeggen de dokters. 'Maar het kan ook korter zijn.' 'En hoe moet dat dan met Victor? Het is toch vooral nonkel Karel die alles regelt.' Ik neuzel maar wat terug, maak een opmerking over de kwaliteit van de prei die toch te wensen overlaat. Ze laat zich niet zomaar het bos in sturen. 'Gij doet altijd raar als 't over Victor gaat.' En opeens. Misschien omdat ik daarnet zo mijn best heb moeten doen om niks te zeggen. Of omdat Eva het op zo'n bezorgde toon vraagt. Of omdat ik al een jenever of vijf opheb ondertussen. Ik weet het niet, maar ik zeg het. De hele waarheid. Zomaar.

Eén zinnetje dat ik decennia voor mezelf heb gehouden. Eén zinnetje dat mij heeft gekweld, van toen tot nu: 'Ik was stomdronken toen ik Victor aanreed.'

Eva stamelt. 'Hoe? Wat bedoelt ge?' Ik vertel het zakelijk, wonderbaarlijk kalm. 'Het was nog niet eens middag toen, en ik was ladderzat. Niemand heeft dat gezien, omdat ik door die botsing meteen weer nuchter was. Pure adrenaline. Iedereen bleef trouwens gefocust op Victor.' Eva luistert alleen maar. 'Mijn drankprobleem is geen gevolg van een dom ongeluk. Mijn drankprobleem is de oorzaak van een ongeval dat gegarandeerd vermeden had kunnen worden.' 'Dat weet ge toch niet. Zo'n kind dat zomaar de straat op komt gelopen, dat zoudt ge waarschijnlijk broodnuchter ook omver hebben gereden.' 'Niks van. Ik was niet op de weg aan het letten, met mijn rechterhand tastte ik in de ruimte voor de passagiersstoel naar de heupfles die uit mijn jaszak was gevallen. Pas bij het horen van de klap kwam ik weer overeind. Ik was veel te veel links van de weg aan het rijden.'

We kijken voor ons uit, allebei. De stilte weegt. En dan zegt ze: 'En al die jaren loopt gij alleen rond met al dat verdriet.' Ik breek in twee. Zoals de steel van een tulp zou doen, of een ongekookte spriet spaghetti, of een eetstokje van de chinees. Zo makkelijk. Er lopen twee tranen over mijn wangen. Meer niet. Eva sust. Maar ik vermoed de afwijzing die ze niet uitspreekt. Ik zie ze in haar ogen. Dat denk ik toch. Dat vrees ik toch.

'Ga maar gauw weg, voor Jeanne thuiskomt. Ik wil niet dat zij het weet. Ze zou het mij nooit vergeven. Ze zou het mij eindeloos onder de neus wrijven. Ze zou het de familie gaan rondvertellen, of nog erger.' Eva doet haar jas aan, en omhelst mij.

'Ik denk dat ik het tegen Karel moet zeggen, voor hij doodgaat. Wat vindt gij?' Eva fronst haar wenkbrauwen: 'Waarom zoudt ge dat doen? Daar zoudt ge hoogstens uzelf mee helpen. En het gaat niet om u nu, toch? Het gaat om nonkel Karel.' Ik antwoord niet, laat haar buiten, en ga terug naar de keuken.

Ik had gedacht dat het mij op zou luchten op een of andere manier. Maar dat doet het niet. Het gewicht dat op mijn borstkas drukt lijkt alleen maar te zijn toegenomen. Misschien heb ik de enige dochter die mij nog in de ogen kijkt nu ook van mij vervreemd. Dat zou ik echt–

Als Jeanne twintig minuten later binnenkomt, brult ze al vanuit de gang: 'Dat ruikt lekker.' 'Het is die ovenschotel met patatjes, prei en gehakt, uw lievelingseten,' roep ik terug. 'Ge hebt er toch weer niet te veel zout in gedaan, zoals vorige keer?'

Ze komt aan tafel zitten, eet gehaast, en schept een tweede keer op. Dan voel ik mij even wat beter. Na haar laatste hap zegt ze: 'Ik ga nog kort langs bij Karel en Imelda straks, en ik stel voor dat ge meegaat.' 'Maar Karel is hier…' 'Tut tut tut, die eeuwige smoezen van u, ik heb 't al aangekondigd bij Imelda. Ze verwacht ons over een uur, ge gaat mij er niet alleen op uitsturen.'

Even duurt nooit lang.

CASPER EN ELSIE

Casper: Kom eens hier, met uw lekkere armen, dat ik mij erin draai. Ja, zo, tussen uw borsten, daar wil ik liggen. Niks fijner dan na fantastische seks tussen uw blote borsten liggen.

Elsie: Gij moogt dat. Zo lief ben ik gewoon.

Casper: Denkt gij dat het beter is iets schoons te verliezen dan het nooit te hebben gehad? Ik las dat zinnetje ergens, en ik vroeg mij dat af.

Elsie: Ik weet niet. Ik hou niet van verliezen.

Casper: Ik ook niet. Ik wil u niet verliezen, dat weet ik wel heel zeker.

Elsie: Ge zijt mij toch ook niet aan het verliezen, voel maar hoe stevig ik u vastheb. Lekker dier.

Casper: Weet gij dat we morgennacht al tien maanden samen zijn, onze ellendige poging om te stoppen niet meegerekend?

Elsie: Is dat alweer zo lang?

Casper: Ja.

Elsie: Ik ga uw hoofd wat kussen ondertussen. Met uw permissie.

Casper: Een vriend van mij heeft dik twee jaar een lief gehad, naast zijn huwelijk. Hij kon niet voor haar kiezen, zei hij, en toen kreeg hij een hartaanval, een serieuze. Dan heeft hij gedacht: het leven is nu, ik moet niet kiezen tussen twee vrouwen, ik moet kiezen voor mijzelf.

Elsie: En zijn die twee nu samen?

Casper: Al vier jaar. Prachtig koppel.

Elsie: Ik lig hier te denken dat ik mij nog eens stevig wil laten pakken. Ik weet niet of gij kandidaten kent?

Casper: Ik heb mij nog nooit zo graag gezien gevoeld als door u.

Elsie: Oohh.

Casper: Lach maar.

Elsie: Maar nee, ik vind het ongelooflijk lief als ge dat zegt.

Casper: Gij verstaat mij beter dan ik mijzelf, denk ik soms, en gij zegt dingen waar ik iets aan heb, en gij vindt mij helemaal de moeite, met al mijn flauwekul en ergerlijkheden en schone kanten. Ik kan niet uitleggen wat voor een gevoel dat geeft.

Elsie: Gij hebt gewoon belachelijk veel schone kanten. Dan is dat ook niet moeilijk.

Casper: Gij ook, maar uw zever vind ik bijna even schoon, ik ken u zo goed al, hè.

Elsie: Da's wel waar. Gij en ik, da's een paar schoenen, vanzelfsprekend samen als we bij elkaar zijn.

Casper: En zelfs als we dat fysiek niet zijn. Vind ik ook. Denkt gij soms niet: daar moeten we toch iets mee doen?

Elsie: Ja. Maar dan besef ik meteen dat dat natuurlijk niet kan.

Casper: Waarom niet?

Elsie: Omdat sommige dingen te moeilijk zijn? Omdat ik bang ben dat ik, als ik aan mijn leven morrel, in stukken uit elkaar ga vallen. Ik heb het daar met Eva ook over gehad. Zij ziet dat anders, en misschien heeft zij wel gelijk. Maar ik weet echt niet of ik dat soort vrouw ben. Misschien moet ik eerst een attaque krijgen.

Casper: Welk soort vrouw? Het soort dat geluk herkent als ze het ziet?

Elsie: Ik heb geen probleem: ik ben gelukkig getrouwd. En los daarvan, gij weet ook wat zo'n keuze allemaal met zich meebrengt. Wordt gij daar niet bang van?

Casper: Ik vind liefde belangrijker dan angst. En als ge zo gelukkig getrouwd zijt, waarom hebt ge dit dan opgezocht, waarom gaat ge dit dan zo totaal aan, waarom bleek dan dat gij ook niet zonder mij kon?

Elsie: Not a clue. Gij zijt dapperder dan ik.

Casper: We kunnen samen dapper zijn, samen gaat altijd beter, en zeker als wij het zijn.

Elsie: Gij zijt geweldiger dan ik. Ik wou dat het simpeler was. Dat we elkaar vroeger waren tegengekomen.

Casper: Ja, ik ook, maar dat is nu niet zo. En dan blijft de vraag: welk leven willen we, voor die vele jaren die ons in principe toch nog resten? Ik denk dat ik dan toch het best mogelijke wil. En we kunnen mekaar toch helpen? Ik kan u helpen. Is dat simpel genoeg?

Elsie: Kom hier, dat ik u opeet.

Casper: Da's ook een oplossing, natuurlijk.

Elsie: Casper, ik beloof u: ik ga erover nadenken.

Casper: Ja?

Elsie: Misschien, ik weet niet. Ik ga proberen. Gij kunt het zo goed zeggen. Waarom zijt gij eigenlijk zo slim?

Casper: Om u te kunnen veroveren, natuurlijk, waarom anders?

Elsie: Begin dan alvast hier, bij mijn buik. Die wil zich misschien wel laten veroveren. En wie weet mijn borsten ook nog.

Casper: En uw kutje? Uw kutje ook?

Elsie: Ge kunt altijd proberen. Gij moogt dat.

EVA

Een statig herenhuis. Ik hoor gedender op trappen. De massieve deur zwaait open. 'Goeienavond.' Ze ziet er ouder uit dan ze klonk. Diepe groeven in haar gezicht. Daar heeft het leven lelijk huisgehouden, denk ik. Haar stem klinkt in het echt minder nasaal. 'Kan u nog even wachten daar, ik kom zo bij u terug.'

De wachtkamer is een kleine ruimte boordevol spullen. Ze verzamelt schildpadden, in alle vormen en kleuren, of ze heeft familie en vrienden die denken dat ze van schildpadden houdt. Er staat ook een beeld van twee identieke kinderen. Mensen die geen mensen zijn, zoals de doden. Verstild, ontheemd, verloren staan ze daar, ogen gesloten. Om onrustig bij te worden, omdat ik er wel én niet naar wil blijven kijken. Daar heeft ze waarschijnlijk een of andere therapeutische bedoeling mee, denk ik, en ik kijk weg. Er liggen tijdschriften op het bijzettafeltje. Ik neem er eentje, blader erdoor, kom te weten wie het met wie níet doet in BV-land, al suggereren de koppen boven de stukken anders. Saai, dit.

Ik zit hier al een halfuur, nog altijd geen therapeut te bespeuren. Ik bijt gedachteloos op een nagel, gooi die naast mij op de grond. Veertig minuten, waar blijft ze nu? Terwijl ik dat zit te denken, komt ze mij roepen.

De ruimte boven is minder druk. Veel aardekleuren, comfortabele sofa's. Daar heeft ze vast over nagedacht. Er hangt één lelijk kunstwerk aan de muur: een vrouw van op de rug gezien, in een weerloze houding, slecht geschilderd. Misschien iets van een patiënt, denk ik. Dan is het nog wel sympathiek.

'Waar kan ik u mee helpen?' vraagt ze. Daar kijkt ze zo neutraal mogelijk bij. 'U gaat er optimistischerwijze van uit dat ik nog te helpen ben, dat is een goed begin.' Het was een grapje. Zij blijft maar ernstig kijken. 'Ik weet niet zo goed wat ik moet zeggen.' Ze antwoordt niet. Dan produceer ik een turbosamenvatting van mijn leven. Eva for dummies. Met een vleugje humor. Hoe meer ik vertel, hoe meer ik mij afvraag wat zij in 's hemelsnaam zou kunnen doen. En dan zegt ze, heel gewoon: 'Goh, dat moet allemaal niet makkelijk zijn om te dragen.' Zo'n schriel zinnetje, en ik begin te janken als een klein kind. Wat een cliché: tranen bij de therapeut, in een eerste sessie nog wel. Er staat een zilveren doosje met kleenex op het salontafeltje tussen ons in. Ik ben haar dankbaar dat ze 't mij niet toeschuift.

Als het uur om is, pakt ze haar agenda: 'Ik stel voor om tweewekelijks te komen, wat denkt u?' Ik kan niet goed meer denken. Ik zeg maar ja, dat lijkt me nog het makkelijkst.

Terwijl ik naar de fietsenstalling loop, probeer ik Elsie terug te bellen. Zij probeerde mij daarnet te bereiken. Ze neemt niet op.

Het is een mooie avond, eigenlijk. Met een zon die laag schijnt op de gevels van de huizen. Ik zie een vrouw op de stoep lopen, luid snikkend. Gehaaste tred. Uitgelopen mascara. De blik naar binnen.

Het is altijd wel ergens nacht.

7

DE SCHOONHEID ZAT ALTIJD AL IN DE POGING

LOU

'Ik zweer het, Lou, het is een groot zwart gat. Lisse wist mij de dag na het feest te vertellen dat ik blijkbaar met Benno van alles heb uitgespookt. Ik kan er mij helemaal niks van herinneren. Ik was totaal van de wereld. Wat wilt ge? Een pil én ik weet niet hoeveel breezers. Alstublieft niet kwaad zijn. Benno weet gegarandeerd ook nergens meer van. En anders zal ik hem heel duidelijk maken dat ik van geen kanten geïnteresseerd ben. Dat beloof ik u.' Ze legt mijn rugzak voorzichtig aan mijn voeten. Ik zeg niks. 'Lou?'

Ik kwam nog nooit zó met tegenzin naar school als vanmorgen. En dat wil wat zeggen. Benno onder ogen komen. Vanessa onder ogen komen. En al de andere meisjes.

Deze reactie had ik niet verwacht. Was Vanessa eerlijk? Was dit de zoveelste manipulatieve truc van iemand met een slecht karakter? Hoe moest ik dat nu weten? Iedereen keek naar mij. Ik bleef maar zwijgen. (Dat zag er stoerder uit dan ik mij voelde, wist ik zeker.)

'Lou, alstublieft, zeg mij hoe ik het goed kan maken.' Ze trekt haar wenkbrauwen op, tuit haar lippen een beetje. 'Ik ben blij dat ge mijn vriendin geworden zijt, echt waar, ik vind het zo erg, dit.' En dan voel ik het gebeuren, bij die laatste zin. Tranen in aantocht. Ik probeer aan iets anders te denken (vuilnisbakken, een zwembad in de winter, een opgevouwen krant), maar ik ga het niet tegen kunnen houden. Ik pak mijn boekentas en mijn rugzak, en ren naar mijn fiets. Vanessa roept mij na, Lisse probeert mij te volgen. 'Laat mij.' En ik rijd de schoolpoort weer uit, nog voor de lessen begonnen zijn.

Ik kan gewoon naar huis, daar is niemand. Ik doe de voordeur open, loop naar binnen, altijd wat vreemd, alleen in zo'n eenzaam huis. Ik steek een Chokotoff in mijn mond, ga languit op mijn bed liggen en staar door het dakraam naar de luchten boven mij. Die zijn vele soorten van blauw en grijs. De zon schijnt, alsof er niks veranderd was.

Vier dingen die ik niet geloof: 1 Dat je sterk wordt van spinazie (vroeger, toen ik vier was, bijvoorbeeld, geloofde ik dat wel), 2 Dat Michael Jackson geen neus meer had toen hij doodging (dat vind ik gewoon te vies), 3 Dat het klopt als mama beweert dat er hier niks aan de hand is, 4 Dat Vanessa echt helemaal niks meer weet van dat kussen. Kussen met lippen als die van Benno, dat kan geen mens vergeten, volgens mij.

Drie dingen die ik zeker weet: 1 Dat ik Justin Bieber altijd een idioot zal vinden met belachelijk haar, 2 Dat Eva van mij houdt, zelfs als ik iets rottigs doe of iets slechts of iets doms, 3 Dat ik stress krijg van spijbelen (zelfs als het niet anders kon).

's Avonds zit ik met mama in de salon. De school heeft haar niet gebeld, ze lijkt nergens van te weten. Jack slaapt al, papa is weg. Ze zit de krant te lezen, en opeens kijkt ze op, alsof ze voelt dat ik naar haar aan het kijken ben. 'Alles oké?' vraagt ze. En ze kijkt zo warm naar mij dat ik heel even denk: ik vertel haar alles. Tot in de details. Maar dan hoor ik mezelf toch zeggen: 'Tuurlijk.' Omdat ik denk dat ik haar daar een plezier mee doe. Omdat ze 't zelf al lastig heeft. Dan leest ze verder.

De dag erop weet ik nog altijd niet wat ik tegen Vanessa moet zeggen. Omdat ik nog altijd niet weet wat ik denk. Al neig ik toch meer naar gemeenheid van haar kant dan naar onschuld. Terwijl die gedachten door mijn hoofd racen, komt de adjunct-directeur opeens op mij afgestapt, en hij haalt me uit de rij. Zijn bril balanceert helemaal vooraan op zijn neus, een beetje scheef, alsof-ie elk moment kan vallen. 'Juffrouw Bergmans, gelieve mij te volgen.' Meer uitleg krijg ik niet. Paniek. Ik ben van weinig mensen banger dan van de adjunct-directeur. Een akelig klein mannetje die vast niemand heeft om van te houden.

Op zijn kleine kantoortje begint hij mij te ondervragen, en nog voor hij goed en wel op dreef is, heb ik het uit mezelf al opgebiecht. 'Ik heb gespijbeld gisteren.' Hij zegt in eerste instantie niks. Hoe moet ik dit aan mijn ouders uitleggen? Ze zullen zo kwaad zijn, zo vreselijk kwaad. En ik vind niks erger dan mensen die kwaad zijn op mij. Hij schraapt zijn keel: 'Spijbelen is een ernstige zaak, maar leugens en bedrog...' Hij maakt de zin niet af, alsof elk deugdelijk meisje dat zelf wel in kan vullen. Hij kijkt indringend. Alsof hij het record uitpuilen probeert te verbreken, zo ver spert hij zijn ogen nu open. 'U vertelt mij de hele waarheid, of de gevolgen zullen ernstig zijn. En wees gerust, de waarheid komt toch áltijd boven.' Ik bijt op mijn nagels. 'Ik wacht,' zegt hij. Hij zit onwerkelijk stil en blijft naar mij staren.

Ik ben totaal overstuur, kapot van de stress, bang voor straf, mijn ouders, hem. En ik begrijp zelf niet helemaal waarom, maar ik vertel het hele verhaal. Over de eenzame maanden op school, over de kledingwinkel, en wat ik daar zag, over Vanessa die plots heel lief werd, over hoe het misging op een feestje (ik deed wel alsof het een verjaardagsfeestje met taart eten betrof. Aan alle eerlijkheid zijn grenzen), over ik die niet meer wist wat te denken. Zelfs de adjunct-directeur, een man met aangeboren wantrouwen, had dit niet aan zien komen. Dat kan ik zien aan zijn gezicht.

Omwille van deze openhartige bekentenis krijg ik alleen een taakstraf: een namiddag helpen in het rusthuis aan de overkant, een nieuw experiment van de school. Hij zal mijn ouders niet bij zich roepen, ik ben oud en wijs genoeg om zelf uit te leggen waarom ik word gestraft, vindt hij. Dan mag ik gaan.

Op de gang denk ik na over wat ik heb gedaan. Ik kan niet goed slikken. Niet goed ademen. Ik moet gaan zitten op de trap. Wat gaat er nu gebeuren? Ik wil niet naar de klas, ik wil geen vragende blikken krijgen. Ik wil verdwijnen, oplossen, doodgaan, als dat moet. Dan rinkelt de bel. Het eerste lesuur is voorbij. We hebben Nederlands nu. Dat vind ik normaal de max, mevrouw Parmentier noemen ze het lelijke leentje, omdat ze niet supermooi is en Leen heet met haar voornaam, maar ik vind haar lief en grappig. Ik probeer mezelf gerust te stellen, dat lukt niet heel erg goed. (Hoe kun je met hetzelfde hoofd dat ongerust is jezelf kalmeren?)

Terwijl ik daar zit, passeert het lelijke leentje natuurlijk. Soms bemoeit het lot zich werkelijk overal mee. 'Lou, meisje, wat doe jij hier, kom maar mee met mij, ik moet in jouw klas zijn.' Ik reageer niet, verzet me niet, loop met haar de trap af. Ik probeer niet meer te denken. Dan kom ik het lokaal binnen, ik zie Vanessa zitten, en dan gebeurt het. Alsof mijn lijf niet eens van mij is, kijk ik toe. Ik geef over, in de wastafel in de hoek van de klas. En een beetje naast die wastafel.

Ik mag naar huis van de studiemeester. Ik weet het nu wel zeker: er blijkt altijd nog een bodem te zitten onder wat je dacht dat de bodem was.

EVA

Het was zondag, en dat was stil.

Ik keek naar buiten. Het kindje van de overburen gaf met een enorme gieter planten water op het terras, verloor bijna zijn evenwicht, maar leek daar evengoed enorme pret in te vinden. De vrouw die voorbij jogde zag er onoverwinnelijk uit. Een oude man wachtte eindeloos geduldig tot zijn hondje klaar was met snuffelen aan een paal, alsof vrede er was om te bewaren. En het jongetje achter op de fiets van zijn vader zong keihard een liedje in iets wat van heel in de verte op Engels leek. De schoonheid zat altijd al in de poging.

Het leven is elders, dat dacht ik. Misschien moet ik door mijn stad gaan lopen, of iemand opbellen over niks in het bijzonder, of een appeltaart bakken en die naar Elsie brengen, of met de trein naar zee om daar te kijken naar het water. Ik wou wel, maar mijn lijf, dat wou niet mee.

En dan werd het vrijdag. Ik heb met Henri afgesproken in het café van vorige keer. Ik ben zo benieuwd hoe het met hem gaat. Ik arriveer tien minuten te vroeg, kies een van de tafeltjes dicht bij de deur, dan hoeft hij niet te zoeken. Ik bestel weer muntthee, die is hier vers, en ik geef mijn chocolaatje aan het kindje van het tafeltje achter mij. Dat lacht, tot zijn moeder streng ingrijpt: 'Zeg eens dank u,' waarop die kleine, de mond al halfvol, heftig van nee schudt. 'Het is al goed, mevrouw,' probeer ik. 'Niks van,' zegt ze, 'hij moet beleefd zijn. Jules, pas op hè, man, ge weet het, hè.' Jules kijkt bedremmeld, overweegt gehoorzaamheid terwijl hij de buit aan het doorslikken is, maar zegt niks. Ik heb al spijt van mijn kleine cadeautje, het ventje kijkt ondertussen boos naar mij, alsof ik de schuld draag van deze hele scène. 'Jules, nu! Ik wil het horen.' Hij zet het op een huilen. 'Oké, dan geven we de rest van de chocolade terug, en dan vertrekken we nu naar huis. Mama gaat alleen op stap met flinke kindjes.' Ik probeer geruststellend naar het jongetje te glimlachen, maar hij gunt mij geen blik waardig. Het leven is op alle leeftijden lastig.

Kwart over zes, ondertussen, hij is een kwartier te laat. Congolezen, dat kent geen tijd, zo wordt gezegd. Ik neem een krant die een andere klant heeft laten liggen. Hij zal zo wel komen.

Om zeven uur: nog altijd geen Henri te zien. Ik bedenk uitvluchten in zijn plaats. Eigenlijk weet ik beter. Vrees ik erger.

Ik weet niet wat ik moet doen. Het voelt als achter een bus staan op een hete dag, en dan net die extra hitte van de uitlaatgassen en de motor als een wolk over je heen krijgen, dat beetje extra dat je er niet nog bij kan hebben.

De maandag daarop ga ik na het werk naar zijn studio. Ik heb het adres opgezocht. Hij blijkt boven een nachtwinkel te wonen. Een gevel met stenen in een vaag soort van geel, ramen met onderaan van die blauwgroene platen en de kleinste balkonnetjes ooit. Er is één bel zonder naam, daar druk ik op. Eén keer. Een paar tellen later nog eens. Dan zoemt de deur, ik ga naar boven. 2b zou het moeten zijn. Ik zie geen bel, klop aan. Ik hoor niks. Ik klop nog eens, hard, met mijn ring tegen het nephout, dat maakt wat meer geluid. Dan vliegt de deur open. Er staat een vrouw in de opening. Een bleke verschijning met uitgelopen make-up en haren in een kluif rastavlechtjes. 'What the fuck do you want?' 'Euhm, I'm looking for Henri.' 'Fuck Henri!' Ze roept zo hard dat de klanten van de nachtwinkel het ook zouden horen, als het nacht was. Haar ogen staan dof. 'Does he live here?' 'And fuck you too!' 'Do you maybe know when Henri will be back?' 'I know nothing, and why you think I would tell you?' brult ze, en dan gooit ze de deur weer dicht. Op die paar minuten heeft ze drie keer met haar vingers aan haar neus gewreven. Henri heeft opgegeven. Nu al. Ik versplinter.

Misschien, als het erop aankomt, kan niemand voor iemand iets doen.

Geen zin om alleen te zijn die avond. Ik bel eerst Elsie, die neemt niet op. Dan Casper, ook niks. Ik hoop maar dat dat betekent dat die twee samen zijn. Dat is dan toch al dat. Ik probeer vijf vrienden. Drie van hen reageren niet, de ene heeft geen babysit, de andere geen zin in uithuizigheid. Dan bel ik mijn broer, ik zie hem niet zo vaak, maar een mens weet maar nooit. Hij zit in het buitenland, sms't hij. Op den duur bel ik zelfs een collega met wie ik af en toe afspreek. Zij klinkt verwonderd als ik haar vraag of ze geen zin heeft om die avond iets te gaan eten of drinken. Zij en haar man blijven gezellig thuis, zegt ze. Ik hang op, en denk: ik dan ook maar. Gezellig.

Ik zet muziek op, schenk een glas rode wijn in. Ik zet de muziek weer af. Ik pak de dichtbundel die ik van Roel gekregen heb, ooit, en ik lees hetzelfde gedicht drie keer. Ik denk aan Henri. Ik denk aan mijn vader. En zijn verhaal over nonkel Karel en Victor. Hij denkt dat ik kwaad op hem ben, dat zag ik aan zijn blik.

Maar ik kan niet goed kwaad zijn. En al helemaal niet op hem. Ik weet niet hoe dat komt.

Als ik een ander gedicht probeer, belt mijn moeder op.

Jeanne: Ik dacht, ik heb alweer zo lang niks van mijn dochter gehoord, ik zal dan zelf nog maar eens bellen.

Ik: Ik heb het druk gehad. Hoe gaat het met u?

Jeanne: Ik heb last van speen. Aambeien. Heel vervelend. Zeer dat dat doet bij de grote boodschap. Alsof ge moet bevallen. En het wc-papier vol bloed. De eerste keer schrok ik mij een aap. Ik dacht direct aan kanker. Het was uw vader die wist wat dat was. Hij zei: ge moet meer vezels eten en meer bewegen. Alsof het mijn eigen schuld was. Da's uw vader, hè, altijd een en al medeleven, hij is nochtans ook geen held in groente eten en bewegen. Maar hij heeft géén aambeien. De wereld is niet eerlijk. En jeuken dat dat doet, zo echt aan uw aars, hè. Ja, maar da's vervelend, man. Soms sta ik bijvoorbeeld in een winkel, en dan kan ik echt niet anders dan snel eens krabben. Gênant. Ik ga er toch eens mee naar de dokter moeten, maar ja, voor zijn plezier doet een mens dat nu ook niet, hè. En ja, dat gedoe met Karel, dat vraagt natuurlijk ook veel van mij. Ge kent uw vader, hij doet nooit niks, dus komt alles op mijn nek. En Imelda, gij weet dat ook, da's zo'n simpele ziel, dat mens weet niet hoe ze haar man moet steunen. Ze loopt alleen maar te snotteren. 't Is Karel die háár moet troosten, in plaats van andersom. Ik heb al eens voorzichtig gezegd: Imelda, ge moet u herpakken, Karel heeft u nodig, ge moet sterk zijn. Maar 't is alsof ze dat niet hoort. Hoe zij dat gaat doen, alleen met Victor, ik vraag het mij toch af. Alle broers en zussen gaan helpen, zeggen ze nu, maar wie woont het dichtstbij van de familie? Inderdaad, wij. En wie van ons twee zal er dus aan hangen? Inderdaad, ik.

Ik: 't Is een grote familie, er zal wel veel hulp komen.

Jeanne: Ja, de eerste drie weken, en dan verdwijnt dat. Ge moet mij niet vertellen hoe mensen in mekaar zitten. Kijk naar uzelf. Ook geen tijd voor niks, hè, ook met uzelf bezig, en uw werk. Pas op, ik begrijp dat. Dat gaat zo bij de jeugd. Maar 't is wel de realiteit.

Ik: Al goed dat Imelda en Karel u hebben.

Jeanne: Ge doet uw best, hè. Wat kunt ge anders in 't leven? En gij? Al zicht op een nieuw lief?

Ik: Nee, mama. Niks interessants.

Jeanne: Jonge mensen vandaag, da's allemaal te kieskeurig. Vroeger pakten wij wie we konden krijgen. Zo ging dat toen.

Ik: En, zijt ge daar gelukkig van geworden?

Jeanne: Ik hoor dat ge op 't internet gaat zoeken. Elsie heeft mij dat verteld. Dat is nu misschien toch ook niet de plaats om een goeie jongen te vinden.

Ik: Veel mensen proberen dat tegenwoordig.

Jeanne: Als ik u wat advies mag geven, en ik zeg dat omdat ik u graag zie, dat weet ge, hè, Eva, ga misschien toch eens op dieet. Een paar kilo's minder, dat zou al een heel verschil maken.

Ik: Ik ben op dieet. Ik ben al zeven kilo vermagerd.

Jeanne: O, dat is me vorige keer toen ik u zag niet opgevallen. In hoeveel tijd?

Ik: Vijf maanden.

Jeanne: Ah. Ik viel gemiddeld een kilo per week af, wanneer ik vroeger op dieet was. Maar zeven is goed, natuurlijk. Doe zo voort. Allee, ik moet ophangen.

Ik: Dag mama. Ik...

Ze was al weg.

Ik beslis daar en dan om mijn verjaardag, die er heel binnenkort aan zit te komen, dit keer niet te vieren. Dit keer niet.

ELSIE

Het was de verjaardag van Tobias en Tijs, de tweeling van de zus van Walter. Een absoluut topwijf vind ik dat. Topadvocate, topmoeder, toprelatie met haar Mike. Scherp, warm, heel erg grappig. En zij weet hoe ze feesten moet organiseren. Walter is niet zo'n partymens, maar zelfs hij amuseert zich doorgaans geweldig bij Anneleen.

Ze had zichzelf weer overtroffen. Een springkasteel in de tuin voor de kinderen, een partytent, hoge ronde tafeltjes binnen en buiten verspreid, overal heerlijk ogende hapjes en wijn en cava in designcoolers. We zijn nog niet binnen of we hebben al een glas in de hand. Jack, de grote held van zijn jongere neefjes, wordt meteen opgeëist. Hij vindt het heerlijk om opeens de grote kerel te zijn.

Lou is de laatste tijd wat stil. De leeftijd, dat hoop ik toch. Vroeger had ik zo'n goeie band met Lou. De laatste tijd voelt het minder close. Ik weet niet hoe dat komt. Soms vrees ik dat ze voelt dat ik in de knoop zit, dat ik, zoals Eva zegt, niet eerlijk ben met mezelf. Na een tijdje dralen gaat ze mee met haar oudere nicht, die twee kunnen het vrij goed vinden samen.

En ik, ik heb er zin in. Even weg van alles. Ik neem gauw nog een cava.

Het gebeurt laat in de middag. Ik ben in gesprek met twee vriendinnen van Anneleen. Walter staat verderop met zijn zus te praten. Ik weet niet waar het over gaat, maar ze lachen luid. En dan opeens: gillende kinderen. 'Jack is gevallen, megahard!' We spurten allemaal naar het springkasteel. Ik zie hem liggen. Hij houdt zijn arm in een vreemde houding. 'Hij was op de rand gekropen, en toen is hij er langs de foute kant afgedonderd,' zegt Lou, die het heeft zien gebeuren. Jack, wit als een albinokonijn, ademt snel en huilt zonder geluid. Ik panikeer. 'Hoe is hij gevallen? Op zijn hoofd?' vraagt Walter. 'Nee,' zegt Lou, 'meer op zijn schouder.' 'Waar doet het pijn, jongen?' Walter controleert Jacks pupillen, loopt een kleine checklist af, betast armen, benen, heel zijn lijfje. 'Een gebroken sleutelbeen,' zegt Walter, 'je ziet het, hier, net onder zijn nek, aan de rechterkant.' Jack ligt ondertussen te kermen. 'Kom, jongen, we rijden naar mijn ziekenhuis, alles komt in orde, papa is bij u.'

In de auto belt hij kort met een collega. 'Ze verwachten ons.' Ik zit met Jack op de achterbank. 'They'll have to put him to sleep to get the bone back in place,' zegt Walter in het Engels om zijn zoon niet te verontrusten. 'Papa, ik wil niet gaan slapen,' huilt Jack. 'Ge moet ook niet naar uw bed, jongen, we gaan u in het ziekenhuis beter maken. Nog eventjes volhouden, we zijn er bijna.'

Een kind dat pijn heeft, ik kan daar niet naar kijken. Ik wieg mijn zoon alsof hij weer een baby is, hij laat dat gebeuren. 'Waarom gaat een dom blondje op een tuinslang staan?' vraagt Walter aan Jack. 'Ik weet het niet,' zegt hij. 'Om plat water te hebben.' Dan moet hij door zijn tranen heen toch even lachen.

Walter rijdt recht de spoedopname binnen, wenkt een verpleegster, zegt dat hij het geregeld heeft dat dokter Van Hemelrijck hier zou zijn. Dit is zijn wereld, hij kent dit spel. In geen tijd ligt onze zoon op een bed dat hem naar de operatiezalen rijdt. De dokter stelt hem en ons gerust, maar mijn kleine jongen kijkt verschrikt. 'We gaan u een masker opzetten en ge gaat zien hoe snel ge in slaap valt, en als ge wakker wordt is alles in orde,' zegt Walter. Hij mag van zijn collega mee tot in de operatiekamer. Ik moet buiten wachten.

Ik heb een hekel aan ziekenhuizen. Ook omdat ik dan moet terugdenken aan die keer dat ik hier met mijn vader zat. Hij was, drunk as hell, ergens tegenaan geflikkerd of ergens vanaf gedonderd. Mijn moeder maakte ons wakker. 'Bel de ambulance,' zei ik. 'Ja, en dan de buren stof geven om te roddelen, ik val nog liever dood.' Zij heeft hem in zijn gezicht gemept tot hij sort of bijkwam, en dan hebben wij hem met zijn drieën de auto in gesleept. Ik moest mee, Eva was nog maar een jaar of zes. Waarom, dat weet ik nog altijd niet. Zogezegd zodat zij de auto weg kon zetten en de papieren regelen, terwijl ik bij hem bleef. Aangekomen bij het ziekenhuis, moest ik een rolstoel gaan vragen. Mijn moeder wachtte met ronkende motor. We hebben hem daarin gehesen, en zo reed ik met hem de spoed binnen. Ik moest hem vasthouden aan zijn rechterschouder, anders viel hij voorover. 'Hij heeft veel te veel gezopen.' Zo heb ik het gezegd. Ik herinner mij de blikken van de dokters en de verpleegsters. 'Niet bang zijn, we lappen hem wel op.' Maar ik was niet bang, ik maakte mij geen zorgen. Ik schaamde mij alleen maar, tegenover al die mensen die mij zo zagen, met hem. Dat weet ik nog.

Walter is vrij snel weer terug. 'Hij was meteen in slaap.' Hij pakt mijn schouder vast. 'Het wordt wel wat vervelend voor Jack straks, want een sleutelbeen kan niet in het gips. Hij krijgt een steunverband, maar over een paar weken is het allemaal vergeten.' Walter, altijd de man die de dingen onder controle heeft, stelt ook zichzelf gerust terwijl hij dat zegt, dat kan ik horen. 'Gij een koffie? Dan ga ik er twee halen in de automaat beneden, dat is het betere spul.' 'Is goed.' 'We kunnen wachten in de keuken van de verpleegsters, hebben ze gezegd, ga maar, ik kom zo.' Hij streelt langs mijn wang. Dat heeft hij in geen tijden gedaan.

En daar zit ik dan, tussen veel wit kunststof, met dames in lelijke witte outfits die allemaal om ter vriendelijkst zijn tegen de vrouw van een van de artsen. Ik hoop maar dat ze de alcohol niet ruiken. Ik neem een muntje uit een rolletje dat iemand op tafel heeft achtergelaten. Terwijl ik het in mijn mond stop, denk ik: Walter is eigenlijk een fijne vader. Als hij terugkomt met twee bekertjes koffie, kust hij mij op mijn hoofd.

's Avonds zitten we met zijn allen in de salon. Jack met zijn verband om zijn schouders, kussens in de rug en zijn benen op de benen van zijn vader. Ik naast Walter, hij heeft zijn hand op mijn knie gelegd. We kijken naar de film die Jack gekozen heeft, de kinderen hebben chips gekregen. 'Lou mag ook, zelfs al is het mijn pijn,' had Jack gezegd, met enig drama in de stem.

Ik kijk gewoon naar die film, moet lachen met domme grappen, omdat mijn kinderen lachen. Walter levert onnozel commentaar, tot jolijt van Jack. Veiligheid zit in wat altijd al was.

JOS

Karel is gestorven. Opeens. Ik wist nog maar twee maanden en een half dat hij ziek was, en nu lag hij al ergens in een vrieskist.

Hij zat met Imelda en Victor een pannenkoek te eten in een taverne vlakbij. Alles leek in orde. Hij was iets aan het vertellen tegen Victor, en opeens kwam hij niet meer uit zijn woorden, zijn mond trok scheef aan de rechterkant en hij gleed bijna van zijn stoel. Minder dan twee uur later was hij dood. Mieke kwam nog net op tijd aan, blijkbaar, maar spreken lukte niet meer. Wat hij dacht of niet meer kon denken, geen mens die het weet.

Een beroerte, misschien door de chemokuur die hij kreeg, maar dat kunnen ze niet met zekerheid concluderen.

'Nog een geluk, op een manier, dat hij nu niet heeft moeten afzien. Aftakelen, wie wil dat meemaken.' Ik hoor het mezelf door de telefoon tegen Mieke zeggen. Zij zwijgt. Zij heeft gelijk. Zwijgen is de beste reactie op domme uitspraken.

Jeanne is meteen vertrokken. Helpen met rouwbrieven schrijven, eten maken, troost uitdelen. Zij vond dat ik mee moest, maar dat heb ik voor één keer pertinent geweigerd. Vreemd genoeg heeft ze niet geïnsisteerd.

Het voelt raar als broers beginnen te sterven. Niet alleen omdat je weet dat het dan stilaan ook jouw beurt is, maar ook gewoon omdat zoiets niet klopt. Je bent geboren of zij zijn geboren en vanaf toen hoorden ze vanzelfsprekend bij jouw wereld. Alsof die eigenlijk niet kan bestaan zonder hen.

Ik lig languit in de sofa, de fles jenever staat naast mij op de salontafel, maar drinken doe ik niet. Ik kijk naar buiten. Naar de schommel in de tuin van de buren waar hun kinderen al veel jaren te groot voor zijn. Naar de kapotte voetbal naast het schuurtje, die heeft Jack daar eens laten liggen. Naar de hoge dennenbomen op het braakliggend stuk land ver achter ons huis. Ze wijzen met hun toppen naar de hemel. Naar Karel, denk ik onbestemd. Om dan te beseffen dat ze hem in de mulle grond gaan stoppen. Dan zie ik wormen en maden en natte aarde en–

De telefoon gaat. Eva. Ze belt mij terug. Ik vertel haar wat er gebeurd is, en zij begint spontaan te huilen. Dat had ik niet verwacht. Zo goed heeft ze Karel nu ook weer niet gekend. In zo'n grote familie werkt dat anders. Ik huil niet mee. Ze moet vertrekken, zegt ze, ze heeft een afspraak in het klotegevang, zo formuleert ze dat. Terwijl ze normaal zo optimistisch praat over die bende criminelen waar ze haar dagen aan spendeert. Ik doe maar of ik het niet merk: 'Veel plezier, dochter.' 'Veel sterkte, vader. Ik bel later nog terug.'

Ik wist niet of ik het Karel nog ging vertellen. Karel is mij te snel af geweest. Als je lang genoeg wacht, hoef je niet te kiezen.

Misschien moet ik een hobby nemen. Voor sommige dingen is het nooit te laat, naar het schijnt. Dan zie ik de kat van twee huizen verder in onze tuin rondlopen. Zwart is ze, met wat wit onder haar kin. Jeanne, allergisch voor katten, beweert ze, gewoon een hekel aan dieren, volgens mij, jaagt dat beest altijd weg door een luid, sissend geluid te maken. Ik vind dat niet zo vriendelijk van haar. Ik ben nogal gesteld op mijn vrijheid, en ik beeld me in dat zo'n beest ook graag gaat en staat waar het wil. 'Dat kakt in de tuin, voor ge 't weet sluipt dat binnen, en wat dan,' zegt Jeanne, die altijd problemen voorziet lang voor ze aan de orde zijn. Terwijl ik al die dingen denk, merk ik dat er iets van een glimlach op mijn lippen is komen liggen. Onmerkbaar haast, en onverwacht, zoals de zon opeens zacht kan gaan schijnen op een grauwe dag. En even wou ik dat ze hier was nu, mijn Jeanne, om te sissen tegen die kat, of om eindeloze theorieën te verkopen waar ik verder niet naar luister.

Mensen die er zijn, dat is beter dan mensen die er niet zijn.

CASPER

Ik zit in mijn atelier. Ik kom maar niet tot schilderen, ik kijk naar mijn schoenen, naar de muren vol met van alles, naar het doek dat op de ezel staat, naar de borstel in mijn hand. Misschien is het af? Ik weet niet wat ik ervan moet denken, ik zet Tom Waits op, ga dichterbij en zet een veeg, in een impuls, ik neem weer afstand. Soms komt er uit een veeg een schoon accident voort, soms helpt een veeg het genadeloos om zeep.

Ik heb eergisterenavond een half pakje sigaretten meegepikt dat iemand had laten liggen in het café, ik steek er een op. Door de rook heen ziet het werk er anders uit, niet beter.

Dan gaat de bel: Elsie, hoop ik, het is Eva. Ze heeft wallen onder haar ogen: tinten van grijs, groen en blauwpaars, en een vrij diepe groef voor een vrouw van net zevenendertig. 'Ik las uw sms, ik dacht: ik ga na 't werk even langs, maar als 't niet past...' 'Zot. Ik ben blij dat ge er zijt,' zeg ik. 'Ik heb u trouwens nog niet kunnen kussen voor uw verjaardag, ik hoorde van Elsie dat ge niet wilde feesten dit jaar?' 'Ik had geen zin. Ik word te oud. Rookt gij tegenwoordig?' 'Alleen als ik moet.' Ik bedoel het geestiger dan het eruit komt. 'Hebt ge Elsie al gezien?' 'Nee, ik heb haar zelfs nog niet gehoord vandaag.' Ik probeer daar neutraal bij te klinken. 'Misschien zit ze vast, thuis.' Ik reageer daar niet op, dat is altijd het slimst als mensen proberen om je gerust te stellen. Het is die toon van alles-komt-wel-goed die eigenlijk nog ongeruster maakt, want dat bewijst dat zij wel degelijk een probleem vermoeden.

Ik vertel Eva het hele verhaal: dat ik aan tafel zat en dat Merel in de open keuken een glas wijn stond in te schenken, dat ik zei dat ik mij niet goed voelde, en hoe zij antwoordde: 'Bij Willem op school zijn er een paar zieken, misschien hebt gij het ook zitten,' dat ze de kurk weer op de fles duwde, de bananenschil opruimde die Willem op het aanrecht had laten liggen, dat ze door het stapeltje post ging, de krant nam en in de zitzak ging zitten.

'Ik heb het moeilijk met ons tegenwoordig,' dat heb ik gezegd. Ze liet haar krant zakken en keek alsof ze mij niet goed had verstaan, toen heb ik het herhaald, maar met veel meer zinnen. Ik heb alles wat ik al die tijd niet had gezegd, gezegd, behalve dan van Elsie, dat liet ik weg, ik wou het over Merel en mij hebben.

Ze luisterde gespannen, zei uiteindelijk met ongelovige ogen dat ze het begreep, dat ze zich ook vragen stelde, dat ze zelfs wist waar zij in de fout was gegaan, en dat ze zag wat er allemaal beter zou kunnen, dat elk koppel dipjes meemaakt, dat zij bereid was om naar een relatietherapeut te gaan, als ik dat wou – dat had John en Rika ook zo goed geholpen –, maar dat ze er hoe dan ook zeker van was dat we het samen wel zouden oplossen, want dat we elkaar veel te graag zagen om dat niet te doen. Ze klonk zachter dan anders.

Ik vertel ook dat ze kalm bleef, en beheerst. Ik zeg dat een verdrietige vrouw die probeert niet te huilen altijd meer aangrijpt dan zij die de plensbui zomaar laat komen. Ik zeg dat ik niet weet of ze wel wou huilen, dat dat misschien iets was wat ik alleen maar hoopte.

Eva kijkt alsof ze van alles wil antwoorden, maar niet van plan is dat te doen, en Tom Waits zingt: 'There was no tomorrows.

We'd packed away our sorrows. And we saved them for a rainy day.'

'Ik had mij op allerlei reacties voorbereid, maar niet op die,' zeg ik. 'Merel is een slimme vrouw,' zegt Eva alleen maar, en dan, na een lange stilte: 'Maar wat voelt gij?' 'Ik kan niet schilderen,' zeg ik. Eva kijkt alsof ze weet wat dat betekent. 'Ik weet ook niet wat ik van Elsie mag verwachten, denkt gij dat ze zou springen?' Eva zegt dat ze haar zus nog nooit zo veel atypische dingen heeft zien doen als het voorbije jaar, en dat het gevoel dus heel diep zit, en dat Elsie dat meer en meer lijkt te beseffen, maar dat ze ook bang is, en onzeker, en dat Walter daar veel subtieler op inspeelt dan zij zich realiseert. Dat zij hoopt dat haar zus durft toe te geven dat ik het ticket ben naar een beter leven dan ze ooit met Walter zou kunnen hebben. Dat Eva zich al zo lang vragen stelde bij de relatie tussen die twee. Dat is geen antwoord, natuurlijk. 'Alcohol?' vraag ik dan maar, Eva knikt dankbaar.

Het is nog geen avond, maar we zetten het samen op een zuipen. Eva drinkt met een overgave die ik niet van haar gewend ben.

Of ik een slecht mens ben, vraag ik, vele glazen later. 'Omdat ge iemand hebt gevonden die ge heel graag ziet?' antwoordt Eva. En of dat eigenlijk wel bestaat: voor altijd? Als ik dat zeg heb ik al stevig wat wijn binnen. Dat er in ieder geval iets bestaat als de rest van je leven spijt hebben van kansen die je niet gegrepen hebt, zegt Eva. En dat afscheid nemen zo lastig is, dat lispel ik ook nog. Dat we allemaal afscheid moeten nemen, antwoordt Eva, dat het de kunst is goed te kiezen hoe, wanneer en in mijn geval: van wie.

We doen nog wat aan diepe gedachten hebben, we beginnen meer en meer in kalenderspreuken te spreken, daar krijgen we gaandeweg de slappe lach van. Zij ligt meer dan ze zit, daar in mijn donkere zetel, haar hoofd is rood aangelopen, van de drank en van het lachen, dat denk ik toch. 'Weet gij eigenlijk dat ge op zich een mooi gezicht hebt, Eva?' 'Dat zeggen ze altijd over lelijke mensen.' Ze proest nu. 'Of nog erger: ge hebt mooie ogen, of mooi haar.'

Als Eva vertrokken is, voelt het als een gat in de nacht, maar het is nog niet eens donker buiten. Ik doe de grote lampen aan, ga opnieuw voor mijn ezel staan, neem een brede borstel en witte verf, en ik schilder over het hele doek heen, van boven naar onder, van links naar rechts. Terwijl ik bezig ben denk ik: misschien vind ik het morgenvroeg toch wel weer de moeite. Het verbaast mij hoe weinig me dat kan schelen.

ELSIE

De nacht was kil en donker. De kinderen sliepen. Walter zou zo wel thuiskomen, wist ik. Ik ben mijn auto in gestapt, ik heb de muziek op volume 24 gezet, ik ben de autosnelweg op gedraaid en heb stevig op het gaspedaal getrapt. Tot ik honderdtachtig reed. En toen: negen seconden mijn ogen dichtgedaan. Ik heb geteld. Eén, twee, drie, vier, vijf, zes, zeven, acht, negen. Daarna weer open. Het was nog altijd nacht.

8

HET WORDT EEN KORTE ZOMER

EVA

Woensdagavond. Acht uur. Afspraak bij de therapeut. Ik op tijd. Al weet ik niet goed waarom ik eigenlijk op tijd blijf komen, zij loopt iedere keer stevig achter op schema. Ik breng tegenwoordig een boek mee. Vaak lees ik er nauwelijks in. Vreemd hoe ik me de laatste tijd steeds minder kan concentreren. Terwijl ik altijd zo'n lezer ben geweest.

Na dik twintig minuten mag ik binnen. Het is mijn achtste sessie. Hoe het met mij gaat, vraagt ze. Daar kijkt ze zo'n beetje zorgelijk bij. Alsof ze weet welk ontembaar leed er komen gaat, en het gepaste gezicht alvast in de aanslag houdt.

Kathleen Van De Velde is een lieve vrouw. Ze luistert goed, geeft mij het gevoel dat ze mij graag heeft. Maar of ik nu echt van mijn lijf ga houden als ik het elke avond voor het slapengaan inwrijf met een lekkere bodylotion?

Vandaag wil ze het nog eens over mijn familie hebben. Dat het daar niet alle dagen feest was, weet ze al. En dat ik mij weinig concreets herinner ook, de meeste verhalen heb ik van anderen.

Ik moest foto's van mezelf meebrengen, had ze gezegd, van elke leeftijd eentje. Of ik ze chronologisch op de grond wil leggen, vraagt ze nu. 'Redelijk schattig tot mijn twee jaar,' zeg ik. 'Daarna gaat het steil bergaf.' Ik lach. Zij niet.

Ze bestudeert de foto's met veel aandacht. Ik zie haar denken. Zeggen doet ze niks. 'Vreemd,' dat klinkt stil, alsof ze tegen zichzelf praat. 'Wat is er vreemd?' 'Tot uw elfde hebt ge lange haren en draagt ge kleedjes, en dan opeens, op uw plechtige communie: een kort kapsel en een broekpak, waarom was dat?' Ik heb geen idee. Ik kan me niet herinneren of dat mijn eigen beslissing was, die look, of niet. Ze vraagt door, ik moet haar elk antwoord schuldig blijven. 'Waarom is dat belangrijk?' 'Mijn intuïtie als therapeut zegt dat er rond die leeftijd iets gebeurd of veranderd is. Kunt ge u inbeelden wat dat zou kunnen zijn?' Zij blijft maar vragen stellen. Ik breek mijn hoofd, vind niks. 'Er is een reden waarom uw geheugen al jarenlang dienst weigert, zoveel is duidelijk. Hoe groter de trauma's, hoe pertinenter de verdringing.' Ik weet niet wat ik ervan moet denken. Al dat niet-weten irriteert mij opeens meer dan het ooit heeft gedaan. Alsof mijn leven niet meer het mijne is. Om bang van te worden.

Ik praat nog wat over incidenten die ik mij nog wel herinner. Zij maakt af en toe een aantekening, gaat wat meer naar achter zitten. En dan, ik begin net aan een verhaal over een ruzie van mijn zus met mijn ouders, lang geleden, zie ik haar ogen dichtvallen. Traag. Een paar keer na elkaar. Ze vecht ertegen, zoveel is duidelijk. Maar opeens valt haar hoofd met volle kracht naar voor. Kin tegen de borstkas, of toch bijna. Een seconde maar, en hup, weer recht. Daarna stelt ze een vraag die niet eens onlogisch voelt. Had ik niet toevallig in haar richting gekeken, ik had waarschijnlijk niks gemerkt.

Therapeuten zijn net mensen, denk ik. Ik neem het haar niet kwalijk. Als ik betaal zegt ze: 'Misschien is het een goed idee als je vanaf nu elke week komt.' Ze kijkt daar samenzweerderig bij. 'Oké,' zeg ik, en ik maak een afspraak.

Ik ga naar buiten, blijf even stilstaan, in de nacht die koud is voor de tijd van het jaar, dan beslis ik, gewoon, opeens: ik kap hiermee. Ik schrijf een kort berichtje op de achterkant van een rekening die ik in mijn handtas vind: dat ik mijn volgende afspraken wil afzeggen, en dat ik haar bedank voor alles. Dat stop ik in haar brievenbus.

Als ik wegfiets voelt alles vreemd, vervreemd. De mistige avond. De zo vertrouwde weg naar huis. De duiven op de lantaarnpaal. Ik trap hard. Tot ademen zeer doet in mijn keel.

JOS

Mijn hekel aan begrafenissen is bijna even groot als mijn hekel aan ziekenhuizen. Als ik mocht kiezen bleef ik thuis. Het is niet dat ik mijn broer help door daar te zijn. Of er is leven na de dood, en dan zal hij wel voelen dat ik aan hem denk terwijl ik in de sofa zit. Of, en daar zet ik mijn geld op in, het is de put in en gedaan, en dan maakt het al helemaal geen bal meer uit. Jeanne draait alleen maar met haar ogen als ik dat zeg. De overtreffende trap van tegenargumenteren.

Ik heb het kostuum aan van Bens huwelijk. Dat is donkergrijs, en het heeft veel geld gekost, dus is dat mijn pak voor begrafenissen. Kinderen die trouwen, broers die doodgaan, dat vraagt blijkbaar om dezelfde onzin. De knoop van de broek is al eens verzet, maar toch gaat-ie eigenlijk nog altijd niet goed dicht. En het vest trekt een beetje aan de armen en de schouders. Ik voel me een ingebonden gebraad. Maar dat kan verder niemand iets schelen. Ik weet niet of eigenlijk iemand ooit aan mij–

Als we komen aangereden, zie ik Eva en Elsie staan. Elsie heeft de kinderen thuisgelaten: 'Wat moeten die gastjes dat nu meemaken, ze hebben nonkel Karel misschien twee keer gezien in hun leven.' Ik begrijp dat volkomen. Ik zie Jeanne lichtjes met het hoofd schudden, dat doet ze als ze haar ergernis probeert te verbergen. 'Dat de dood bij het leven hoort, is nochtans een wijze les. En ze mogen hier gerust zien wat voor een mooie, slimme kleinkinderen wij hebben.' En zo mislukt het verbergen van de ergernis, zoals meestal. Elsie antwoordt niet eens. Daar lijkt ze jaren geleden mee te zijn gestopt. Ze vraagt of Ben komt. 'Die zit nog tot overmorgen in Canada.' Jeanne klinkt triomfantelijk. 'Ben heeft trouwens verteld dat hij, als hij terug is, zijn nieuwe Mercedes mag gaan ophalen. s-klasse.' Ze weet volgens mij niet eens wat ze zegt, maar ze glimt van trots, zoals ze altijd glimt van trots als ze het over Ben heeft. Ook daar reageren de meisjes amper op. 'Laten we een plaatsje gaan zoeken, anders moeten we rechtstaan straks,' zegt Elsie, en ze loopt voorop. Ik zou liefst op een hoek gaan zitten, ergens onopvallend, maar Elsie loopt recht naar de tweede rij, vlak achter Imelda, Mieke en Victor. Daar is nog plaats naast mijn broer Bob en zijn vrouw.

Het is geen creatieve begrafenis, wat ik goed vind. Geen persoonlijke teksten, geen voorleesmomenten door kindjes. Er wordt niet gemikt op grote emotie, waar tenslotte ook geen mens zaken mee heeft. Behalve dan in de muziekkeuze. Imelda koos 'Afscheid nemen bestaat niet' van Marco Borsato als eerste liedje, omdat Victor dat zo mooi vindt, naar het schijnt. Alsof iemand dat kan weten. Het lied galmt door de kerk. 'Fluister mijn naam, en ik kom eraan.' 'Ik zie Karel alvast niet komen aanhollen op simpel commando,' fluister ik tegen Eva. Ze kijkt berispend, met de gefronste wenkbrauwen die ze als kind van drie ook al kon hebben.

Ik probeer gewoon almaar niet naar de kist te kijken. Het besef dat Karel daarin ligt, of dat wat Karel ooit was, daar word ik ongemakkelijk van. Ik probeer ook de grote foto van hem te vermijden. En elke blik op Imelda, Mieke of Victor, of eender wie anders die huilt. Het is als proberen geen jenever in te schenken, terwijl de fles naast mij staat.

De kist is bleekhout met vergulde handvatten en een sober kruisteken bovenaan. De foto is er een van zeker vijf jaar geleden. Karel had toch een oude kop gekregen, dat valt mij nu pas op. Hij trekt zijn mondhoeken in een glimlach op die foto, maar echt glimlachen doet hij niet. Misschien keek hij net naar Victor, terwijl het toestel flitste. Zo keek hij vaak naar hem. Imelda huilt aanhoudend, met stille snikken, Mieke doet het in golven. En Victor slaat ledematen onbestemd in het rond. Victor is altijd Victor.

Ik had beter ook nog een derde en een vierde glas gedronken voor ik hier binnenstapte. De priester, een man die als gewone burger vast secretaris zou zijn van de heemkundekring, en een buideltasje zou dragen in het buitenland, spreekt gezapig. Hij praat over Karel alsof hij elke dag gezellig dronken met hem werd. En dat ze dan hartsverhalen uitwisselden en mekaar op de schouder klopten. Dat kan ik niet verdragen. Ik probeer hardnekkig níet te luisteren.

Wanneer ze eindelijk de kist naar buiten dragen, ben ik geneigd om mij opgelucht te voelen. Maar het ergste moet natuurlijk nog komen: de familie groeten bij het buitengaan, en dan: de koffie. Taaie pistolets met hesp en kaas, slappe koffie. Er zal vast geen drank zijn, Imelda moet haar centjes tellen. Ik kan alleen maar hopen dat we niet aan tafel zitten bij Herman, mijn schoonbroer, de man die de meest hardnekkige insomniac binnen het kwartier in slaap lult, volgens mij.

Elsie neemt naar gewoonte het voortouw. Elsie was altijd al het kind dat ik het minst begreep. Zij voer haar eigen koers, alsof ze eigenlijk met ons gezin weinig of niks te maken had. Zij stapt kordaat op Imelda af, fluistert iets, omhelst Mieke, schudt de hand van Bob, die erbij is gaan staan om te vermijden dat de twee vrouwen het in hun eentje moeten doen. Bob blijft een goeie gast. Ik pak de handen van de dames vast. Dat moet betekenen: jullie weten wel wat ik denk en voel. Zij knikken, als om dat te bevestigen. Terwijl zij wel heel zeker niet weten wat ik denk en voel.

We zitten bij mensen die we niet kennen, familie van Imelda. Prima zo. Daar hoeven we ons dus niet om te bekommeren. Ik tik op de stoel naast mij en wenk Eva. Ze komt meteen zitten. Elsie neemt plaats tegenover haar zus, Jeanne blijft nog her en der kletsen.

Elsie praat zoals meestal nauwelijks tegen mij. Ze vertelt aan Eva over Lou. Dat ze zich toch wat vreemd gedraagt. Dat ze soms snibbig is, vooral tegen haar. En stil. Of Eva niet eens met haar wil praten. Wat doen ze kinderen toch allemaal aan tegenwoordig, dat kent geen rust meer, dat móet problemen hebben. Ik stop met luisteren. Ik denk aan de jenever waar ik vast nog uren op moet wachten. Misschien zijn er wel pintjes, straks.

Als ze de broodjes naar de tafels brengen, komt Jeanne bij ons zitten. Ze gooit de opgepikte roddels op tafel zonder zich ook maar een moment te storen aan de onbekende mensen naast haar. Die gunt ze geen blik waardig. En dat bedoelt ze niet eens slecht, weet ik. Eva is opvallend stil. Ik vraag maar niet waarom. Ze pulkt wat aan een pistolet, maar eet 'm niet echt op.

Als mijn zus Marie bij ons aan tafel komt, zie ik de tranen klaar zitten. 'Even roken.' Ik pak mijn jas. Zichtbaar verdriet, er is geen betere cue om te verdwijnen.

Op de parking van de troosteloze hoeve kijk je uit op een wei.

Er staat één paard in. Groot, naar normen van een paard. Het is donkerbruin met witte benen, een witte staart, en een wat ongestileerde witte vlek die over de hals loopt. Op die plaats worden de manen even wit als die vlek. Vreemd is dat. Alsof iemand er een flacon javel overheen heeft gekieperd. Het paard graast niet, het loopt niet rond. Het staat, zoals een vuurtoren zou doen, of een monument op een immens plein, maar dan midden in al dat gras. Zoals ik sta, met mijn sigaret, midden tussen al die auto's. Het voelt–

Dan komt Eva aangelopen. 'Ik ben weg. Ik heb nog een afspraak.' Ze kust mij op de wang, vluchtig, de gedachten al elders. Ze vraagt niet naar mij, wat niet van haar gewoonte is. 'Ge ziet er moe uit,' zeg ik. 'Ik heb een lang leven achter de rug,' antwoordt ze. Daar lacht ze bij. 'Amuseert u, dochter.' 'Ja,' en dan gaat ze naar haar fiets, maakt het slot los, en vertrekt. Ze kijkt niet meer achterom.

Ik ga weer naar binnen, waar ik tot mijn vreugde zie dat er wel degelijk drank te krijgen valt. Ik loop naar de toog, en vraag een jenever, 'ge moogt de fles een momentje laten staan', ik knipoog naar de barman en schuif hem twintig euro toe. Ik gooi vier glaasjes na elkaar naar binnen, en ga met het vijfde weer richting de tafel. Daar heeft niemand mij gemist. Elsie praat met een neef die ze amper kent. Imelda zit met Marie en Jeanne te kletsen. Ze lachen ergens om. Een echte begrafenis, denk ik.

Ik drink mijn glas leeg, en bestel er nog een. Het wordt alweer wat lichter in het hoofd. Het lijf ontspant beetje bij beetje. Ik zucht van kleine tevredenheid.

Nog een jenever later begin ik te praten met de familie van Imelda die naast ons zit. En daarna met Bob en Marie en zelfs met

Herman. Als ik op dreef raak. Ik steek nu en dan een vinger op naar de ober, die meteen reageert. Jeanne kijkt berispend als ze dat ziet, en dan kijk ik gewoon de andere kant op. Voor alles bestaat een oplossing.

De koffie loopt op zijn einde, de meeste gasten zijn vertrokken. Ik zoek Jeanne, vind haar nergens. Misschien op het toilet, denk ik, en ik piep even in de vrouwen-wc's. En wie staat daar? Imelda. Ze wast haar handen. Ze lijkt kapot van vermoeidheid. Haar donkere ogen liggen nog dieper in de kassen dan anders. Ik stap op haar af, leg mijn arm rond haar schouder, en zeg: 'Imelda, ik wil het nog eens herhalen. Die centjes, daar moogt ge op blijven rekenen, hè. Voor Jos is geen moeite te veel. Jos helpt waar-ie maar kan.' 'Ik weet het, dat is schoon van u. Ge zijt een engel. Onze Karel zei dat ook altijd: "Onze Jos, dat is een engel."'

Ik kijk naar deze vrouw. Ik heb haar nooit sympathiek gevonden, omdat ze dat ook gewoon niet zo is. 'Imeldake, ik ben verre van een engel. Ik ben een zatte hond die schijt heeft aan van alles. Een lafaard die niet naar uw zoon kan kijken, Imeldake. Die u nooit echt sympathiek heeft gevonden. Die zijn broer, zijn dierbare broer, nu zo dood als een pier, die hem heeft proberen te overtuigen, om vooral níet met u te trouwen, Imeldake. Het is...' Ik ben aan het roepen, besef ik als Bob en Marie binnen komen gelopen: 'Allee, Jos, ge zijt emotioneel, ge hebt veel te veel gedronken, ge zegt zomaar wat, we brengen u naar de auto.'

Wat er daarna gebeurd is, daar weet ik helemaal niks meer van. Ik heb van Jeanne nadien gehoord, een keer of vijfenveertig, dat ik in de auto meteen in slaap ben gevallen, nadat ik haar nog maar eens te schande had gemaakt met mijn scène in de wc's. 'En wat zocht gij in die vrouwentoiletten?' dat vraag ík mij dan af, zegt Jeanne te luid. Antwoorden doe ik niet.

Imelda heb ik sindsdien niet meer gezien of gehoord. Jeanne heeft haar al vier keer proberen te bellen, maar Imelda belt nooit terug. Ik heb bloemen laten bezorgen. Dertig rode rozen van topkwaliteit. Die krijgt zelfs Jeanne niet, ook niet op Moederdag.

Het is dinsdag. Vroeger was dat een lastige dag: de week is ingezet, maar nog lang niet op haar eind. Nu maakt het niks meer uit. Alle dagen zijn dezelfde. Er moet niks meer, en van alles kan niet meer.

Ik ga in de tuin staan. Er steekt een kille wind op. Er komen wolken aandrijven. Het wordt een korte zomer.

ELSIE

Het is middag. De kinderen en ik hebben net boterhammen gegeten. Jack oefent buiten op zijn waveboard. Hij flikkert er voortdurend vanaf, maar blijft tot mijn verbazing volharden. Een doorzetter, zoals zijn vader. Lou zit binnen met een boek. 'Ga toch lekker buiten lezen, het is zo'n mooi weer.' 'Neehee, buiten is het te warm en het licht is te fel.' Ze wappert met haar T-shirt. 'Waar is papa eigenlijk?' Ik betrap mezelf erop dat ik dat niet eens weet. 'In het ziekenhuis,' zeg ik, omdat ik dat niet toe wil geven.

Ik trek een jeans aan en de sneakers vol verfspatten van die keer dat ik bij Eva ben gaan schilderen, en ik mest kleerkasten uit, lades in de badkamer, kisten met speelgoed, bakken in de garage. Ik sleur vuilniszakken aan, gooi weg, sorteer, vouw op, leg op stapels, stop in dozen. Urenlang draaf ik door, in een verschroeiend tempo. De kinderen zien het van op afstand aan, zeggen niks. Lou komt één keer vragen of ik niks moet drinken. De schat.

'Ik ga een douche nemen en daarna begin ik aan het eten.' 'Ik heb geen honger,' zegt Lou. 'Ik maak die pasta met paprika en mascarpone en gehakt die ge zo lekker vindt. De honger zal wel komen.' 'Ik wil geen vlees eten.' 'Good for you.' Ik zucht erbij. Lou hoort dat. 'Gij hebt daar toch geen last van, mama, dat ik het vlees eruit vis. En stop toch met stressen, het is zaterdag.'

Als het eten bijna klaar is, hoor ik Walters auto de oprit opdraaien. Hij komt binnen, kust mij, vluchtig, ergens in de buurt van mijn linkeroor, aait Lou over de bol en loopt de tuin in, naar Jack. 'Het eten is klaar,' gil ik. Dat doet mij aan mijn eigen moeder denken, die dat door het hele huis bulderde, elke middag, ook al zaten we vlakbij. Die huiselijkheid knijpt me even de keel toe.

Aan tafel vertelt Walter over zijn nieuwste nierpatiëntje, een meisje van acht. Jack stelt een paar bezorgde vragen, en raakt zijn fronsje maar niet kwijt. Mij valt dat op. Ik kijk even naar Walter, die praat gewoon verder. 'De kinderen mogen weten dat er meer is in de wereld dan vrolijkheid alleen,' zegt hij. Jack verliest sneller dan zijn vader de belangstelling voor het onderwerp, speelt met zijn eten, proeft er nauwelijks van, en vraagt dan of hij tv mag kijken. Ik knik. 'Moet die jongen niet wat meer eten? En heeft hij vandaag niet al te veel voor een scherm gehangen?' 'Hij heeft de hele middag op zijn waveboard geoefend,' zegt Lou, die het altijd voor iedereen opneemt. Ze haalt zorgvuldig elk gehakballetje van haar bord, maar eet het daarna helemaal leeg. Dan verdwijnt ze naar haar kamer. Ik begin de rommel af te ruimen, Walter zet twee borden in de afwasmachine en verhuist dan met de krant naar het toilet.

Ik sta slierten spaghetti uit de gootsteen te vissen, en opeens kan ik mij echt niet meer houden. Een hele dag heb ik geprobeerd om er niet aan te denken, om mij geen vragen te stellen. Maar nu ontplof ik bijna. Ik gooi de smurrie weg, was mijn handen, spurt naar boven, zeg tegen Lou dat ik glad vergeten ben dat ik dienst heb in het theater vanavond. Dan hol ik weer naar beneden, kus

Jack met dezelfde mededeling, en vraag hem of hij de boodschap aan zijn vader wil doorgeven. 'Oké,' zegt hij snel, hij wil niet nog meer seconden van zijn favoriete programma missen. Ik pak mijn autosleutels en ik vertrek.

Als ik in de auto zit, bel ik Casper. Please, pick up. De telefoon gaat over, één keer, twee keer, drie keer. Fuck, hij zal er niet zijn. Ik rijd te hard over de vluchtheuvel en knal bijna met mijn hoofd tegen het dak. Dan neemt hij op. 'Waar zijt gij?' 'In mijn atelier, is alles oké?' 'Ik wil u zien, mag ik komen?' 'Tuurlijk.' Hij klinkt bezorgd. Ik stink naar zweet en gebakken gehakt, maar ik val brutaal in zijn armen als hij de deur opendoet. 'Vrij met mij, nu, alsjeblieft.' Als beesten in paringstijd gaan we tekeer.

'Wat was dat allemaal?' vraagt Casper als we uitgehijgd zijn. 'Ik wil niet meer terug,' zeg ik. 'Ik wil hier bij u blijven slapen. Maar eerst wil ik een glas wijn, een groot.' Casper haalt de fles, schenkt uit, kruipt weer bij mij in bed. Hij zegt niks, houdt mij des te harder vast.

We drinken samen bijna twee flessen leeg, we praten over belangrijke dingen, over domme dingen. Uiteindelijk vallen we in slaap. Ik met mijn borsten tegen zijn rug, mijn arm om zijn middel. Om halfvijf 's ochtends schiet ik wakker. Ik zie de klok, schrik, stuif het bed uit.

Casper blijft vaker in zijn atelier slapen als hij in een werktrip zit. Ik maak het ook wel eens laat, maar niet zo laat, en nooit zonder minstens te sms'en. Ik neem geen douche, ik kleed mij aan. Pas dan zet ik mijn telefoon weer aan: twaalf gemiste oproepen van Walter. Ik slik.

Als ik klaarsta om te vertrekken, houdt Casper mij tegen. Hij legt één hand om mijn heup, de andere op mijn hoofd. 'Alles komt goed,' zegt hij. 'Altijd.' 'Mijnheer heeft te veel naar Hollywoodfilms gekeken.' Ik probeer te glimlachen. Hij ruikt mijn angst. 'Het kan ook een uit de hand gelopen feestje zijn geweest en een platte batterij, gij kunt helemaal zelf kiezen... Bel mij zo gauw ge kunt, oké?' Hij kust mij, innig.

In de auto merk ik dat ik nog niet helemaal nuchter ben. Ik draai het raampje open. Probeer diep in en uit te ademen. Ik lieg me hier wel uit. Het is te snel. Te gevaarlijk. Te veel.

Als ik aan kom gereden brandt het licht in Walters werkkamer. Voor ik uitgestapt ben, zwaait hij de voordeur al open. 'Waar hebt gij godverdomme gezeten, zeg, ik was dood- en doodongerust.' 'En ik ben dood- en doodongelukkig.' Ik hoor het mezelf zeggen. 'Ik zeg nooit niks, maar ik zie het niet meer zitten. Ik zie u nog altijd graag ook, maar ik ben er klaar mee, met ons, vrees ik. Ik weet het allemaal niet meer, ik wil u niet kwetsen, maar ik kan niet meer.' Ik begin te snikken. 'Gij hebt gedronken,' zegt Walter alleen maar. 'Kruip in uw bed, ik zal morgen wel opstaan met de kinderen, dan kunt ge uw roes uitslapen. Ik ga nog afmaken waar ik mee bezig was, dan kom ik ook naar boven.' Het is koud in bed. Walter blijft beneden.

Rond de middag word ik wakker. Hoofdpijn. Het is stil in huis. Stilte klonk zelden zo angstig. Langzaam komt de film van de avond en nacht voordien terug. Ik moet overgeven, voel ik. Ik ren naar de toiletpot, net te laat. Kots op de bril, de vloer, de weegschaal die naast de wc staat. Ik ruim alles op, kokhalzend, neem een douche, ga dan naar beneden. Op tafel ligt een briefje in het handschrift van Jack: 'Mama, wij zijn gaan fietsen. Hopelijk ben je niet meer ziek.' Ik probeer Eva te bellen. Zij neemt niet op. Ik stuur een sms: 'Belt gij mij snel a.u.b.? Noodgeval.' Als ik een halfuur later nog altijd niks heb gehoord, probeer ik een vriendin. 'Kom langs,' zegt Esther als ze mij hoort. 'De kinderen zijn bij mijn ex dit weekend, en Thomas is gaan rijden, ik ben alleen.'

Behalve Eva wist niemand ergens van. Maar daar, aan tafel bij Esther, vertel ik mijn hele verhaal.

Esther heeft nog niks gezegd, alleen geluisterd. Ze schenkt nog een kop koffie in. 'Wat moet ik nu doen?' Ik weet zelf niet of het een retorische vraag is. 'Ge zijt gekomen naar een van de vriendinnen die zelf gescheiden is na een verliefdheid, en die nu gelukkig en wel samenleeft met die nieuwe man. Dat lijkt me alvast een indicatie van wat ge zou willen.' Ze kijkt naar mij: 'Ik herinner me: de hele, heerlijke aanloop, met nu en dan een dipje, al dat vreselijke niet-weten, het geweifel, de angst, de onzekerheid, da's het ergste. Als ge daar eenmaal doorbijt, wordt het even echt erg, en daarna gaat alles beter. Zo was het voor mij toch. De schrik zit vóór de beslissing.' 'Ik zit zo in met de kinderen. Die hebben nergens om gevraagd.' 'Voor mij waren mijn kinderen net een reden om te kiezen voor een ander leven,' zegt Esther. 'Mijn psycholoog heeft mij dat duidelijk gemaakt. Dat ik dat zonder het te willen of te beseffen allemaal doorgaf aan hen. Al die angsten van mij, en dat eeuwige vechten om altijd de leukste en de vrolijkste te zijn, en dat idee van liefde als een afspraak waar niet aan te wrikken zou zijn. Terwijl, als ik zelf echt kies voor het geluk, dan worden zij daar ook beter van. Want dan krijgen ze de dingen mee om zelf later blije mensen te worden.' Zoiets zei Eva ook al, dat denk ik toch. Ik roer in mijn koffie, terwijl er niks te roeren valt.

Was het maar winter, moet ik denken. Ik weet niet waarom.

EVA

Ik ben op bezoek bij Saskia. Ze liet mij maar niet met rust over die collega van haar: Gert. Hij was al bijna twee jaar alleen en op zoek. 'Ook op zoek,' zo zei ze dat. Hij had over mij gehoord en een foto gezien van mij en Sas op een feestje, en hij wou mij graag ontmoeten, blijkbaar. Haar enthousiasme was alvast aandoenlijk. Vier keer had ze me erover opgebeld. Tot ik alleen al om haar een plezier te doen ja zei.

We aperitieven bij haar thuis, straks gaan we met zijn vieren iets eten. 'En dan denk ik dat wij opeens doodmoe gaan worden,' had ze op voorhand gezegd, daar knipoogde ze nadrukkelijk bij. Saskia is lief.

Ik zit met een pastis op de sofa als Gert binnenkomt. Zijn blonde haar steekt een beetje onbestemd allerlei kanten op, hij draagt een hippe, zware, zwarte bril, een donker hemd en een jeans. In profiel steekt zijn buik een centimeter of vijf voorbij zijn neus, wat verder niet erg is. Hij gaat op de stoel aan mijn linkerknie zitten, en vraagt een martini. Saskia brengt hem zijn drankje en zegt dan tegen Karl: 'Gij helpt mij wel met de hapjes, hè?'

Gert trekt vier keer na elkaar zijn broek recht. De stilte weegt. 'Saskia heeft me al veel over u verteld,' zeg ik, mezelf bespottend om het clichématige van deze start. 'Ze vindt u een fijne collega.'

Complimentje, altijd goed. 'Ik haar ook.' Hij kijkt naar zijn glas. 'Wat is het precies dat ge doet binnen het bedrijf?' 'Ik ben logistic manager.' 'Klinkt belangrijk,' zeg ik. 'Eigenlijk wel een beetje.' Hij lacht erbij, gaat er niet op door. 'Ik heb zelf nooit in het bedrijfsleven gewerkt,' probeer ik, 'maar wat vindt gij fijn aan die omgeving?' 'Het is altijd weer een challenge, elke dag een nieuwe kans om u te bewijzen. Ik hou van uitdagingen, ik heb die stress en die adrenaline nodig.' Hij grinnikt weer. Dan komt Saskia terug met een bord vol bruschetta.

Het gesprek tussen ons vier loopt als vanzelf. Als er diploma's bestonden voor sociale vaardigheden, dan had Sas ze allemaal.

Een uur later vertrekken we naar het restaurant. Saskia blijft met Karl een stukje achter ons lopen. Gert blijkt amateurtoneel te spelen. Ik zie mezelf al vier keer per jaar naar een klucht van Alan Ayckbourn kijken, of varianten op dat thema. 'Interessant,' zeg ik, 'en welke rollen hebt ge dan zoal gespeeld?'

Gert heeft het restaurant gekozen, een gezellig luidruchtige Italiaan. De uitbater verwelkomt ons alsof we daar alle dagen eten. Hij charmeert de vrouwen, doet gespeeld vijandig tegen de mannen. 'Top is het hier,' zegt Gert, en hij biedt mij galant een stoel aan. Dan gaat hij zitten, en noemt alle gerechten op die hij hier al heeft gegeten en lekker vond. Ik knik geïnteresseerd en kies een voor- en hoofdgerecht uit zijn lijstje. Hij glimlacht tevreden in mijn richting.

Tijdens het voorgerecht somt hij al zijn professionele verwezenlijkingen op. Hij houdt zijn blik strak op mij gericht, als om te checken wanneer de dingen mij het meest imponeren. Later op de avond probeert Sas het gesprek op mij te brengen. Ze bewierookt mijn werk in de gevangenis. Waarop Gert vraagt of ik dan ook met moordenaars te maken krijg. En of ik dan niet bang ben als ik moet omgaan met die kerels. En of zijn indruk klopt dat criminelen toch eigenlijk in een soort luxehotel zitten. Saskia glimlacht verzoenend, en begint over boeken. 'Jullie zijn allebei echte lezers,' zegt ze, alsof net gebleken is dat wij een identiek litteken hebben op exact dezelfde plaats. Gert is verrukt dat we liefde voor een paar dezelfde schrijvers delen, en begint tegen Karl, hoegenaamd geen lezer, allerlei plots uit de doeken te doen van boeken van die auteurs. Die heeft hij kennelijk tot in de kleinste details onthouden. Zijn gezicht licht op als ik iets toevoeg of een bijvraag stel.

Als de ober komt vragen of we nog dessert willen, zegt Saskia: 'Ik ben ineens verschrikkelijk moe, wij zijn weg, hè, schat. Maar jullie moeten absoluut nog blijven voor een nagerecht, die zijn hier verrukkelijk.' Karl knikt bevestigend en staat meteen op, zoals hem op voorhand is opgedragen. Hij gaat hun deel afrekenen aan de bar, komt terug naar de tafel om ons een kus te geven en verdwijnt dan naar de garderobe voor de jassen. Saskia beklemtoont wat een heerlijke avond het wel niet was, en dat-ie nog jong is. Ze lacht om haar eigen flauwe grap, en schiet Karl achterna.

Daar zitten we dan. Gert en ik. 'Ik neem de tiramisu,' zegt hij. Ik ben blij dat hij geen lijstje opsomt. 'Voor mij geen nagerechtje,' zeg ik. Ik eet nooit nagerechten als er anderen bij zijn, dat zeg ik er niet bij. 'Dan vraag ik twee lepels bij de tiramisu, die moet ge minstens proeven.' Gert is lief.

We zijn de voorlaatsten die uit het restaurant vertrekken. Hij wil betalen, insisteert als ik tegenpruttel. Hij helpt mij in mijn jas. Er is niks mis met Gert, denk ik. 'Ik moet die kant uit, gij?' Hij kijkt nadrukkelijk in mijn ogen, alsof hij daar een cursus voor heeft gevolgd. 'Ik de andere.' 'Zal ik met u meelopen dan?' 'Heel lief, maar dat hoeft niet. Ik heb nog karate gevolgd. Mij gaat geen mens verkrachten.' Ik lach. Hij kijkt licht ontregeld, vraagt zich nu vast af of ik wel of niet karate heb gevolgd. Dan neemt hij mij bij mijn schouders, komt langzaam met zijn gezicht richting het mijne, en kust mij. Eerst lippen op lippen, dan gedurfder, met zijn tong. Hij kan best wel kussen, denk ik. Misschien was dit de eenzaamste kus ooit, denk ik. 'Mag ik u bellen?' vraagt hij. 'Tuurlijk,' zeg ik, 'dat zou fijn zijn.'

Ik wandel naar huis, langs het water. Dat stroomt snel, alsof het haast heeft. Ik heb geen haast. Ik word nergens nog verwacht.

LOU

Papa heeft eens gezegd dat schuldgevoel geen zin heeft. Omdat daar niemand beter van wordt. Maar ja, het is niet omdat iets geen zin heeft dat het zomaar verdwijnt.

Ik heb geprobeerd te doen alsof ik ziek was, maar mama bleek onvermurwbaar. De thermometer moet bewijs leveren, en ze blijft erbij staan.

Thuis is alles raar. Mama heeft lege ogen. En papa is nog zenuwachtiger dan anders. Ze maakten vroeger ook al regelmatig ruzie, maar nu nog meer. En vaak als ze aan het praten zijn, stoppen ze abrupt als ze Jack of mij horen binnenkomen. Ik zou liever hebben dat ze met mij praten. Ouders zijn daar bang van, blijkbaar, en de mijne nog wat meer. Maar ik vraag niks. Ik heb zelf al genoeg problemen.

De tweede dag na mijn gesprek met de adjunct-directeur is er nog altijd niks gebeurd. Lisse heeft mij gevraagd waarom ik bij hem moest komen, ik heb gezegd dat ik een taakstraf had gekregen wegens spijbelen, wat waar was. Ze keek naar mij met enig medelijden: 'Vanessa heeft volgens mij echt niet bewust Benno afgepikt, maar ik snap wel dat ge boos zijt.' Ik moet slikken. Mensen mogen niet zo vriendelijk zijn voor mij.

In de les kan ik er mijn aandacht geen moment bij houden. Bij het minste geluidje denk ik dat het de deur is die opengaat met de mededeling dat de politie beneden op Vanessa wacht. En dat ze dan naar de jeugdgevangenis moet. Meteen. Zonder afscheid te nemen van haar familie. Of de directeur die zegt dat ze al haar spullen moet pakken omdat ze buiten gegooid wordt, want deze school houdt niet van dieven. Terwijl ik zulke dingen zit te denken, lacht Vanessa af en toe naar mij. Dat ziet er oprecht vriendelijk uit.

En dan, vlak voor het einde van het laatste lesuur, klopt de leerlingenbegeleider op de deur, hij komt binnen en vraagt Vanessa om na de les bij hem te komen. 'Waarom misschien?' Mondigheid is nooit haar probleem geweest. 'Dat hoort u later. Ik wacht op de gang.' Vanessa luistert niet meer naar wat de leraar zegt, en duwt haar boeken met driftige bewegingen in haar tas. Ik doe alsof ik iets zit te noteren in mijn agenda. Als de bel gaat, ruim ik trager dan traag mijn bank op. Zo dadelijk krijg ik een hartritmestoornis, zoals de juf van godsdienst, of een paniekaanval, zoals mensen in Amerikaanse films, of acute diarree, zoals papa als hij frieten heeft gegeten. Wat een hel, dit.

Als ik thuiskom, bel ik Eva. Zij neemt op, maar ze is onderweg naar een afspraak, zegt ze. Ze klinkt afstandelijk voor haar doen. ''t Is niet belangrijk, ik bel nog wel eens terug.' 'Zeker?' vraagt Eva. 'Zeker,' zeg ik. En ik hang op.

Die nacht heb ik hoogstens een uur of twee geslapen. Honderd scenario's doorlopen in mijn hoofd. In eentje krabde Vanessa mijn linkerkaak open. In een ander schold het hele clubje mij uit, midden op de speelplaats. In nog een andere werd ik tragisch geschept door een auto die veel te snel reed, waardoor ik wel stierf, maar iedereen mij alles vergaf.

Ik ben waarschijnlijk het lafste meisje dat ooit heeft geleefd. Met die gedachte stap ik ons lokaal binnen. Vanessa zit niet op haar plaats. Dat ze met haar ouders gisterenavond bij het Centrum Voor Leerlingenbegeleiding is geweest, dat vang ik op. Er heerst het soort opwinding van vlak voor een schoolfeest. Iedereen voelt zich belangrijk en maakt zich gepast druk over niks.

Het is Jonas, een rare jongen met rossig haar, die tijdens de volgende leswisseling zegt: 'Ik weet wat Vanessa's probleem is.' De groep valt stil, en kijkt naar hem. Dat is hem nog nooit overkomen, hij schuifelt heen en weer op zijn stoel. 'Vanessa is een kleptomane, da's iemand die moet stelen omdat ze daar een kick van krijgt. Mijn ma werkt bij het CLB en zij was gisteren bij het gesprek met Vanessa en haar ouders. Vanessa heeft het zelf huilend toegegeven.' Ik had verwacht dat zo'n verhaal bovenal ontzag zou oogsten, dat het de populariteit van Vanessa alleen maar zou doen toenemen, maar tot mijn verbazing zegt Lisse spontaan: 'Dat vind ik nu echt walgelijk. Ik heb van haar nog een trui gekregen, een paarse met glitters, die zal dan ook wel gepikt zijn. Ze heeft ons allemaal belogen.' Er ontstaat rumoer in de klas, dat de leraar wiskunde die binnenkomt amper getemperd krijgt. Ik begrijp niet goed wat er aan het gebeuren is. Die twee zijn toch beste vriendinnen?

Tijdens de middagpauze staat Vanessa weer tussen de rest op de speelplaats. Ik zie haar vanuit de verte ruziën met Lisse. De anderen scharen zich om het duo heen. Ik blijf uit de buurt. Na een tijdje zie ik Lisse vertrekken, het grootste deel van de meisjes loopt haar achterna. Dorien en Nikka blijven bij Vanessa staan.

Vanessa móet weten dat ik heb geklikt, dat kan niet anders. Ik wou dat ik een mol was, weggedoken in haar holletje, wegens per hoge uitzondering vervroegd ingezette winterslaap, of zo.

’s Avonds, thuis, kom ik naar beneden als mijn werk voor school klaar is, en ik hoor Eva op gedempte toon met mama praten. Het is te laat om nog terug te keren, ze hebben mij zeker gehoord. ‘Hé, schattebol, waar hebt gij mij gisteren nog voor gebeld?’ ‘Euhm, niks. ’t Is al opgelost.’ Eva kijkt alleen maar. Een uur later vraagt ze of ze op mijn computer mijn laatste foto’s eens mag zien. Als we op mijn kamer komen, zegt ze: ‘Maar lief kieken toch, toe, vertel nu.’ Eerst durf ik niet. Wat als Eva mij dan ook het slechtste meisje van de wereld vindt? Van haar zou ik dat niet kunnen verdragen. ‘Doe maar, ge kunt tegen mij alles zeggen, dat weet ge toch.’ Ik begin te snotteren. Ik lijk wel een kleuter de laatste tijd.

Ik vertel het dan toch maar. Eva reageert megasuper. Ze zegt dat het ook echt niet mooi was van Vanessa, dat ik haar misschien zelfs wel geholpen heb op een bepaalde manier, voor ze betrapt was door de politie, bijvoorbeeld, of voor ze echt een probleem zou krijgen. Eva kan goed troosten. Haar geloven doe ik niet. Ze moet zweren dat ze niks tegen mijn ouders zal zeggen.

Twee dagen later staat Vanessa alleen op de speelplaats. Alleen is het ergste wat er is, weet ik. (Behalve dan dat ze dieren doodmaken, zomaar, of dat er hongersnood is en zulke grote dingen.) Ook al doe je alsof het niet zo erg is, eigenlijk weet je: dat is het wél.

Lisse komt mij vragen of ik niet bij hen kom staan. ‘Gij had het beter gezien dan wij, wie ze echt was.’ Nikka zegt het. De overloper. Die hebben altijd de grootste mond. In dit clubje lijkt geen mens te weten dat ik degene ben die het verhaal aan de adjunct-directeur heeft verteld. ‘Allee, Lou, kom bij ons.’ Lisse kijkt lief, haakt bij mij in, en ik ga mee.

Dat gevoel. Ik kan dat niet uitleggen. Alsof ik rot ben vanbinnen, maar alleen ik kan ruiken hoe dat stinkt. Het gaat vast nooit meer over.

De dagen gaan voorbij. Vanessa zegt gewoon niks tegen mij. Ze doet ook niks. In geen enkel van mijn honderd scenario's kwam dit voor. Ik denk dat ik dit nog erger vind dan alle andere varianten. Ze zoekt het gezelschap van de jongens. Zij blijven natuurlijk vinden dat zij de grootste en dus ook mooiste borsten heeft. Ik vind dat sympathiek van de wereld, dat die weet te doseren. De jongens maken goed wat de meisjes haar hebben ontnomen. Of wat ze zichzelf heeft ontnomen, zo zou je het natuurlijk ook kunnen zeggen.

Ik heb mij nog voorgenomen om naar haar toe te gaan, maar ik durfde niet. Ik heb geprobeerd om een brief te schrijven, maar alle elf pogingen zijn verscheurd en wel in de prullenbak beland.

Ik heb het dan maar aanvaard: ik ben slecht, zoals de mens is, volgens sommige filosofen. (Ik heb dat ook tegen Eva gezegd, en zij vindt van niet. Zij zegt dat ze de mensen in haar gevangenis bijvoorbeeld ook niet slecht vindt, tenzij in heel uitzonderlijke gevallen, ook al hebben ze soms lelijke dingen gedaan. Dus hoe kon ik dan, zo'n geweldig meisje, een slecht mens zijn? Zo zei ze dat. En toch, ik weet wel beter.)

'Ik wil van school veranderen.' Ik zeg het 's avonds aan tafel als papa nog eens thuis is. Ze kijken mij aan alsof ik net heb gezegd dat ik wil trouwen met onze buurman Fons (hij is zeker zeventig). 'Ge wou naar die school, ge haalt goeie resultaten, waarom zoudt ge nu helemaal opnieuw beginnen, ergens anders?' Papa klinkt geïrriteerd. Mama vraagt neutraal: 'Waarom dan, Louke?' Ik haat het als ze Louke zegt. Ik loop van tafel. 'Vraag het aan Eva.'

Een uurtje later komen papa en mama naar mijn kamer. Tot mijn verbazing zijn ze niet kwaad op mij. Dat Eva alles heeft verteld, zeggen ze, en dat ik mij niet zo veel zorgen mag maken. Dat ze niet wisten wat er aan de hand was, en dat ze van Eva hadden gehoord dat ik haar gesmeekt had om niks tegen hen te zeggen, maar dat ik toch moest weten dat ik altijd bij hen terechtkon. (Ik heb niet gezegd dat zij nooit luisteren, niet naar mij, en niet naar elkaar. Ik heb ook niet gezegd dat regelmatig ruziemaken en tussendoor vriendelijk zijn tegen mekaar nog iets anders is dan echt graag zien, volgens mij.)

Uiteindelijk is het beslist: ik mag naar een andere school. We gaan nog bekijken welke. 'Dan kunt ge met een schone lei beginnen,' zegt papa alsof de hele kwestie daarmee is opgelost. (Een schone lei, dat klinkt raar. Alsof iedereen een denkbeeldig krijtbordje rond zijn nek heeft hangen waar alle fouten op geschreven staan, en dat er alleen maar een sponsje nodig zou zijn om alles te vergeten. Hop, alles weg.)

Mama en papa doen nu wel vriendelijk tegen mij, maar wat mensen echt denken, dat kun je toch nooit weten. Misschien hebben ze wel nachtmerries over mij, hun mislukte kind. Of misschien praten ze er met hun vrienden over die wél goeie dochters op de wereld hebben gezet, en dat hun meer geluk te beurt valt, of zo.

'Je moet nu nog even volhouden,' zegt papa. 'Het schooljaar is bijna voorbij.' 'Leven is altijd volhouden,' zeg ik. Ik zie dat papa daarvan schrikt. 'Mijn dramaqueen,' zegt mama. En papa lacht. Zoals papa altijd lacht.

CASPER

Ik zit in de wachtstand, ik hou niet van de wachtstand.

Thuis voelt alles vreemd, alsof alles wat er staat en hangt opeens een paar centimeter verschoven is. Merel bijt weer op haar nagels. Willem is nog minder thuis dan pubers weinig thuis zijn. Ik weet niet of het een iets met het ander te maken heeft.

Gisteren had Merel een tafeltje geregeld in dat hippe restaurant waar iedereen wil eten maar niemand een reservatie kan krijgen. Zij had een nieuwe blouse gekocht, haar haren opgestoken. De ober bracht een hapje voor bij het aperitief. 'Lekker hè,' zegt ze, trots alsof ze 't zelf had bereid. 'Heerlijk,' antwoord ik met de mond nog vol.

Ik heb gevraagd naar haar nieuwe werk, naar de contacten met Hamburg over die groepstentoonstelling, naar het gesprek met haar ex over Willem. 'Waarom zijt ge zo ver weg?' vroeg zij opeens. Ik wist niet wat ik moest antwoorden, ik heb nog wat wijn besteld.

Soms lijkt het of ik al afscheid genomen heb, af en toe vrees ik dat ik de fout van mijn leven aan het maken ben. Als Willem op woensdagmiddag ook voor mij een broodje heeft meegebracht, bijvoorbeeld, of als Merel bedrukt de vaatwasser staat in te laden, of als ik kijk naar de foto van mijn eerste reis met haar, die in de hoek hangt, boven de foto van Willem als baby: ik heb mijn handen in de zakken, en kijk naar het water, zij staat achter mij, haar hoofd tegen mijn schouder, haar handen in diezelfde zakken, een woeste blik, recht in de lens. Ze zag er mooi uit daar, gelukkig zoals mensen kunnen zijn die nog geen grote ellende hebben meegemaakt.

Vanmiddag ging de bel van mijn atelier. Ik ga naar het hek aan de straatkant om open te doen, daar staat Merel. Ik laat haar binnen, vraag haar of alles oké is, zij reageert niet, loopt voor mij uit, mijn atelier in, en als ik ook binnen sta, begint ze mij belachelijk hevig te kussen. Ik wil iets zeggen, maar dan stuift ze weg, even snel als ze kwam binnengelopen. Een halfuur later krijg ik een sms van haar: 'Sorry, haat mij niet.'

En Elsie, als ik haar zie, dan gaat alles beter, meteen, altijd, zelfs als we lastige gesprekken voeren, en die hebben we nogal wat de laatste tijd. Zo bang als zij is: om door te denken, om los te laten, om pijn te doen, om fout te kiezen. Dat vind ik moeilijk én mooi aan haar. Ze praat veel met Walter sinds die keer dat ze is weggelopen. Hij blijft er ijzig kalm onder, zegt dat ze midlife in de war is, dat het wel zal overgaan, dat hij altijd van haar zal houden, dat zij niet zonder hem zou kunnen, dat ze dat eigenlijk zelf ook heel goed weet, en dat ze dat de kinderen niet aan mag doen. Ze spreekt met Walter niet over mij.

Ik weet niet waarmee ik nu het beste doe, ik kies maar voor begrijpend, en ik heb een schilderij gemaakt, voor haar. Ze moest haar ogen dichthouden, en pas toen ze vlak voor het doek stond, mocht ze ze opendoen. Ze heeft gekeken, lang, daarna pakte ze mij vast, innig, alsof ze in mijn lijf wou kruipen.

Het voelt zo onwerkelijk als anderen over je leven beslissen. Elsie, tot daar, maar mijn lot ligt ook in de handen van een echtgenoot die ik nooit heb ontmoet. Ik was niet graag kind omdat anderen dan over jou beslisten: wanneer je moest slapen, wanneer je een bad nam, hoeveel je mocht snoepen, wat je te eten kreeg, of je weg mocht met vriendjes of niet. Ik heb daar altijd omheen proberen te bouwen: door na bedtijd te lezen met een zaklamp onder de dekens, door mezelf bewust opvallend vies te maken als ik zin had in een bad, door snoep te stelen uit de kast als er even niemand in de buurt was, door te kiezen voor de uitputtingsslag als mijn moeder spruitjes had gemaakt. Ik mocht niet van tafel tot ik ze ophad, dus bleef ik zitten, eindeloos desnoods. Hoe kwaad ze zich ook maakten, hoe ze ook dreigden met de vreselijkste dingen, op een bepaald moment vonden ze toch dat ik naar bed moest. Ik regel het wel, dat dacht ik toen, en zie mij hier nu zitten.

Het leven is raar, dat heb ik altijd gevonden, nu vind ik het raarder dan ooit tevoren.

9

ALSOF HUILEN ZOU HELPEN, TEGEN WAT OOK

EVA

Ik ben niet naar mijn werk gegaan. Heb me ziek gemeld. Ik ben op een bank gaan zitten in een drukke straat. Het gewoel voelen, dat wilde ik. Er komt een oude vrouw traag op het bankje af gestapt. 'Mag ik hier zitten?' vraagt ze terwijl ze gaat zitten. Ze laat haar handen rusten op haar wandelstok. Kromme vingers van de reuma.

'Ik ben zo alleen,' dat zegt ze. Zomaar. Zonder inleiding. Ik weet niet goed hoe ik moet reageren. Ik glimlach, maar ze houdt haar blik strak naar beneden gericht. 'Ik had een hondje, Marcel, genoemd naar de man van de krantenwinkel, die net zo'n kop had. Dat was mijn kameraad. Het klinkt misschien onnozel, maar de liefde die zo'n dier kan geven, dat is iets ongelooflijk. Ik heb hem van de zomer een spuitje laten geven. Kanker aan de maag, dat beestje kon het niet meer houden van de pijn. Neem een nieuw hondje, zegt Marcel van de krantenwinkel, maar dat kan toch niet? Ik ben al bijna tachtig. Wie gaat er voor hem zorgen als ik doodval?' 'Een van uw kinderen misschien,' probeer ik. 'Ik heb geen kinderen, nooit getrouwd geweest. Niet dat ik niet wou, maar niemand wilde mij, blijkbaar. Al mijn zussen, ja, één voor één kregen zij een lief en gingen ze het huis uit. Zelfs ons Annie, en dat was er nu echt eentje van wie mijn ouders altijd hadden gevreesd dat ze nooit van 't straat zou geraken. En opeens was ik dertig en bleken alle goeie mannen weg. Is dat pure pech of deed ik iets verkeerd? Ik heb geen idee. Ik was nochtans niet van de lelijkste vroeger. Schoon blond lang haar en volle lippen.' Ze kijkt naar een hondje dat voorbijloopt. 'Verschrikkelijk, mensen die hun dieren een jasje aandoen.' Ze zucht erbij. Dan zegt ze: 'Gij hebt ook schone lippen.' Het is een tijdje stil. 'Eenzaamheid, dat vreet u op, van binnenuit.'

En dan, uit het niks: 'Zijt gij gelukkig?' Ze kijkt mij recht in de ogen. 'Ik probeer, denk ik.' 'Proberen is goed,' zegt ze. 'Zeker als ge jong zijt.' 'Ja,' zeg ik. Ze legt haar hand op mijn knie. Daar moet ze tamelijk ver voor reiken. Ze knijpt erin. Dan duwt ze zich recht op haar stok. 'Met u komt het wel goed,' zegt ze. 'Ik zie dat.' Ik probeer iets liefs te verzinnen: 'Ik denk...' Mijn stem slaat over, ik moet slikken, ik snap zelf niet goed waarom. 'Echt waar, met u komt het goed, ik weet het zeker.' Dan glimlacht ze, voor het eerst. 'Dag meisje.' Ze draait zich om en wandelt verder, trager dan traag.

JOS

Het was 2 oktober, de verjaardag van Jeanne. Vijfenzestig werd ze, een rond getal. En zij houdt wel van vormen van aandacht en drukte, dus dat moest op niveau gevierd, vond zij. Ze had een peperdure chef ingehuurd, terwijl ik nog altijd een beroep kan doen op de mijne van vroeger, voor een vriendenprijs, maar ja. 'Het is mijn feest, niet het uwe,' zei ze, met haar eeuwige aandrang om elke discussie voor te zijn, 'en hij is tenminste echt een goeie kok.' Ik heb gedaan alsof ik niet alle betekenislagen vatte. 'Geen probleem, vader zal wel betalen.' Zij deed op haar beurt alsof haar neus bloedde. En zo duurt een huwelijk voort.

Het is Ben die als eerste arriveert, met zijn vrouw Machteld en zijn zoontje Tristan, een koddig ventje van twee. Als ik de deur opendoe, spreidt Tristan zijn armpjes naar mij. Geen idee waar ik dat aan verdiend heb, hij ziet ons echt niet vaak. Jeanne kijkt teleurgesteld. 'Opa moet eerst zitten,' zeg ik, 'want gij zijt veel te zwaar.' 'Rare opa toch, komt gij dan maar bij oma. Die zal u wel pakken.' Het ventje kraait, ik ben hem dankbaar.

Kort daarna komt Eva aan. Zij heeft een cadeau bij zich, een grote doos, in blinkend blauw papier verpakt met een zilveren lint eromheen. 'Dat is van ons allemaal, dus ik stel voor dat we wachten om het open te maken tot we compleet zijn.' Jeannes ogen blinken even hard als het papier. Jeanne houdt van grote cadeaus. Ik vraag me af in welke kast we dat nog kwijt zullen geraken. Ten slotte belt ook Elsie aan. Een halfuur later dan de rest. Op tijd komen was nooit haar grote fort. Een geluk dat ze in het theater werkt, in die sector steekt het nooit op een kwartier. Vermoed ik dan toch. Ze heeft Jack en Lou meegebracht, Walter is er niet bij. 'Hij moest naar het ziekenhuis.' Jack wil daar iets op zeggen, maar hij houdt zich in als zijn ogen die van zijn moeder ontmoeten. 'O, wat jammer,' zegt Jeanne. 'Ben heeft het ook druk, maar Ben zorgt er gewoon voor dat hij hier is, op de verjaardag van zijn moeder, toch, Ben?' Ben glimlacht onbeholpen. 'Als Walter niet gaat, vallen er mogelijk doden, moe. Als ge uw verjaardag belangrijker vindt dan levens van mensen, dan wil ik hem gerust eens bellen.' Jeanne doet alsof ze het niet gehoord heeft, en kietelt Tristan, die giert van het lachen. 'Mag ik hem eens pakken?' vraagt Lou. 'Tuurlijk, meisje, maar eerst een kus voor uw jarige oma.' 'Zullen we in de tuin gaan spelen met de bal, Tristan?' 'Nee, het is veel te koud,' roept Machteld. Ze trekt een zuinig mondje als ze merkt dat Ben iets anders wil zeggen. Ook hij doet er bij nader inzien dan maar het zwijgen toe.

Iedereen installeert zich, de chef komt rond met een lepelhapje: 'Tartaar van sint-jakobsvrucht en zalm.' Ik heb er nooit zo van gehouden, van al die rauwe toestanden, maar de kinderen vinden het lekker, zeggen ze. 'Ja,' kwettert Jeanne, 'uw vader vond het overdreven, maar ik had geen zin om zelf in de weer te zijn, ik wou gewoon genieten.' Ik kan niet tegen dat woord. 'Ge wordt maar één keer vijfenzestig,' bevestigt Ben, op een toon alsof hij iets zegt wat we niet allemaal al weten.

Het aperitief duurt eindeloos. Vijf hapjes serveert de goeie kok. Vijf. Allemaal een vingerhoed groot. Terwijl ik gewoon aan tafel wil.

We eten, drinken goeie wijn. Tussen het voor- en het hoofdgerecht leest Jack een gedichtje voor dat Lou geschreven heeft. Speciaal voor oma. Applaus. En tussendoor trekt Tristan de aandacht omdat hij met enthousiaste kreetjes werkelijk alles vrolijk naar binnen speelt, óók de carpaccio van octopus, en de rog met het pittige mosterdsausje en de kokkels. 'Die culinaire interesse heeft hij van zijn grootvader,' zeg ik. Het ventje lacht, omdat hij weet dat iedereen naar hem kijkt. 'En een showman, dat heeft hij van zijn oma,' zegt Jeanne snel.

Dan is het tijd voor het nagerecht. De chef nodigt ons uit om zelf te komen kiezen uit een dessertbuffet. Hij heeft vijf verschillende opties, de uitslover. Ik vraag om koffie, de rest schept op. Terwijl Eva voorstelt om een moelleux au chocolat te delen met Lou, zegt Jeanne: 'Ge móet geen dessert nemen, hè, Eva. En er is ook een soepje van passievruchten met yoghurt, heel licht, dat heb ik speciaal voor u gevraagd.' Lou kijkt naar Eva, Eva zegt niks, neemt naast die halve moelleux ook wat van het soepje met de yoghurt en gaat terug naar de tafel.

Als we allemaal zitten, zie ik Elsie zich schrap zetten: 'Moe, hoe durft ge eigenlijk?' Jeanne kijkt als van de hand Gods geslagen. Daar oefent ze al een heel leven op. 'Hoezo?' 'Daarnet, tegen ons Eva.' 'Ik wil toch maar helpen,' zegt Jeanne verontwaardigd. 'Gij hebt zelf gezegd dat ge hoopt dat ze in het nieuwe jaar ein-de-lijk weer eens een lief zal vinden.' 'Dat heb ik absoluut niet zó gezegd, hè, dat weet ge heel goed.' ''t Is niet erg,' zegt Eva. 'En 't is feest, jongens,' probeer ik. Uitbarstingen op een dag als deze, dat kan geen mens toch willen.

Lou zegt tegen Jack en Tristan: 'Kom, we gaan boven naar de televisie kijken, oké?' De jongens lopen achter haar aan. Ik denk aan de chef in de keuken, en sta op om de deur van de keuken dicht te doen.

'Het is wél erg, Eva. Ge doet verdorie 't meest van ons allemaal uw best voor hen, en wat krijgt ge? Een streepje vernedering. Dat kán toch niet.' 'Niemand vernedert hier iemand,' zeg ik, 'of toch niet bewust.' 'En gij moet stoppen met eeuwig en altijd te doen alsof er niks aan de hand is. Er is hier van alles aan de hand. Al zolang wij ons kunnen herinneren. En iedereen aan deze tafel weet dat, maar iedereen zwijgt en sust en doet alsof.'

Dan valt Ben in: 'Ach, mama bedoelt het allemaal goed, Elsie. En Eva weet dat ook, toch, zus?' Ben kijkt naar Eva, wachtend op bijval die niet komt. 'En gij gaat heel snel een lief hebben, ik twijfel daar niet aan. Gij zijt vlot en slim, het uiterlijk is ook niet alles, hè.' Eva staart naar haar servet. 'Jezus, Ben,' zegt Elsie. 'Weten ze thuis dat ge naar een shrink zijt gegaan, Eva, en wat die heeft gesuggereerd? Weten ze eigenlijk wel dat gij u nauwelijks iets herinnert van uw jeugd omdat het zo fucking pijnlijk was dat uw hersenen uit zichzelf de onthoudmodus hebben uitgeschakeld?' 'Eva kon nooit goed onthouden, op school was dat ook al een probleem. Gij had altijd tienen, Eva eerder achten,' zegt Jeanne. 'Eva heeft universiteit gedaan, moe, dan hebt ge geen problemen met dat soort geheugen. Stop voor één keer toch eens met naast de kwestie te lullen.'

Op dat moment begint Jeanne te huilen: 'Bon, ik doe het blijkbaar allemaal verkeerd, altijd, zelfs op mijn verjaardag,' snikt ze. 'Ik zal wel een slechte moeder zijn.' Ze snuit theatraal haar neus en zoekt de blikken van de anderen. Nu moet iemand ontkennen, dat voel ik. Ben zegt niks, maar wrijft Jeanne over de rug. Ik ben blij dat ik helemaal aan de andere kant van de tafel zit.

'En dat eeuwige janken, dat eindeloze zelfbeklag, in de hoop ons zo de mond te snoeren, dat is ook te gemakkelijk.' 'Nu mag ik zelfs niet huilen wanneer ik wil. Ik ben ook maar een mens, hè.' Ik zie Jeanne almaar nadrukkelijker in mijn richting kijken. Ik weet dat ik nu echt iets moet zeggen, maar er schiet me niks te binnen. 'Weet ge wat?' roept Elsie: 'Ik zal u eens een reden geven om te janken. Ik ga waarschijnlijk scheiden. Voilà, het is eruit. Kunt ge mij wat op de kop zitten, in plaats van mijn zus.' Jeanne zegt niet meteen iets, maar begint nog harder te huilen, met luide uithalen. 'Een gescheiden dochter in mijn gezin, hoe moet ik dat gaan uitleggen aan de mensen.' Ben kijkt bezorgd: 'Echt waar, Elsie?' 'Het is nog niet zeker, maar Walter en ik zijn nu al weken en weken aan het praten en proberen en ruziën, en het ziet er zo naar uit, ja. Walter is een goed mens, maar ik vrees almaar meer dat ik de verkeerde heb gekozen destijds. Wist ik veel wat liefde was toen ik Walter tegenkwam. Ik had thuis alvast nooit een voorbeeld gezien. Ik had vooral een man nodig die mij kon redden van dit alles hier.' 'Elsietje, nu overdrijft ge toch een beetje,' sputter ik voorzichtig tegen, omdat ik de ogen van Jeanne steeds prangender voel turen. 'Uw moeder en ik...' 'Overdrijven? Nu blijf ik nog heel beleefd.' Jeanne snikt en stottert: 'Geef ons maar de schuld van uw falen, ja, of beter: mij. Alles is altijd de schuld van de moeder. Ook dat Eva dik is, én dat uw vader aan de drank zit, én dat Ben het verder heeft geschopt dan jullie allebei. Vergeet ik nog iets?'

Dan begint ook Eva te huilen. Stilletjes. Machteld staat op en gaat naar het toilet. De cd is uitgespeeld, de chef klettert met potten en pannen in de keuken.

'Ge kunt van mij vinden wat ge wilt, maar ik ben tenminste bij uw vader gebleven. Terwijl dat de hel is geweest, hè. Niks meer en niks minder dan de hel. Ik wou het jullie nooit aandoen om kind te zijn uit een gebroken gezin. En wat krijg ik? Stank voor dank. Ik ben benieuwd wat Lou en Jack u naar de kop zullen gooien op uw vijfenzestigste, kijken of dat zoveel prettiger zal zijn.' Ben hapt naar adem, alsof hij iets gaat zeggen, maar valt dan toch al op voorhand weer stil. Bij Eva lopen er dikke tranen over haar gezicht.

Ik raap mijn moed nog één keer bij elkaar: 'Elsie, het is duidelijk dat gij ongelukkig zijt, maar...' Waarop Jeanne mij onderbreekt: 'Nee, reageer het allemaal maar af op uw moeder, als dat helpt, laat maar komen. Dat kan er ook nog wel bij. Na vijfenzestig jaar ellende en miserie. Op de dag van het feest. Toe maar.' Jeannes make-up is uitgelopen. Zwarte vegen onder haar ogen. En rode vlekken over haar hele gezicht, tot in haar nek, zoals ze dat altijd heeft wanneer ze zich opwindt. 'Maar toch eventjes toevoegen, jullie hebben geen idee wat ik allemaal heb moeten verdragen van die vader van jullie. Hoe hij...'

Ik hou op met luisteren. Deze monologen ken ik. De titelsong van elke dag die niet wil lukken in het leven van Jeanne. Ik sta op, loop door de keuken naar de tuin. Ik moet nu een sigaret roken.

Het is een mooie avond. Mijn sigaret vonkt roodoranje op als ik eraan zuig, de longen vol. Her en der lichten er kamers op, de gloed van wittig licht komt door de ramen. Zou het daar gezellig zijn? Een paar tuinen verder zijn er nog kinderen aan het spelen, ze joelen omdat er eentje een doelpunt heeft gescoord.

Karel was een goeie voetballer. Ik herinner me die keer dat hij het beslissende doelpunt maakte, waardoor de ploeg van onze straat won tegen die van de straat achter ons. We hebben Karel op onze schouders de straat rond gedragen, met veel lawaai, en fier dat hij was. Ik kan niet anders dan glimlachen, als ik daaraan denk. Herinneringen kunnen–

Facing the brutal facts, zo zegt Elsie dat, wat zou daar het voordeel van zijn? Als je het ook gewoon rustig kan houden en daarna weer naar huis gaan?

Ik wil liever niet terug naar binnen, maar ik krijg het uiteindelijk toch koud. En op mijn leeftijd moet een mens wat uitkijken met de gezondheid. In de woonkamer hoor ik mijn vrouw, en de kinderen die ik mee op de wereld heb gezet. Ze klinken luider dan anders. En stiller.

De chef zoekt mijn blik. Hij heeft alles opgeruimd in de keuken. Ik vraag hem of hij zijn rekening gauw kan bezorgen en of ik hem zal helpen met inladen. Ik hoop dat hij nee zegt, ik moet aan mijn rug denken. Dat doet hij ook.

Als ik in de sofa wil gaan zitten, in plaats van aan de tafel, richt Elsie zich opeens weer naar mij: 'En gij, al die jaren zwijgen terwijl ge van Victor met uw zatte kloten een plantje hebt gemaakt. Uw schuld afgekocht met een paar centen en evengoed blijven doorzuipen, uw leven lang. Wat voor iemand zijt ge dan eigenlijk?' Dan wordt het even muisstil aan tafel. Eva kijkt weg. Jeanne kijkt verbaasd. 'Wat heeft uw vader...' 'Eva heeft mij dat verteld toen ik haar uit de doeken deed dat hij op de begrafenis van nonkel Karel zo nodig een of andere scène moest maken in het bijzijn van Imelda, waar ik niks van begreep.' 'Elsie, komaan, zeg, dat was niet de afspraak.' Eva zegt het heel voorzichtig. 'Ik word mottig van al die afspraken hier.' Jeanne, dan: 'Ik weet niet wat de papa precies zou gezegd hebben, maar in zijn zattigheid verzint hij van alles. Ik kan niet geloven dat...' 'Zoiets verzint ge niet, moe, zelfs ons vader niet. Maar dat gij nog maar eens uw kop in 't zand steekt, dat viel te verwachten.' 'Gij weet het allemaal beter, gij wist het altijd allemaal beter. Zoals ge nu ook weet, zogezegd, wat ge met uw huwelijk moet doen, terwijl elk normaal mens ziet dat ge wel zot zou zijn om zo'n goeie partij aan de kant te schuiven. Walter is een dokter, een man die levens redt. En voor ge grote stappen zet, vraag u toch ook maar eens af of ge dan ooit nog van straat zult geraken, op uw leeftijd, met uw moeilijk karakter. 't Is toch waar.' Ze gesticuleert er fel bij, Jeanne.

Dan staat Elsie op, loopt zonder verder commentaar naar de

gang en roept naar boven: 'Lou, Jack, komen jullie, we zijn weg.' Ze zoekt de jassen van de kinderen, trekt alvast de hare aan, en zegt dan, ijzig kalm: 'Ik weet eigenlijk echt niet meer wat ik hier nog kom doen. Ik ga daar eens heel goed over nadenken.' Ben probeert nog: 'Komaan, zus, ga zitten, drink nog een laatste glas. We zijn toch familie, families kunnen alles uitpraten.' Elsie lacht, op het cynische af. Dan zijn de kinderen daar. Lou geeft Tristan terug aan Ben. 'Kom, jongens, we zijn weg.' De kinderen willen iedereen nog een kus geven, maar Elsie zegt: 'Zwaai maar, we moeten nu vertrekken.' 'Waarom dan?' Jack sputtert tegen. 'Even meewerken, Jack.' Dan valt de deur in het slot.

'Oma huilen?' zegt Tristan. 'Nee hoor,' zegt Ben, 'oma is gewoon een beetje verkouden.' 'Bij opa zitten? Paardje galop,' probeert het ventje. 'Kom maar bij mama,' zegt Machteld. 'Wij moeten ook eens richting huis, Ben, anders valt er met Tristan morgen weer niks aan te vangen.' Ben glimlacht verontschuldigend, en gaat de spulletjes bij elkaar rapen. Ik zoek de blik van Eva, ze kijkt mij niet aan, begint de tafel af te ruimen. Ik ga achter Jeanne staan, die bewegingloos op haar stoel blijft zitten, en knijp haar in haar rechterschouder. Haar lijf spant zich helemaal op. Hoe moet ik nu–

Ik ga dan maar weer zitten, zet de televisie aan. Er speelt een film met Bill Murray. Hij is al een tijdje bezig, duidelijk. Murray zit in bad, ergens in een hotel, en belt met zijn vrouw, die thuis is met de kinderen. Hij zegt dat hij zich totaal verloren voelt, en dat hij dringend gezonder wil gaan eten, ook. Waarop zij vraagt: 'Should I worry about you?' En dan hij: 'Only if you want to.' Zij zegt iets over snel nog dit of dat moeten, en hangt op. Ze heeft niet gereageerd op zo veel geestig geformuleerde hunker naar aandacht. Bill Murray kijkt naar de muur.

Dan komen Ben, Machteld en Tristan gedag zeggen. 'We laten onszelf wel buiten.' 'Dat is in orde, jongen, zorg goed voor elkaar. Dag Tristan.' Ik aai mijn kleinzoon over zijn haren. Dan vertrekken ze.

In de verte hoor ik Eva de bordjes en de glazen afwassen. Jeanne heeft zich huilend op het toilet in de gang geparkeerd. Haar kennende duurt dat nog wel een tijdje. En ik zit hier, in de salon die ik gekocht heb, lang geleden, voor Elsie geboren was. Jeanne heeft het al tien keer willen vervangen. Mensen gooien de dingen veel te snel weg.

Ondertussen loopt Bill Murray rond in Japan, met een blond meisje dat ik niet ken. Ze zijn geen koppel, meen ik te begrijpen, maar zo samen. Dat is–

Zo moeten katten zich voelen, met een haarbal in de keel. Maar ik laat geen traan. Alsof huilen zou helpen, tegen wat dan ook.

EVA

Het is middag. Ik weet niet hoe laat precies. Ik lig op mijn buik op de matras, armen gespreid, benen gespreid, de dons tot in mijn nek, een kussen half over mijn hoofd. Ik kijk naar links, en door een soort van koker zie ik mijn eigen hand, met die ring aan mijn vinger die ik ooit nog van Lou heb gekregen. Ik zie een stukje van de kamer, met gelig herfstlicht dat door de spleten naast het rolgordijn binnenvalt. Oktober is een onderschatte maand, zegt mijn vader altijd.

Ik voel mijn hart kloppen, ter hoogte van mijn hart, en hoger, tot in mijn nek. Ik hoor mijn adem, in en uit, redelijk snel. Ik denk veel dingen. Eén ervan is dat ik op moet staan. Dat ik moet beginnen. Aan de dag, onder andere.

De telefoon gaat. Elsie belt. Haar foto verschijnt op het scherm. Grote ogen, zo gebruind als wat, knallende lippenstift. Ik neem niet op.

Ik moet denken aan een paar dagen geleden. Ik liep over straat, op weg naar een winkel na het werk. Opeens zie ik een zwarte man op een bank liggen. Hij heeft geen jas aan, zijn jeans is vuil, zijn sneakers versleten. Iets van herkenning, ik ga dichterbij. Hij lijkt te slapen, hij houdt alvast zijn ogen dicht. Als ik boven hem sta, zie ik: dit is Henri. Ik aarzel, en raak dan zachtjes zijn linkerarm aan. 'Henri?' In één ruk grijpt hij mijn pols vast en vliegt hij rechtop. 'Henri, ik ben het, Eva.' Hij kijkt verdwaasd, gromt. Dan zie ik zijn blik oplichten, denk ik. 'Het is Eva.' Maar hij duwt me weg, hardhandig. Hij roept: 'Get the fuck out of here, you ugly cunt.' Hij draait zich met zijn rug naar mij, en gaat weer liggen. 'Valt deze man u lastig?' vraagt een jongen die voorbijloopt. 'Nee, 't is in orde, dank u.' Vriendelijkheid komt altijd uit onverwachte hoeken.

Ik denk aan de gevangenis, aan hoe ik ooit tegen een collega zei: de dag dat ik niet meer geloof dat er genoeg gedetineerden helemaal bovenop gaan komen, stop ik ermee.

Ik denk aan een studiedag in de gevangenis in Rotterdam. Na afloop nam ik een taxi naar het station. De chauffeur bleek uit Irak te komen. Hij was daar professor geweest in de biologie. Zijn dochters studeerden hier allebei geneeskunde. Hij keek niet blij toen hij dat zei. Of hij dan niet liever iets anders zou doen dan met een taxi rijden, vroeg ik. 'Blijkbaar vinden de Nederlanders dat dit het enige is wat ik kan,' antwoordde hij. Hij probeerde te glimlachen. Er is zoveel dat ik erg vind waar ik niks aan kan doen. Dat dacht ik terwijl de taxi stil kwam te staan.

Het was een mooie man, met iets bijna aristocratisch in zijn voorkomen. Ik gaf hem tien euro fooi, en terwijl ik het geld overhandigde voelde ik mij al slecht. Ik gaf een man van aanzien en allure in een vorig leven tien ellendige euro's. Ik stapte uit, liep door, draaide mij nog één keer om. Hij had de motor niet gestart. Hij keek naar mij, en zwaaide.

Ik denk aan Elsie. Mijn zus. Mijn lieve, bange zus. Mijn stoere zus. Mijn zus die de wereld aan haar voeten heeft liggen. Afijn, Casper, wat bijna hetzelfde is. Dat zal ze nog wel leren zien. Als blijkt dat het maar niet overgaat. Dat hoop ik toch.

Aan die keer toen ik zes verschillende broeken had gepast, en niks kocht, omdat geen van de zes mij stond, vond ik. Ik herinner mij de blik van de verkoopster: iets tussen medelijden en irritatie in.

Aan de berichten van Gert op mijn antwoordapparaat. Verglijdend van jolig naar minder jolig naar ronduit teleurgesteld. Alweer iemand die ik ongelukkig heb gemaakt. Dat zou ik moeten rechtzetten, denk ik.

Aan Lou die vroeg of ze eens naar liedjes mocht luisteren op mijn iPod. Met kuiltjes in haar wangen van het lachen luisterde ze drie keer naar alle nummers die ik haar had aanbevolen. Lou is zo'n mooi meisje. Meer nog als ze blij is. Toen ze klaar was met luisteren zei ze dat ze dacht dat geen enkele jongen haar ooit zou willen kussen. Ik zei dat ik zeker was van wel. En dat dat vast ook niet lang meer zou duren. Hoe dat voelde, toen ik voor de eerste keer een jongen had gekust, dat wou ze weten. 'Dat was fantastisch,' zei ik, 'vele hemels boven de zevende.' Daar moest Lou ook weer om lachen.

Aan een vriend van mij die ooit eens in een speech zei: 'Weet dat alles waarvoor een oplossing bestaat, niet interessant is.' En dat ik dat mooi vond. En dat ik ook moest denken: da's leuk om te zeggen als je voor genoeg dingen oplossingen hebt gevonden.

Aan de ogen van mijn vader toen hij daar zat. Alsof alles nu voorgoed kapot was. Alsof hij het nog meer opgaf dan hij altijd al had gedaan.

Aan mijn moeder, aan de dochter die ik ben. Niet degene die zij wou.

Aan lang geleden, toen, met hem. Toen ik zo blij was. Met de liefde. En zelfs met mezelf, nu en dan, als ik bij hem kon zijn. Alsof ik de wereld was, helemaal in mijn eentje. Of beter: zes net geboren katjes, dicht tegen elkaar aan gekropen. Een glas gevuld tot aan de rand. En een gigantisch vuur dat heel hard knettert.

Aan vroeger. Ik weet niet meer zoveel, maar ik herinner me haarscherp het moment waarop ik mijn BMX kreeg. Daar had ik lang voor gezeurd. En opeens, tot mijn vreugde en verbazing, stond daar op mijn achtste verjaardag: een glimmend nieuwe BMX. Een rode met zilveren letters. Ik denk niet dat ik ooit blijer was met een cadeau. In twee weken tijd kon ik op één wiel rijden. Ben had het mij geleerd. Ik ging vaak crossen op het parcours achter de kerk, vlak bij ons huis. En soms was ik sneller dan sommige jongens.

Op een dag na school liep ik naar de garage om mijn crossfiets te halen, en wat zie ik? Geen BMX. Paniek. Ik spurt naar de keuken: 'Mijn BMX is verdwenen.' 'O, ja,' zegt mijn moeder zonder zich om te draaien, 'die heb ik meegegeven aan de tuinman, voor zijn zoontje. Ik vond een BMX toch echt meer iets voor jongens.' Ze plonsde een aardappel in het water. Dat was alle uitleg die ik zou krijgen, wist ik. 'Heb ik iets verkeerd gedaan? Is het een straf?' 'Maak er nu geen drama van, hè, Eva. Ik heb alweer drie dagen aan één stuk migraine.'

Toen Elsie thuiskwam, heb ik het aan haar verteld. 'Tja, ge kent ons moe,' zei ze alleen maar, en ze liep de trap op, naar haar kamer.

Ik draai mijn gezicht naar de andere kant. Sluit mijn ogen. Ofwel voel ik nu te veel, ofwel helemaal niks, denk ik. Ik weet het niet zo goed.

Zo dadelijk ga ik opstaan, denk ik. Zo dadelijk.

ELSIE

Casper: Pak mij eens heel hard vast, dan kan ik u terug heel hard vastpakken.

Elsie: Gaan we dit echt doen?

Casper: Ja.

Elsie: Gaan we 't kunnen? No matter what?

Casper: Samen kunnen wij alles.

Elsie: En als ik dan nadien kapotga van verdriet en schuldgevoel? Of als de kinderen het onoverkomelijk moeilijk krijgen? Als daarna blijkt dat ik het niet kan, leven op wankele grond?

Casper: Dan hou ik u vast tot het beter is, tot de grond onder uw voeten steviger voelt, en als het echt moet stamp ik u ook eens flink tegen uw kont.

Elsie: Ssseg.

Casper: Ik zal het preventief al wat kussen.

Elsie: Zijt gij nu echt zo kalm als gij eruitziet?

Casper: Hoegenaamd niet.

Elsie: Voor hoeveel procent twijfelt ge nog?

Casper: Ik ben ongerust, en ik zie er vreselijk tegen op, en ik zou liefst eerst een Duvel of drie drinken, of nog beter: met u drie weken op vakantie vertrekken, zonder uitleg te geven aan wie of wat ook. Maar twijfelen, nee, niet meer.

Elsie: Walter gaat ondanks alles toch nog heel erg schrikken, dat weet ik zeker. Hij gaat kwaad zijn.

Casper: Zeg het gewoon zoals ge 't daarstraks tegen mij zei, en blijf bij uw verhaal in plaats van mee te gaan met Walter, dan zal het wel gaan.

Elsie: Ja.

Casper: Gij kunt alles.

Elsie: Bwa.

Casper: Ik geloof in u.

Elsie: Ja. Ik weet wat ik doe, en waarom. Ik heb hier zo fucking lang over nagedacht. Ja. Hoe spreken we dan af, we zien elkaar hier na de gesprekken thuis?

Casper: Ja, ik leg de sleutel op de plek, voor als gij hier vroeger zou zijn dan ik.

Elsie: De kinderen logeren het hele weekend bij Esther, die vriendin van mij. Dus wij hebben wat tijd.

Casper: Nog heel even, en daarna wordt alles beter, niet vergeten.

Elsie: Gij ziet mij echt graag, hè?

Casper: Veel liever nog.

Elsie: Tot straks dan.

CASPER

Het ergste was de rit ernaartoe, dan binnenkomen, Merel zien telefoneren en zwaaien, gaan zitten, jas nog aan, dan beseffen dat-ie toch uit moet, een glas inschenken, wachten, niet drinken. Dat telefoontje duurt crimineel lang, omdat de wereld mij wil straffen, dat kan niet anders. Ik krijg klamme handen: waar blijft ze toch? Ik zet een raam open, te veel lawaai van de straat, ik doe het weer dicht, en dan opeens staat ze voor mij, ze beschrijft in detail wat haar galerist allemaal zei, tot ze merkt dat er iets aan de hand is. Ze valt stil, ik wacht niet, ik zeg het – vrij zakelijk, merk ik, een mens moet zich harden op zulke momenten, dat kan gewoon niet anders –, zij brult, tranen over haar wangen. Ze zegt dat ze zin heeft om met alles te gooien. Ik doe niks, ik roep niet, ik herhaal rustig wat ik eerder heb gezegd: dat ik het echt niet meer kan, dat ik weg wil, moet. Mijn kalmte maakt haar nog driftiger.

Ik wou niet over Elsie spreken, maar ze zet me het mes op de keel: dat er vast en zeker iemand anders is, een meisje van twintig jaar jonger met hupse borsten, dat ze 't altijd wel geweten heeft dat het zo zou eindigen. 'Ze is ongeveer mijn leeftijd, ze maakt mij blijer en beter dan ik dacht dat ik kon zijn.' Dat kwam er kouder uit dan ik bedoeld had. Ze stormt op mij af en begint me te slaan, met twee handen tegen mijn bovenarmen en mijn borstkas. Ik probeer haar armen vast te grijpen, zij worstelt zich los, loopt weg: 'Bol het af, man. Ik kan gewoon niet meer naar u kijken.' Ze klinkt furieus en uitgeput. 'Ik denk toch dat we beter nog wat met elkaar praten.' 'Ik kan en wil met u niet meer praten, na al dat gelul al die maanden, ik ben uitgeluld.' 'Dat snap ik ook, ik bel u nog, om verder concreet af te spreken, het spijt mij, echt.' 'Ongetwijfeld.' Ze heeft zelden zo cynisch geklonken.

Ik trek de deur achter mij dicht, en dat voelt bizar. Ik trek de deur dicht van een loft waar ik graag heb gewoond, ik zeg dag tegen een vrouw die belangrijk voor mij was. En Willem – hij logeert bij een vriend vandaag –, dat wordt nog moeilijk: dit aan hem vertellen.

Doodmoe ben ik, en toch is er ook iets van kleine opluchting.

Ik stap in de auto. Ik zal zo blij zijn als ik Elsie zie. Hopelijk voelt zij zich niet te slecht. Als ik in mijn atelier ben aangekomen en een glas heb uitgeschonken, controleer ik mijn iPhone: één sms, van Elsie: 'Het gaat niet, sorry!' Ik probeer haar te bellen, haar telefoon staat uit.

Ik heb drie Duvels gedronken, en daarna nog drie, en dan geroepen en geschreeuwd, haar antwoordapparaat vol. Dat luchtte geenszins op.

LOU

Ze is naar mij gekomen. De eerste dag op mijn nieuwe school al. Een meisje met spierwit haar en blauwgrijze ogen, net als ik. Een kop groter wel, met heel grote voeten, en de haren lang, in een staart. 'Wij zouden zussen kunnen zijn, en dan was ik de oudste.' Dat zei ze, wat ik grappig vond, als eerste zin.

Ze heet June. 'Naar June Carter, de grote liefde van Johnny Cash. Kent ge Johnny Cash? De zanger? Mijn vader is daar zot van. Hij is ook fan van Elvis, dus ik hád ook Priscilla kunnen heten, naar zijn vrouw, wat erger was geweest.' En als ik de muziek van Johnny Cash niet kende, moest ik daar dringend eens werk van maken, vond zij.

June is een echt babbelgat, wat ik gezellig vind. June is mijn beste vriendin (dat heeft ze zelf gezegd).

June gaat mij gitaar leren spelen, op de gitaar van mijn mama van vroeger. En in de kerstvakantie mag ik met haar mee gaan skiën. Dat is niet meer zo heel lang wachten. Ik heb de laatste keer geskied toen ik vijf was, maar volgens haar kan ik dat in geen tijd weer als de beste. Ik ben daar niet zo zeker van, maar June is altijd zeker voor twee. Dat is toch al een goed begin.

June denkt dat Robbe verliefd is op mij. 'Ge ziet dat aan hoe hij kijkt en al. En met groepswerk is hij twee keer naast u komen zitten. En Jonas, zijn beste vriend, heeft tegen mij gezegd dat hij het ook vermoedt. Raar hè, dat jongens daar niet gewoon over praten?' Ik heb gezegd dat ik het sowieso niet geloof. En dat het niks uitmaakt verder, zelfs als het toch waar zou zijn, omdat ik totaal niet verliefd ben op hem. En dat hij ook geen mooie lippen heeft. Volgens June ben ik dan lesbisch, want alle meisjes dromen van Robbe. (Ik hoop maar dat dát niet waar is, van dat lesbisch.)

Tegen June kan ik alles zeggen. Ook over mama, die uiteindelijk toch verteld heeft dat het niet zo goed gaat tussen haar en papa. (Deuh, dat wist ik al honderd jaar.) En dat ze zullen proberen om het op te lossen.

Junes ouders zijn gescheiden toen zij zeven was. In het begin heeft ze wel veel gehuild, zei ze. Maar na een tijdje ging het beter, en nu kan ze zich amper nog voorstellen dat het ooit anders was. En dat ze twee keer cadeaus krijgt met Kerstmis en haar verjaardag, en twee keer geld bij een goed rapport, en dat ze twee keer op vakantie gaat, en soms drie, als ze met haar vader ook nog gaat skiën in de winter, zoals nu. En dat ze hem nu eigenlijk meer ziet, dat hij echt thuis is op de dagen dat ze bij hem woont. En dat het soms wel vervelend kan zijn, als ze een boek vergeten is in het andere huis, bijvoorbeeld, maar dat ze ook al eens ontsnapt is aan straf voor het niet inleveren van een taak, omdat ze gelogen had dat ze die bij haar moeder had laten liggen. En dat de vriendin van haar vader de max is. En dat ze haar nieuwe zusje zo graag ziet, behalve als ze huilt 's nachts, maar dat doet ze almaar minder. En dat de vriend van haar moeder zich niet zo moet bemoeien, maar dat ze dat tegen haar ma heeft gezegd, en dat zij beloofd heeft om met hem te praten.

Als ik June zo hoor denk ik dat het hoe dan ook wel goed gaat komen, uiteindelijk. Dat wil ik toch geloven. Maar ondertussen blijf ik hopen dat mama en papa het kunnen oplossen.

Ik kan het mij niet voorstellen dat ze opeens in twee huizen wonen, dat ik nooit meer van allebei een nachtkus kan krijgen op dezelfde avond, dat we nooit meer twee pizza's in vier kunnen snijden. June zegt dat er veel meer hetzelfde zal blijven, en zeker de belangrijke dingen. Dat vind ik goed om te horen.

Soms denk ik dat ik nu wil weten hoe het afloopt. Altijd maar niet kunnen voorspellen wat er komt, dat vind ik lastig. Soms denk ik dat ik het liever niet weet, want ja, dan is er tenminste nog hoop. En soms denk ik daar allemaal niet aan, en doe ik gewoon onnozel met June.

Vier dingen waar ik van versteld sta: 1 dat dezelfde dingen eerst zo moeilijk en daarna zo gemakkelijk gaan, vrienden maken, bijvoorbeeld, 2 dat er twee Amerikaanse presidenten zijn gestorven aan diarree (dat heeft onze leraar geschiedenis verteld, een mens zou toch beter twee keer nadenken voor hij die tweede mandarijn opeet), 3 dat papa nog helemaal niks tegen mij heeft gezegd over hun problemen (ik durf er daarom ook niet over te beginnen), 4 dat ook als je denkt dat je nooit meer gelukkig zal zijn, dat je dan toch nog gelukkig kan worden.

Eva is langs geweest toen ik niet thuis was. Ze heeft haar iPod achtergelaten. Die was voor mij, had ze gezegd. Ik denk dat zij een nieuwe heeft gekocht. Het is zo'n coole met een touchscreen, en al haar muziek staat erop. Ook Johnny Cash. Eva is geweldig. Ik heb het nieuws direct ge-sms't naar June. 'Gelukzak,' stuurde ze terug. Ja, dacht ik, eigenlijk ben ik wel een gelukzak.

10

OMDAT NOOIT MEER WEL HEEL ERG LANG IS

JOS

Ze is gewoon naar beneden gesprongen.

Meer dan tachtig meter. Van de Chicagoblok, een van de hoogste appartementsgebouwen van het land. Op het dak geraakt, vraag me niet hoe. En gesprongen. 's Nachts. In die vreemde stad, waar ze een trein voor heeft genomen. Alleen. Want het moest een andere stad zijn dan de hare. Een tram genomen, waarschijnlijk, van het station tot aan dat gebouw. Stukje te voet nog. Dan naar boven, wachten tot het donker was, of misschien was het dat al. En dan–

Wat zou ze nog–

Twee jonge gasten hebben haar gevonden die nacht. Zwarten, naar het schijnt. In zulke buurten valt het leven nooit stil. Wat dachten zij toen ze mijn kind zagen? Wat was het eerste wat ze dachten?

Ik probeer mij niet voor te stellen hoe ze daar moet gelegen hebben. Wat er van haar–

Ik probeer niet–

Toen Eva klein was wou ze altijd met mij op de schommel. Dan kroop ze op mijn schoot, klemde haar beentjes rond mijn benen en hield met haar handjes de touwen goed vast. Hoe harder ik schommelde, hoe blijer ze was. 'Hoger,' zei ze, 'hoger.' En ik mocht niet zeggen: het kán niet hoger, want dan werd ze boos. Ben was altijd bang van zulke dingen. Hij had al een bibberlip als hij zijn eerste duwtje kreeg. Zij niet. Eva was altijd dapper.

Ik heb haar niet meer gezien na de verjaardag van Jeanne. Ze heeft me nog wel gebeld. Verschillende keren. Ook twee dagen voor de fatale dag. Een kort telefoontje, wat Eva wel vaker deed. Ik weet niet meer precies hoe het ging. Ik heb me suf gepiekerd om het helemaal te kunnen reconstrueren, maar het wil me maar niet lukken. Ik weet wel: ze vroeg mij of het alweer wat ging, na alles. Ik mompelde zo'n beetje. Ze zei dat het allemaal wel in orde zou komen met Elsie, en dat we haar moesten steunen, in elk scenario. 'Alsof ze naar ons zal komen, aan úw deur zal ze staan.' Dat heb ik nog gezegd. Ik hoor het mij nog zeggen. Hoe kan ze dan–

Op het einde vroeg ze of ik toch wel wist dat ze mij graag zag. Met die woorden. 'Ja,' dat heb ik gezegd. Niet dat ik haar ook graag zag. Alleen ja. En toen hebben we opgehangen.

'Ze was toch beter met haar auto in de vangrail gereden,' dat zei Herman, die met Marie op bezoek kwam meteen nadat ze 't nieuws hadden gehoord. Ze brachten een pot soep mee. Selder. Daar hou ik niet van. 'Eva had niet eens een auto.' Ik snauw tegen mensen met goeie bedoelingen, en het kan me helemaal niks schelen. 'We begrijpen het wel, Jos, huil maar eens goed,' zegt Marie, 'een kind verliezen, dat moet het ergste zijn.' Marie heeft niet eens kinderen. Ik wil haar naar de keel vliegen. 'Zolang jullie jezelf maar geen verwijten maken. Mensen die het willen, daar kan je toch niks tegen doen.' Toen ben ik weggelopen, de tuin in. Ik hoorde Jeanne huilen tot buiten. Ik heb me altijd al verbaasd over de onuitputtelijke voorraad aan water die zij had, maar dat was klein bier tegen de tranen die ik sindsdien al heb zien vloeien.

Ik vind het vervelend dat mijn huis al dagen vol met volk zit, maar ik ben blij dat andere mensen zich over Jeanne ontfermen. Ik vlucht naar alle hoeken van het huis waar het donker is, en stil. Ik heb niks te melden. Helemaal niks. In het licht van zoiets–

Wat moet–

Het heeft me altijd al voor de borst gestoten dat ze in een gevangenis ging werken. Dat is toch te zwaar voor een meisje. In zo'n omgeving, dag in dag uit omringd door miserie en agressie. Wie is daartegen bestand?

Elsie heeft mij gevraagd om filmpjes te zoeken van Eva. Zij is samen met een vriendin van Eva de dienst in mekaar aan het steken, blijkbaar. Ik mag dan al tegen dat soort van diensten zijn, er komt niks katholieks omdat Eva niet gelovig was, maar bij een crematie kun je moeilijk anders, zo is het mij gezegd, en ik heb de moed niet om te protesteren. Ze gaan Eva's afscheidsbrief voorlezen, en een paar mensen zullen iets zeggen, maar ze willen ook Eva tonen als klein meisje. 'En dan doet ge tenminste nog iets nuttigs.' Elsie kijkt mij niet aan als ze spreekt.

Urenlang heb ik naar super 8-filmpjes zitten kijken. Er zijn er meer van Elsie en Ben dan van haar. Een derde kind, daar is een mens toch minder mee bezig. Er zijn er waar Eva in het water speelt aan zee. Eén keer zit ze in een bootje hartverscheurend te huilen. Elsie tilt haar op, probeert haar te troosten, maar dat lukt niet zomaar. Er is er eentje waar ze al een jaar of zeven moet geweest zijn, ze danst samen met haar broer op een liedje dat ik niet herken. Hij zwiert haar boven zijn hoofd alsof het niks is. Levensgevaarlijk eigenlijk, maar daar stonden wij vroeger allemaal niet bij stil. En dan vind ik er eentje terug van toen ze nog maar anderhalf was. Ze loopt nog niet, maar kan al praten in volzinnen. Ze was sneller dan alle kinderen in de familie. Het is de verjaardag van Elsie, en Eva zingt, helemaal alleen en duidelijk verstaanbaar: 'Lang zal ze leven, lang zal ze leven, lang zal ze leven in de glo-ji-ja, in de glo-ji-ja, in de glo-ji-ja. Iep iep iep, hoeja.' En dan klapt ze zelf in haar handjes. 'Waarom zingt gij dat liedje?' vraagt er dan iemand buiten beeld. 'Ik heb dosjt,' zegt ze, alsof dat de vraag perfect beantwoordt, 'ik wil limonade.' 'We hebben hier geen limonade,' zegt de stem. 'Ga dan gauw naar de kijkskast, daaj is zo veel limonade als we maaj willen.' Iedereen lacht. Zij ook. Al dat plezier. Hoe kan al dat plezier nu ooit zo veel verdriet worden dat zoiets–

Ik wil niet van haar dromen, maar het gebeurt wel, elke nacht opnieuw. In mijn droom is Eva altijd een klein meisje. Ik weet niet wat dat betekent, ik weet niet of ik dat fijn vind of net niet.

Niemand zegt je als je klein bent dat het dit zal worden. Dit leven stil en donker, waar alleen de gekwelde zielen uit ontsnappen. Om het dan nog stiller en nog donkerder te maken, voor al wie blijft.

Mensen zeggen soms: had ik het geweten, ik had nog zus en zo willen zeggen. Ik heb dat niet. Er is niks wat ik haar nog zou willen zeggen. Ik had mijn kans maar moeten grijpen toen ik nog de kans had.

EVA

dag lieve iedereen

Ik wil graag sorry zeggen.

Als er een manier bestond om te stoppen zonder anderen pijn te doen, dan zou ik die kiezen. Ik heb mij hevig afgevraagd of dat kan: voortleven voor andere mensen. Ik heb dat zelfs actief geprobeerd. Want goed volk graag zien, dat is veel. Maar het gaat niet meer. Ik kan niet meer.

Ik wil jullie bedanken. Voor alle lievigheden en mooie zinnen en prachtige gebaren en zotte flauwekul, voor alle tijd. Het is door jullie dat ik het zevenendertig jaar heb volgehouden. Dat ik ook al die schone dingen heb meegemaakt.

En nee, er was niks – helemaal niks – wat wie dan ook had kunnen doen om dit te voorkomen. Ik vraag van jullie het moeilijkste wat je van iemand kan vragen: gun mij dit. Ik heb zo geprobeerd om te kiezen voor het leven. Jullie doen dat moeiteloos, of jullie ondernemen toch alvast geweldig dappere en creatieve pogingen. Mij lukt het almaar niet. En van te veel proberen word je moe-er dan moe. Dus, als jullie kunnen, laat mij de leegte, het grote niks. Gun mij rust in dat eeuwig drukke hoofd van mij. Gun mij eindelijk eens een zekerheid, de zekerheid van een val van een paar seconden die alles op zal lossen, weg zal nemen, stil zal maken.

Mijn hart, mijn hoofd en ik, we zijn er klaar mee.

Ik wens jullie allemaal het allermooiste, beter dan beste bestaan. Leef hard en goed en schoon en wild. Kijk goed, voel beter. Wees niet bang. Kies voor wat u blij maakt, wat het ook moge zijn. Durf proberen wat te lastig lijkt. Leg de lat hoog genoeg. Koester en laat u koesteren. Geef anderen wat ze verdienen, en uzelf minstens ook. Blijf hopen, willen, dromen, wensen. Wees kwetsbaar en sterk, en lief voor kleine dieren. En drink op tijd en stond een goed glas, dat helpt altijd.

Ik verdraag geen afscheid, dus ik neem het niet. Onthou maar, als dat prettig zou voelen tenminste, dat ik er ondertussen ben. Ergens, altijd. Om tegen te zeveren als het moeilijk is. Om niet alleen te zijn als de eenzaamheid toeslaat. Om te zeggen: ge weet wél wat ge eigenlijk wilt, ook als ge denkt dat niet te weten. Om te supporteren en gerust te stellen: doe maar, ga maar, gij kunt dat. En alles komt altijd goed, op een of andere manier. Zoals ook nu, met mij, zo.

Voor iedereen nog een stevige kus,
en drink er straks een op elkaar en op uzelf.

Voor altijd jullie
Eva

PS voor Lou: Als ik zeg: doe maar, ga maar, gij kunt dat, dan heb ik het tegen niemand méér dan tegen u, topmeisje dat ge zijt. Onthouden, hè. En tegen u, lieve Jack, moet ik dat zelfs niet zeggen. Gij wilde wolf, gij komt er wel.

LOU

Mama heeft gezegd dat ik misschien een brief moest schrijven aan Eva. En dat die dan mee in de kist mag. Ik vind dat raar, een brief in een kist. Maar ik wou toch nog iets zeggen, dus ja.

Dit is de brief.

lieve Eva

ik weet niet waar gij zijt nu
behalve hier bij mij
in mijn hoofd
en in mijn hart dat blauw is van de kou

(weet ge nog, onlangs, in de stad, samen,
en gij die voor mij dat rode truitje hebt gevonden
en hoe gij moest lachen toen ik mijn ijsje liet vallen
weer eens, onhandige ik
ik dacht toen dat gij blij waart
volgens mij waart ge dat toch ook een beetje, of niet?)

ik begrijp niet waarom ge zijt gevlucht
weg van ons
van mij
ik wil u dat wel gunnen

als gij dat vraagt
als het zo moest volgens u
maar ik weet toch niet zo goed hoe

mama zegt dat het nog meer pijn moet hebben gedaan
voor u
het leven hier
dan uw weggaan ons doet
ik wou dat ik dat had geweten en begrepen
toen er nog wat tijd was
dan had ik misschien genoeg lieve dingen kunnen zeggen
of leuke dingen kunnen verzinnen om te doen
of een man gevonden voor u met lippen nog mooier dan
die van Benno
misschien
gij zegt wel dat niemand niks kon doen
maar gij kunt toch niet weten wat wij allemaal hadden
kunnen verzinnen?
niemand kan dat toch ooit weten?

ik vind dat ik – zoals dat bij spelletjes gaat –
één keer een joker zou moeten mogen inzetten
in al die jaren dat ik zal leven
één keertje maar
dan zou ik u nu terughalen
alsof het allemaal maar om te lachen was geweest

vroeger wou ik veel
vrienden, ouders die mij begrijpen, goeie punten,
een kus van Benno,
dat boek met die mooie kaft, en die sandalen voor de zo-
mer

vandaag wil ik maar één ding
dat gij terugkomt,
mijn Eva
omdat nooit meer wel heel erg lang is

maar dat kan dus niet
ik kan alleen maar dag zeggen

dag Eva

ik duim voor dromen die zo mooi zijn
dat ze eeuwig mogen duren
ik duim dat ge nu zijt waar het prachtig is
ergens hoog of ver
ik weet het niet
maar bij voorkeur alvast vele hemels boven de zevende

kusjes
Lou

CASPER

Elsie was in shock toen ze belde, ik begreep dat Eva dood was, maar wat en hoe, dat kreeg ze maar niet uitgelegd. Ik heb Elsie gevraagd om naar mij te komen, dat heeft ze niet gedaan. Nadien kwam er een mail, die ze ook naar wat andere mensen had gestuurd, met daarin kort het verhaal. Ik vond dat onverdraaglijk: niet bij haar kunnen zijn, haar lijf niet kunnen verstoppen in het mijne, niet weten wat ze doet en denkt en voelt.

Gisteren liep ik over straat en ik zag een vrouw op de fiets en ik was zeker – echt waar: zeker – gedurende minstens vier seconden dat het Eva was.

Het zou niet mogen dat doodgaan ook betekent nooit meer kunnen zien.

Wat ik zou zeggen als ik haar nog één keer hier in mijn atelier zou mogen hebben, vroeg een vriend mij, ik wist het niet. Nu denk ik: ik zou haar gewoon eens heel goed vastpakken, ik denk dat Eva op alle momenten van haar leven te weinig heel goed is vastgepakt.

Maar wat weet ik ervan? Niemand weet wat er in haar hoofd heeft gespeeld, die dagen, uren, voor die sprong, horror is dat. Hoe eenzaam moet dat zijn: alleen, hoog op zo'n gebouw, in de koude wind, en naar beneden kijken en dan bang zijn, neem ik aan, en toch dat doen. Ik had dat nooit verwacht van Eva, nooit, zij was te sterk, te levenslustig, te klaar voor iedereen.

De laatste keer dat ik haar heb gezien was onlangs nog maar. We hadden een gesprek over de toestand tussen haar zus en mij. Ik had haar gebeld na die vreselijke sms van Elsie, en ze is later even langsgekomen. Ze had niet veel tijd, zei ze, ik heb haar gevraagd hoe 't met haar ging, ze zei toen dat ze moe was, dat wel, maar daarna bracht zij zelf het onderwerp meteen op ons: dat ze tegen Elsie had gezegd dat ze mij nooit zou kunnen vergeten, en dat het nu toch met pijn doen zou zijn, en dat de relevante vragen dan werden: door wie wilt ge getroost worden? Bij wie wilt ge zijn als het weer beter gaat? Wie haalt het beste in u naar boven? Dat het toegelaten was: het geluk grijpen als het daar zo duidelijk voor u staat.

Kort voor haar zelfgekozen dood zei ze nog zulke dingen, dat begrijpt toch geen mens?

Morgen is het Eva's crematie. Ik ga natuurlijk, dan zal ik ook Elsie terugzien.

Ik ben al weken niet meer thuis geweest, behalve drie keer voor wat Merel afrondende gesprekken noemt, als was het een zakenovereenkomst die op zijn einde loopt. Ik laat ongeveer alle spullen daar, schuld afkopen, ongetwijfeld, het kan maar helpen. Ik had het Willem graag samen met Merel verteld, maar dat mocht niet. Ik hoop dat ze hem heeft gezegd, zoals ik had gevraagd, dat ik hem zo graag zou zien, en dat hij maar moest bellen als hij dat ook wou.

Ik woon nu weer in mijn atelier, dat is meer dan groot genoeg.

Naar het schijnt heeft Eva een brief nagelaten, en zal die worden voorgelezen. En Elsie zal daar morgen zijn met Walter en de kinderen. Hoe ik die dag moet doorkomen, ik heb werkelijk geen idee.

'En als we nu eens gewoon afspreken dat we vanaf nu allemaal krijgen wat we verdienen?' Dat zei Eva eens toen we samen dronken waren geworden. Ik dacht daaraan toen ik op restaurant zat met vrienden, en toen dacht ik aan Elsie, en aan mij, en aan de wereld: ja, als we dat nu eens gewoon afspraken.

ELSIE

Buiten regent het, zoals dat hoort op een dag als deze.

Ik zit al klaar sinds kwart voor zes vanmorgen. In de juiste kleren. Te wachten. Het huis is stil. Iedereen slaapt nog. Dat zijn de beste uren van de dag. Soms heb je gewoon geen plaats meer over voor het verdriet van anderen. Het zou niet mogen, I know.

Ik tel de minuten. Ik ben voorbereid. Ik weet precies wat er straks gaat komen. Ik heb teksten en muziek gekozen, de speeches van de anderen nagelezen, mee het filmpje gekozen van Eva toen ze klein was. Ik heb de adressenlijst samengesteld voor de genodigden. Ik heb cava besteld, en hapjes, voor na de dienst. Geen gedoe met zitten aan tafels, maar iets wat Eva zelf leuk zou hebben gevonden.

Haar lichaam heb ik niet meer gezien. De mensen van het mortuarium hebben ons dat afgeraden. Dat zinnetje, uitgesproken door een man die eruitzag als een deurwaarder: 'We raden u dat af, mevrouw, eenentachtig meter, weet u.' Het blijft maar door mijn hoofd malen.

Ze had twee weken geleden haar haar nog laten knippen. Ik heb toen gezegd hoe hip en goed ik het vond, echt iets voor haar. Ik bedoel.

Ik begrijp dat mensen zelfmoord plegen. Dat het opeens genoeg kan zijn. Maar zij toch niet. Mijn kleine zus toch niet.

Ik heb gisteren een lijst gemaakt van alle mooie momenten met Eva die ik me spontaan kon herinneren, én een lijst van mooie momenten waar zij me over verteld heeft. Dat waren best lange lijsten.

Wou ze dat de pijn ophield, of wou ze dood? Dat vraag ik mij nu al dagen af. Gisteren nog, onder de douche. Ik denk dat ik daar meer dan een uur onder ben blijven staan. Tot mijn huid het niet meer hebben kon.

Opeens komt Walter binnen. Hij kust mij in mijn nek. Ik verkramp een beetje. Lou maakt boven ruzie met Jack, hoor ik. Over Lou maak ik mij zorgen.

Om tien uur wil ik daar zijn, om elf uur begint de dienst. Stipt, hebben ze gezegd, het is een drukke dag daar. Raar toch, dat we ons moeten haasten met de doden.

Walter heeft croissants gehaald. Normaal wordt daarvoor gevochten, nu is het alleen Jack die deftig eet. Een kind, dat doseert verdriet. Walter praat over totaal andere dingen. Dat bedoelt hij ongetwijfeld goed, maar voor mij voelt dat onverdraaglijk.

Als we aankomen staan mijn ouders er al. Ik draai bewust de andere kant op, vriendinnen van Eva dag zeggen. Mijn moeder komt meteen naar ons. 'Gecondoleerd,' zegt Saskia tegen haar. 'Dank u, meisje, als moeder een kind verliezen, dat is het ergste.' Het is niet uw show vandaag, het gaat om Eva, moe. Ik denk het maar ik zeg het niet. Contramine kost energie die ik niet heb. Daar kan de wereld maar wel bij varen.

Mijn vader lijkt nog bleker dan normaal. Hij moet kapot zijn, dat kan bijna niet anders. Hij trekt met zijn hoofd schuin naar rechts, wat wil zeggen dat hij al aan de fles heeft gezeten. 'Nu gaat ons vader zich doodzuipen,' dat was ongeveer het eerste wat Ben zei toen ik hem opbelde met het nieuws. Heel even kreeg ik medelijden met mijn vader. Het is zo weird allemaal.

En dan opeens zie ik Casper aankomen. Hij ziet er prachtig uit in dat pak. We hebben elkaar niet meer gezien sinds ik de bewuste sms heb gestuurd. Het enige wat ik wil is naar hem. 'Elsie, waarom zijt gij niet in het zwart? Rood, dat is nu toch geen kleur voor een begrafenis.' 'Rood was de favoriete kleur van Eva, moe. Als ge uw dochter een beetje had gekend, zoudt ge dat weten.' Ik heb meteen al spijt. Dit heeft geen zin, niet vandaag. 'Ik heb het voor Eva gedaan, warme kleuren, ik denk dat ze dat fijner had gevonden.' Mijn moeder trekt haar mond richting zuinig en praat verder tegen Saskia. Dan zie ik Casper kijken. Walter staat verderop, met zijn rug naar deze kant. Hij komt gewoon naar mij gelopen. Dat onverschrokkene vind ik mooi aan hem. Hij pakt mij vast. Langer dan normaal is. In tijden van verdriet moet dat maar kunnen. Ik kom tot rust, een beetje, even. Hij voelt dat, ik weet dat. Ik zie hem denken: hopla, nóg een bewijs, of misschien ben ik degene die dat denkt. Casper zegt: 'Als Eva ons nu allemaal zou zien, al deze mensen hier, speciaal voor haar gekomen, helemaal emotioneel, zou ze dan geen spijt krijgen?' Ik kijk alleen maar, weet niet wat ik moet zeggen.

Dan komt Lou bij mij staan. Casper kijkt naar haar, legt zijn arm over haar schouder en zegt: 'Ook dit soort belachelijk verdriet gaat over, wist ge dat?' Lou kijkt terug met grote ogen. 'Ik ben stokoud, dan weet ge zulke dingen.' Hij glimlacht, en Lou glimlacht terug. 'Ik wil dat June bij mij zit,' zegt ze. 'Natuurlijk, schat.' Ze loopt weer weg.

'Sommig ander verdriet, dat gaat niet over,' zegt hij. En hoe hij dan naar mij kijkt. We mogen niet kussen, dat denk ik. We mogen niet kussen.

De dienst begint en daar zit ik, met Walter en mijn ouders links, Jack rechts en naast hem Lou en June. Ben achter ons, met Machteld en de kleine. Mijn zus vooraan, in een kist en op een foto. Er is werkelijk niks aan dit plaatje wat klopt.

Ik hoor nauwelijks iets van wat er wordt gezegd. Slaapwakker staar ik voor mij uit. Ik weet al wat er komt.

Dan is het tijd om het doodsprentje te gaan halen. Walter gaat mij voor, ik volg, en net als ik me omdraai om terug te gaan naar mijn eigen plaats, ontstaat er commotie. Lou is huilend op de kist gaan liggen. In een bolletje gedraaid. Haar ogen dicht, snot op haar gezicht. Haar frêle lijfje schokt. Er plakt een kauwgom aan haar schoenzool. Een mintgroene. Mijn moeder slaakt een kreet, Walter schiet ernaartoe, wil haar eraf halen, ik hou hem tegen. 'Dit kán toch niet,' zegt hij, en hij wurmt zich los. Maar ondertussen is June bij Lou gaan staan, ze praat op haar in en reikt haar de hand. Lou staat weer op en loopt samen met June de zaal uit. Walter holt erachteraan. Ik kijk hem na, zie Casper zitten op een stoel zes rijen verder, aan het gangpad. De meeste mensen kijken naar achter, hij kijkt alleen naar mij. Ik ga weer zitten, trek Jack op schoot, hij wil niet. Ook vandaag een grote jongen, zoals hij dat van zijn vader heeft geleerd. Dan komt Walter terug. 'Ze wil niet mee,' zegt hij bozig. 'Heb wat geduld, ze komen wel.' Voor de rondgang afgelopen is, zitten de twee meisjes weer op de bank bij ons. Ik zoek Lous blik, maar ze kijkt alleen maar naar beneden. Mijn meisje leek altijd al meer op Eva dan op mij. Jack pakt de hand van zijn zus en knijpt erin. Lou knijpt terug, zie ik. Pas dan begin ik ook te huilen.

Godverdomme, Eva.

II

MET DE OGEN OPEN IS ALLES MINDER ENG DAN MET DE OGEN DICHT

JOS

Kinderen maken, dat doe je zonder veel nadenken. Jeanne wou ze, ik ging akkoord. Het kostte nog serieus wat moeite, maar moeite is in zo'n context relatief, uiteindelijk. En dan worden ze geboren, dat groeit en wordt groot, dat gaat allemaal vanzelf. Tot–

Ik moet eerlijk zeggen, ik weet niet, met alles wat ik nu weet, of ik het opnieuw zou doen.

Zoiets mag je natuurlijk niet zeggen.

Wakker worden is het ergst. Je hebt nog even dat slaapdronken minuutje waarop niks is en alles kan, maar daarna gaan de ogen helemaal open en dan knalt dat besef weer tegen de kop.

En het is niet alleen mijn verdriet, maar ook dat van Jeanne. Luider dan het mijne. Ga daar eens mee om: elke ochtend opnieuw ontwaken naast een vrouw in tranen. Ik ben na een paar maanden gaan doen alsof het normaal is, dat zij huilt zoals een ander zich uitrekt, of nog even op de rand van het bed zit. Dat behoeft ook geen commentaar.

Maar dan begint de dag en zijn er heel veel woorden nodig. Tegen mensen op bezoek, tegen mensen aan de telefoon, en als er niemand anders is: tegen mij.

Soms, als ze weer eens een herinnering aan Eva ophaalt, wil ik roepen: mens, zwijg toch, laat de doden in godsnaam dood zijn. Maar in plaats daarvan draai ik het geluid uit, en schenk ik nog een glaasje in. Ik probeer het niet meer te verbergen. Een mens heeft maar de energie die hij heeft.

Natuurlijk denk ik ook aan Eva. Als ik een kat zie in de tuin, bijvoorbeeld. Zij heeft er altijd eentje gewild vroeger. Nooit gekregen. Ah ja, met de zogenaamde allergie van haar moeder mocht dat niet.

Ik denk aan haar als de telefoon gaat, een fractie van een seconde verwacht ik dat zij het zal zijn. Of als ik soep maak. Broccoli, haar favoriet. En eigenlijk ook als de vogels laag vliegen. En als de vogels hoog vliegen. Als de hemel grijs is, en stil. Of blauw, en uitbundig. Of–

Ik heb Elsie gesmeekt, kort na de begrafenis, om nu en dan toch op bezoek te komen, af en toe eens te bellen. Ik ben naar haar toe gegaan, en ik heb gezegd dat ik mij zoveel mogelijk op de achtergrond zou houden, als dat zou helpen. Toen heeft ze mij aangekeken. Lang. Met iets van zeer en zachtheid om de mond. Ze heeft geknikt en oké gezegd. Vorige week is ze hier geweest, met Lou en Jack, die het onder de omstandigheden vrij goed leken te doen. Kinderen, dat kan alles aan. En dan wordt er gesproken over Eva, of over niks in het bijzonder.

Jeanne ziet Imelda ook weer. Verdriet en verdriet, dat gaat dan toch mooi samen, blijkbaar. Ik tref haar af en toe een keertje, als ze koffie komt drinken, in de namiddag. Ik ben dan vriendelijk en maak mij zo snel mogelijk weer uit de voeten. Over het verleden wordt met geen woord gerept. Sommige dieptes moet een mens niet–

Jeanne praat soms tegen Eva, zegt ze. Daar moet ik niet aan denken. Ik zou niet weten wat ik moest zeggen.

Vorige week had ik een virale infectie, daar moest een dokter naar kijken. Dat ik niet meer zou mogen drinken, voor mijn gezondheid, zei de man, daar probeerde hij gewichtig bij te kijken. Ik heb eens goed gelachen.

Voor het eerst vind ik het oké dat ik oud ben. Dan hoef ik tenminste niet meer al te lang.

De tuin beweert ondertussen dat het lente wordt. Ik weet nog niet of ik dat wel wil geloven.

Maar toen daarnet de zon ineens zo genereus begon te schijnen, ben ik toch naar buiten gegaan. Ik heb Jeanne geroepen: 'Kom eens voelen, het is echt warm.' Ze heeft niet geantwoord, ze is ook niet gekomen. Ik ben een tijd lang blijven staan. Aan niks gedacht, gewoon gekeken. Zo ver als ik kon kijken.

Soms ben ik kwaad op Eva. Altijd ben ik kwaad op mezelf.

ELSIE

Zo had ik mijn leven gemaakt. Zekerder dan het leven kan zijn. Alles is een kwestie van kiezen, daar was ik van overtuigd. Of beter: van beslissingen nemen, die als een stevige paal de grond in kloppen, en daar aan vasthouden. Als wapen tegen een wankele wereld. Als manier om te blijven staan, ook als het stormt en waait en woest tekeergaat, vanbinnen en daarbuiten.

En dan gaat Eva dood. Ze is gesprongen. Zij kon ook goed kiezen. Geen half werk. Geen truttig gedoe met pillen en gevonden worden, en dan opnieuw.

Zij wilde dood omdat het leven haar niet bracht wat ze droomde. Omdat ze heel diep kon voelen. Omdat ze niet meer kon. Ik geloof nog altijd: zij wilde niet per se dood, zij wilde niet dit leven, niet dit hoofd, niet dit gehavende hart. Dat is echt iets anders. Er viel nog zoveel te proberen. Ik ben daar eerder verdrietig om dan kwaad, tegenwoordig.

Ik heb gedacht, na haar: het gaat om wendbaar blijven. Om blijven kijken naar wat is. Om nu en dan een kwartslag draaien en nog eens kijken. Mogelijkheden durven zien. Had zij dat maar gedaan. Ik had het haar moeten zeggen, maar toen kon ik dat niet. Het was pas na haar dat ik langzaamaan ben gaan beseffen: het gaat om voelen. Om openstaan. Om trouw zijn aan en eerlijk zijn met jezelf. Zij heeft het mij gezegd: dat ik mijn kop in het zand stak, zoals onze ouders altijd deden. Ik heb het weggewuifd, zo deed ik dat. Zij had niks om naar te kijken, bij mij stond het voor mijn neus. Dat was het verschil.

Casper ging niet weg. Wie zo diep in je hart kruipt, die blijft altijd minstens een beetje. Ik was van hem weggegaan. Op het scherp van de snee niet vertrokken maar thuisgebleven. Ik koos voor Walter, omdat ik niet wou kiezen. Omdat ik dacht dat ik alleen zo recht kon blijven staan. Ik zag de afspraak die ik met mezelf had gemaakt. Ik zag onze jaren samen. Ik zag onze kinderen. Ik noemde dat liefde, en dat was het ook. Maar was het de beste liefde voor mij? Was het die weldadige warmte die totaal kan vervullen? Was het die gedeelde kwetsbaarheid van elkaar graag te zien tot in de lelijke hoekjes toe? Was het die diepe connectie die alles in het leven dat cruciale tikje beter maakt? Was het dat prikkelen van alle zinnen dat je wonderlijk dicht bij elkaar kan brengen? Was het dat wederzijdse stimuleren en dat elkaar vinden in bijna alles wat belangrijk is? Was het dat dichtbij willen zijn dat nooit verstikt? Was het die ongelooflijk grote fun met elkaar? Eigenlijk durfde ik niet naar Walter te kijken. Naar Walter en mij te kijken. Naar wat onder en achter de constructie zat. Niet echt. Schrik voor wat doet wankelen, waarschijnlijk. Schrik om uit de rol te vallen. Om niet te zijn wie anderen wilden dat ik was, wie ik dacht dat ze wilden dat ik was, wie ik vond dat ik moest zijn. Maar als je bang bent om iets in vraag te stellen, hoe kan dat dan het goeie zijn?

Eva zei een keer: 'Het leven is kort, zeggen ze, ik vind het lang, maar da's een reden om nog meer voluit te gaan.'

Casper bleef, op veel manieren. In wat hij mij gegeven had. In een even onrustig als diep gevoel dat er iets tussen ons was wat belachelijk klopte. In wat anderen over hem vertelden, soms ook, zomaar, of in een schilderij dat ik van hem zag. In wat hij mij liet weten, nu en dan. En vooral: in al die details die ik mij herinnerde. Hoe hij kon lachen als hij lachte, naar mij. Hoe hij keek als hij klaarkwam, een klein beetje scheel, en hoe hij mij daarna bij hem trok en mij alles deed vergeten, behalve hem, behalve mezelf. Hoe hij altijd op het exact juiste moment zijn hand op mijn hand legde. Sommig begrijpen gaat vanzelf.

En hij bleef aanwezig in het grotere weten, al wilde ik dat eigenlijk lang niet onder ogen zien. Dat hij mij beter kon maken dan ik was, in zo veel dingen, en ik hem. Dat hij mij goesting deed krijgen in bijna alles, wat ik meer nodig had dan ik zelf toe wou geven. Dat ik bij hem niet bang was, nooit, van niks, zelfs niet van mezelf. Dat hij mij kon koesteren zoals ik mijn leven lang niet gekoesterd was geweest. Niet zo. Niet zo totaal.

En dan blijft Eva dood, en alles wankelt sowieso. Dat heeft mij moed gegeven. Want jezelf vastschroeven geeft misschien houvast, maar maakt niet echt gelukkig.

Ik heb veel gepraat, met mezelf, met Eva, misschien is dat hetzelfde, met Esther ook. En na lang wachten ben ik hem gaan halen, Casper. Ik ben ook gesprongen. Omdat mijn sprong de hare goed zou maken. Omdat ik haar niet had kunnen redden, maar mijzelf nog wel.

CASPER

Opeens stond ze daar: aan de deur van mijn atelier, dat tijdelijk mijn huis was geworden. Ik zag haar op het schermpje van de intercom, het hoofd wat ronder en groter dan normaal, door die lens, en toch nog mooi.

Het was vele weken nadat ik mijn tekening van haar had opgestuurd. Ik had erbij geschreven: dit is geen tekening van u, dit is een tekening van de liefde, dit is mijn hart dat ge meer hebt geheeld dan ge 't ooit zou kunnen breken.

Ik meende dat: sommige mensen blijven altijd mooi, ook als ze weglopen, hoe pijnlijk dat ook is.

Ze is binnengekomen en ze heeft gezegd: 'Ik wil niet binnenkomen.' Ik heb haar vastgehouden, heel lang, tot dat lijf van haar ontspande, tot er tranen kwamen.

Ze kwam het nog eens uitleggen, dacht ze, denk ik. Ik heb haar laten praten, ik heb beter geluisterd dan alleen naar wat ze zei, ik heb veel willen zeggen, dat niet gedaan. 'Mensen moeten naar zichzelf leren luisteren, dat is beter dan naar anderen, zelfs als die anderen ik zijn,' dat heb ik wel gezegd, met iets van een kleine lach. Ik heb gezegd dat ik nooit van mijn leven zou weglopen van wat ik voelde, dat ik niet geloof dat ik dat zou kunnen: dit ene leven, zo kwetsbaar als Eva nog had bewezen dat dat is, leiden, wetend dat ik wegkijk, afleid, verdoof, dat ik niet meer zou kunnen schilderen als ik dat zou doen, dat ik vroeger dacht dat dat eng was, zien wat er is, maar dat de angst net verdwijnt dan: met de ogen open is alles minder eng dan met de ogen dicht.

Dat ze zich schuldig voelde, zei ze, dat ik hier nu alleen zat, in dit huis dat geen huis was, dat ze vond dat ik belachelijk gelukkig moest worden, omdat ik gemaakt was om dat te zijn. Ik heb geantwoord dat het geweldig zeer deed: haar missen, haar enkels en haar lippen en haar typische zinnetjes en haar getwijfel en haar idiote nuchterheid. Ik heb haar verteld dat Eva mij nog had gezegd dat ze tegen tragische liefdes was, en dat ik daar nooit zo over had nagedacht, tot nu, en dat ik haar moest bijtreden, want dat er niks klopt aan grote liefdes die niet mogen zijn, en dat het wel degelijk iets betekent als dingen blijven plakken aan de binnenkant van de kop. Ik heb gezegd dat ik alleen maar kon respecteren wat zij wou, en dat ik haar nu nog één keer ging kussen, omdat dat moest. Toen heb ik haar gevraagd om te vertrekken: moeilijker was er nooit iets, geloof ik, nooit.

Toen heeft ze veel tijd genomen. Ik heb ondertussen veel geschilderd – niet mijn sterkste werk – en ik heb geleefd en door straten gelopen en hier en daar een vrouw gekust en beweerd dat het goed was, zo. Ik heb beter geweten. Ik heb Willem gezien en teruggezien, dat deed deugd. Ik ben niet opgehouden met triest zijn, zo ergens diep, tot in de botten. Ik ben niet gestopt met geloven: dat ze uiteindelijk zou moeten luisteren naar zichzelf, dat ze uiteindelijk zou vinden dat ze het waard was. Soms was het wankel, dat geloof, maar helemaal weg is het nooit gegaan.

En dan, die donderdag: daar stond ze, sukkelend met te veel tassen van de supermarkt. Ik ben op haar afgestapt, de peren opgeraapt die op de grond waren gevallen. 'Er is er eentje kapot,' dat heb ik gezegd. Ze keek op, verschrikt en belachelijk blij tegelijk, dat kon ik zien. 'Ik lust toch geen peren,' zei ze, 'alleen Walter eet die.' Ik had haar nooit zien kijken zoals ze toen keek.

Zeven weken later was ze bij mij, met een paar koffers, boeken, platen, foto's, weinig. Met tranen en veel vasthouden, met woorden en veel zwijgen.

Eva vroeg zich dat af: waarom mensen niet gewoon krijgen wat ze verdienen, misschien omdat ze ook moeten verdienen wat ze krijgen, denk ik nu. Want dat is moeilijk: naar jezelf kijken, en naar het leven dat je altijd hebt geleid, je afvragen of het beter kan, durven toegeven van wel. En dan genoeg op jezelf vertrouwen om te kiezen voor verandering. Omdat de liefde zo groot is. Omdat ze maar niet overgaat. Omdat je weet, diep vanbinnen, dat daar het echte geluk ligt. En dat je echt ten diepste verbonden voelen met iemand alles beter maakt, afstraalt op iedereen die je graag ziet.

Elsie en ik hebben voor mekaar gevochten. Door te wachten, door te kiezen, door mekaar vast te houden en verder te duwen. Dan krijgen wat je al die tijd wou, dat is het mooiste wat bestaat. Want er is niet zoiets als een perfect leven, maar wel iets als het beste.

Eva had ook nog zoveel gekund, volgens mij, met wat hulp, misschien.

Nu is het vele maanden later, en Elsie zit daar en ze leest een boek. Ik sta te kijken naar mijn doek dat af lijkt, maar het nog net niet helemaal is, en ineens zie ik haar, en ik moet stilvallen en blijven kijken: ze is nog mooier als ze niet weet dat ze bekeken wordt. Dan voelt ze het, ze richt zich op, haar blik kruist de mijne, ze lacht, zoals ze naar mij lachte van bij het prille begin. 'Schoon wijf,' zeg ik. 'Dit lachen is voor altijd,' zegt ze, 'weet ge waarom?' 'Omdat ge gelukkiger zijt dan ge ooit dacht te zullen zijn. Niet omdat ge zégt dat ge 't zijt, maar omdat ge 't voelt,' antwoord ik. 'Oók, mijnheer de shrink,' zegt ze. 'Maar meer nog omdat gij dan teruglacht zoals ge teruglacht.' Ik kijk opnieuw naar mijn doek. 'Het is nog niet af,' zegt ze. Ik moet hardop lachen. 'Waarom lacht ge?' vraagt ze, en ze komt bij mij staan, haar hand op mijn rug, achteloos. 'Omdat ik gelukkiger ben dan ik ooit dacht te zullen zijn,' zeg ik, en ik kus haar op de rechterslaap.

'Ik ga opruimen, de kinderen komen over een uur, ze hebben trouwens gevraagd of gij uw legendarische spaghetti wilt maken.'

Ik kijk naar buiten: de wolken pakken samen, het gaat regenen, aan de lucht te zien, erg vind ik dat niet.

LOU

Wat ik nog zat te denken: als je dood bent, besta je niet meer. En alles wat niet bestaat, is niet, kun je zeggen. Dus bestaat dat eigenlijk niet: dood zijn.

Maar ja, dan moet ik toch weer aan Eva denken.

Soms beeld ik me in dat Eva op vakantie is. Dat ze ergens in een leuke stad aan het shoppen is, en dat ze te veel mooie schoenen koopt en daar toch blij van wordt. Of dat ze vastzit op haar werk, omdat de gevangenen staken en zij moet blijven, heel lang. En zij wordt daar niet bang van, want al die mannen weten wat voor supervrouw zij is. Of dat ze een superman gevonden heeft, een heel knappe, rijke, slimme, die helaas wel in Buenos Aires woont, en dat ze daar nu samen ijsjes verkopen, in dat verre land, en echt belachelijk gelukkig zijn.

Ik heb ooit, in het vierde leerjaar, een verhaal geschreven voor school. Over wat we later wilden worden, daar moest het over gaan. Ik heb toen gekozen voor wereldverbeteraar, met een heel plan over hoe ik dat zou aanpakken. Ik ging alle verdrieten van alle mensen wegnemen, zo heb ik dat genoemd. De juf trok een punt af: het is verdriet, niet verdrieten. Dat vind ik inmiddels toch voor discussie vatbaar.

Raar hoeveel er opeens anders kan zijn. Eva weg. (Meer weg dan ik ooit wist dat weg weg kon zijn.) Mama en papa uit elkaar.

Dat is moeilijker én gemakkelijker dan ik dacht. Eerst was ik boos op mama, en dat vond zij oké, wat ik dan weer bijzonder vond. We hebben veel gepraat, mama en ik, meer dan we ooit hebben gedaan. Papa vind ik zielig, wel, al loopt hij gewoon grapjes te maken. Ik wou dat papa eerlijker was tegen mij. Jack en ik zijn alvast extra lief voor hem. Dat lijkt ons sowieso een goed idee.

Mama heeft een nieuwe vriend. Zij kussen veel, ze maken geen ruzie, en ze hebben altijd massa's te vertellen. Ik zie dat wel graag. Als mama blij is maakt dat mij ook blij. Dat klinkt simpel, maar het is wel zo.

June zegt dat zij Casper een leuke man vindt. Ik wacht nog een beetje af, maar ik moet wel om hem lachen. En hij maakt schilderijen die ik spannend vind, en spaghetti die ik lekker vind. Hij noemt het zijn legendárische spaghetti, wat wel wat onnozel is. Maar ja, mensen mogen een beetje raar zijn. Ik ben dat tenslotte ook.

Soms, als ik wakker word, ben ik zo triest dat ik geen woorden vind. En dan gaat dat niet altijd zomaar over. Als June dat ziet zegt ze dat zij zeker weet dat alles goed komt, op het eind. Dus als het nog niet goed is, dan is het gewoon nog niet het eind. Ik weet niet of dat zo werkt, eigenlijk, maar ik vind het wel heel lief van haar.

Ik ben zo blij dat June bestaat. Soms moeten we zo vreselijk lachen samen, dat ik mij afvraag, opeens, of dat wel mag, eigenlijk. Want ja, met Eva. Maar zij heeft in haar brief geschreven dat ze er is op zulke momenten. Ik weet niet of ik dat geloof, maar ik probeer het wel. Want dan denk ik dat ze zegt: 'Wat zou zo'n topmeisje niet vrolijk mogen zijn, Lou toch.' Bijvoorbeeld, hè.

Vier dingen waar ik heel hard op hoop: 1 Dat papa gauw weer altijd vrolijk is (hoewel ik denk dat Jack en ik hem wel blij maken, want hij doet veel meer dan vroeger zijn best om bij ons te kunnen zijn), 2 Dat ik nooit vergeet hoe Eva precies klonk als ze bijvoorbeeld zei, tegen mij: 'maar lief kieken toch', 3 Dat er dit jaar eens iemand mij kust, zoals echt kussen gaat, 4 Dat June gelijk heeft als ze zegt dat onze levens later fabulous zullen zijn. (Dat wil zeggen: spannend en goed en leuk en bijzonder. Zij kan goed Engels, June, dat is ook vanwege haar naam en zo.)

Ik lig op mijn bed, en ik kijk door het dakraam naar boven. Vele soorten van blauw, en grijs, met wat wit en rozig op die ene plek. Eva hield niet van rozig, dus daar zal zij niet zitten, dat denk ik. Daar moet ik wel om lachen.

Er is veel wat ik vervelend vind, ik maak mij altijd zorgen. Ik weet niet hoe mijn leven later zal zijn. En dat van June en mama en papa en Jack en opa en oma en Casper evenmin. Niemand kan dat weten. Meestal vind ik dat eng. Maar als ik bang ben, laat ik mezelf gewoon wat bang zijn. Eva zei al dat dat mocht. En dan zet ik gauw een liedje op van Johnny Cash, 'I walk the line', bijvoorbeeld, want June, die heeft gelijk: een goed liedje helpt altijd.